MY ESCORT LOVE

Photo de couverture : © Marin/gettyimages

Collection dirigée par Arthur de Saint Vincent
Ouvrage dirigé par Lucie Rico, Camille Léonard et Magali Brénon

Départements de Hugo & Cie
34-36, rue La Pérouse
75116 Paris
www.hugoetcie.fr

Dépôt légal : juin 2016
ISBN : 9782755629408
Imprimé en France par Corlet
N° 184142

LAURA S. WILD

NEW ROMANCE®

MY ESCORT LOVE

Hugo Roman

Try to be a rainbow in someone else's cloud.
Essaye d'être un arc-en-ciel dans le nuage de quelqu'un.

Maya Angelou

PROLOGUE

– Un *escort boy* ? Mon Dieu, mais c'est… dégradant !

– Du calme, Constance. Il y a énormément de femmes qui font appel à leurs services. Pour se sentir aimées, belles, ou juste pour s'amuser.

– Mais… mais non ! Moi, je veux rencontrer le grand amour. Pas un gigolo, j'ajoute en murmurant.

– Tu peux parler plus fort, ce n'est pas un gros mot, dit Sophia en éclatant de rire.

Je passe une jambe sous mes fesses tout en sirotant mon jus d'orange. Sophia continue de rire aux éclats, inconsciente du regard des gens sur nous.

Un escort boy.

Jamais je ne pourrai faire ça, je me respecte trop. Et puis ces pauvres hommes, considérés comme de la viande…

– Écoute, tu n'as rien à perdre, insiste mon amie après s'être calmée. Si tu veux, je ferai des recherches ce soir et je te donnerai ce qu'il faut demain.

– Non, Sophia, je n'ai pas besoin de ça, je peux me débrouiller seule.

– Ah oui ? Tu as vingt et un ans et tu es toujours vierge !

– Chut !!!

Ma condition sexuelle est un véritable tabou. J'en ai vraiment honte. Contrairement à ce que l'on pourrait croire, ma virginité n'est pas un choix. Si aucun garçon ne s'est jamais retourné sur moi, c'est parce que je suis laide. Je ne supporte pas mon reflet dans la glace. Certains m'ont déjà trouvée mignonne, adorable, mais pour moi ces adjectifs reviennent à dire : « Tu es quelconque, ma pauvre Constance, personne ne voudra de toi. »

– Allez, ma belle, qu'est-ce que ça peut te coûter d'essayer ? Il devient urgent que tu goûtes aux joies du sexe.

– Oh, seigneur, je soupire en cachant mon visage.

– Constance, détends-toi un peu. Tu sais, tu pourrais être une véritable bombe si tu le voulais, mais tu te dissimules derrière tes fringues immondes et tes cheveux trop longs. Un petit relooking te ferait le plus grand bien.

Je campe sur mes positions.

– Non, je suis très bien comme ça.

– Penses-y quand même. Et quoi qu'il en soit, les escorts, ça sert à te donner confiance en toi. Ils en voient de toutes les couleurs et de tous les genres. Et je suis certaine qu'après une nuit dans les bras d'un de ces dieux du coup de reins, tu serais une autre Constance.

Je me renfrogne sur ma chaise. Ai-je envie de devenir une autre ? Oh, que oui ! Je hais ma vie actuelle. En apparence, on pourrait dire que je n'ai pas à me plaindre, mais en réalité personne ne sait ce que j'endure.

Mes parents ont tracé ma voie depuis que je suis toute petite. Je deviendrai avocate. Voilà pourquoi je suis en deuxième année de droit, et pas la peine d'essayer de les faire changer d'avis. Ils n'en démordent pas, surtout ma mère.

Je n'ai pas beaucoup d'amis. En fait, ma seule amie, c'est Sophia. Je suis d'une timidité maladive, je n'arrive pas à aller vers les autres. J'ai du mal à accepter ma propre existence et je n'imagine pas que d'autres puissent avoir envie de ma présence.

J'étouffe. Je me sens proche du burn-out, et ces derniers jours c'est encore pire. J'aimerais mener la vie d'une autre, être une fille heureuse, bien dans sa peau et dans sa tête. Une fille libre de ses choix, qu'ils soient professionnels ou personnels. J'aimerais pouvoir être la Constance que j'ai toujours rêvé d'être, et non celle que tout le monde veut que je sois.

Je soupire et prends une autre gorgée de mon jus d'orange.

– Alors, qu'est-ce que tu en dis ? insiste Sophia en touillant son diabolo kiwi. Tu as envie de te laisser tenter ?

Avant que j'aie pu analyser ma phrase, ma bouche prononce ces mots que jamais je n'aurais imaginé dire un jour :

– OK. Je veux bien rencontrer un escort boy.

1

NOAH

– Merci pour le déjeuner, Noah, c'était un plaisir, comme d'habitude.

– Merci à toi. Et encore toutes mes félicitations pour la publication de ton livre. Je suis fier de toi, Lola.

Elle souffle un baiser dans ma direction puis tourne les talons et disparaît dans la foule. Ces rendez-vous sont ceux que je préfère. Simples, sans prise de tête, légers. Lola fait partie de ces clientes que je ne vois que pour un ciné, un restaurant ou une balade. Elle est drôle et adorable, c'est toujours agréable de passer un moment avec elle.

Le sourire aux lèvres, je prends le chemin de mon appartement. Ma journée est terminée. Plus aucun rendez-vous avant deux jours. Je vais pouvoir souffler un peu. Cette semaine a été intense. Deux clientes par jour, sans interruption. Je suis mort.

Chez moi, je retire ma veste, prends une bière et m'affale dans le canapé. Enfin une pause. J'ai à peine le temps de mettre les pieds sur la table basse que mon téléphone sonne. Un grognement de frustration m'échappe. Bordel ! Je décroche en bougonnant un allô tout sauf accueillant.

– Moi qui croyais que tu étais toujours heureux de m'entendre !

– Je viens de rentrer chez moi et je comptais passer le reste de la journée à ne rien faire. Qu'est-ce que je peux pour toi, Coco ?

Coco, c'est la gérante de l'agence d'escorts. En temps normal, je ne suis pas dérangé par ses appels, mais si elle me passe un coup de téléphone c'est toujours pour du travail. Et là, tout de suite, je n'aspire à rien d'autre qu'à du repos.

– J'ai eu un appel très intéressant, aujourd'hui. Une jeune fille qui souhaitait prendre rendez-vous.

– Coco, j'ai besoin d'une pause. Je ne suis pas une machine. Tu ne peux pas l'orienter vers un autre gars ?

– Elle n'appelait pas pour elle, mais pour une de ses amies. Elle a dit que toi seul pourrais faire l'affaire.

Je soupire de lassitude.

– C'est quel genre de rendez-vous ?

– Écoute, le mieux c'est que je lui donne tes coordonnées et que vous en parliez ensemble, d'accord ?

– Je vais probablement refuser.

– Écoute-la avant. Tu prendras ta décision ensuite.

– OK, je ronchonne.

– Super. À plus, mon chou, et encore bravo pour ta clientèle de ce mois-ci. Elles sont de plus en plus nombreuses, tu les rends toutes dingues.

– Génial.

Je raccroche, dépité. Moins de vingt minutes plus tard, mon téléphone sonne à nouveau. Une voix fluette et énergique m'assaille de questions dès que je décroche.

– C'est pour ma meilleure amie. Elle est un peu… comment dire ? Je l'aime, hein, mais elle est un peu coincée. Je crois que les hommes lui font peur.

Je retiens un rire.

– Peur ?

– Ouais. Mais elle est super-jolie, très intelligente, et elle n'a aucune conscience de ce qu'elle est vraiment. Enfin bref. Il lui faudrait un rendez-vous urgemment.

– Parlez-moi un peu d'elle.

– Je vous enverrai une photo. Je ne peux pas vous dire grand-chose si ce n'est qu'elle est extraordinaire. Et parmi tous les profils que j'ai parcourus, c'est le vôtre qui me semble le mieux.

– Vraiment ?

– Oui, vraiment.

– De combien de temps a-t-elle besoin ?

– Je ne sais pas… Deux ou trois heures.

– C'est une sorte de cadeau que vous lui faites ?

– On peut voir ça comme ça.

– Et elle n'est pas au courant ?

– Si… Mais elle est longue à la détente. Elle a besoin d'un bon coup de pied aux fesses.

C'est la première fois qu'un rendez-vous est posé par l'intermédiaire d'une autre personne. Je ne sais pas qui est cette cliente à venir, mais la démarche m'intrigue.

– Alors, c'est d'accord ?

– D'accord. Quand ?

– Dans trois jours !

Bordel… j'ai besoin d'une pause. Je rêvais déjà de mes deux jours consécutifs de repos.

– Pourquoi pas la semaine prochaine ?

– Non, non ! C'est un cas de force majeure. Croyez-moi, elle a besoin de vous rapidement.

Que dire ? Je ne peux pas refuser quand c'est demandé de cette manière.

– OK. Très bien. Mais qui vous dit qu'elle acceptera ?

– Moi.

– Bon. Envoyez-moi sa photo pour que je puisse la reconnaître, et un message de confirmation demain avant seize heures.

– Pas de problème. Merci. À bientôt.

Je jette le téléphone sur la banquette, mais il sonne à nouveau, annonçant un message. Rapide, la copine. La photo de son amie apparaît sur mon écran. Joli sourire, joli minois. Pas mal du tout. Une chose m'interpelle pourtant. Ses yeux. Grands et curieux, mais tristes. Je ne sais pas de quoi cette fille a besoin, mais si c'est de moi, ce sera avec plaisir.

2

Six heures et demie. Je me réveille au son de ma musique favorite du moment, *Photograph*, d'Ed Sheeran. Cette chanson me fait voyager. Je ferme les yeux. Allez, encore cinq minutes. Cinq minuscules petites minutes de sommeil supplémentaire, c'est tout ce que je demande. Je me retourne et remonte la couverture. Juste cinq minutes…

Je me réveille en sursaut et regarde à nouveau l'heure sur mon téléphone : 6 h 55. Merde !!! Je rejette la couverture et saute du lit. Je titube et ma tête tourne. Cela m'arrive un matin sur deux. Alors le marathon commence : m'habiller, prendre mon petit déjeuner, attraper mes affaires et rejoindre la ligne de métro qui se trouve à dix minutes de chez moi. Tout ça en quinze minutes si je ne veux pas arriver en retard à la fac.

J'enfile les vêtements que j'avais heureusement préparés hier soir. Un collant noir, une jupe noire, un tee-shirt blanc et un gilet noir. J'enfile mes petites bottines, noires également, puis je fonce dans la salle de bain. Je laisse mes cheveux détachés et je zappe le maquillage. J'en mets rarement, ça me donne l'impression de ressembler à un pot de peinture.

Une fois prête, je fonce dans la cuisine à la recherche de quelque chose à me mettre sous la dent. C'est bien simple, si je ne mange pas le matin, je m'évanouis sur le coup de dix heures. Je déniche un paquet d'Oreo caché dans le fond du placard et me sers un verre de jus d'orange en jetant un coup d'œil à la pendule de la cuisine : 7 h 5. À cette heure, ma mère est déjà partie travailler. Mon père entre dans la cuisine au moment où je croque dans le biscuit chocolaté, et l'angoisse me prend immédiatement aux tripes. Pourquoi ?

Trois. Deux. Un…

– … Constance, qu'est-ce que je t'ai déjà dit ? Les jupes ne te vont pas, elles font ressortir tes jambes et cela ne te met franchement pas en valeur. Et puis tu devrais manger équilibré le matin, et adopter une hygiène de vie saine. Sinon, comment veux-tu qu'un garçon puisse un jour s'intéresser à toi ?

Et voilà… Depuis que j'ai quinze ans, j'entends ce discours pour ainsi dire chaque matin. Cela fait bientôt six ans, et je ne m'y suis toujours pas habituée. Ces mots me font toujours aussi mal. Oscillant entre une taille trente-six et une taille trente-huit, je pensais être énorme, mais apparemment pas. Aux yeux de mon père, je suis une véritable baleine.

Je suis une grande gourmande, je sais, mais j'essaie de me restreindre un maximum. Je me suis imposé une routine depuis quelque temps. Une semaine par mois, je me prive de nourriture, ingurgitant exclusivement des aliments liquides. Je perds deux à quatre kilos pendant ces sept jours de jeûne… et je reprends tout ensuite.

Mon père quitte la cuisine sans un bonjour ni un « passe une bonne journée, Constance », et je sors de l'appartement un biscuit coincé entre les dents. Je prends l'ascenseur et j'attends patiemment qu'il descende les cinq étages qui me séparent de l'extérieur.

Mes parents et moi habitons dans un immeuble modeste du 5e arrondissement de Paris. J'y ai toujours vécu et j'y ai été heureuse les premières années de ma vie. Depuis l'adolescence, les choses sont devenues compliquées. Et plus les années passent, moins je me sens chez moi.

Je cours prendre le métro pour me rendre à l'université. Je me faufile entre les voyageurs, tous aussi pressés que moi, et m'adosse contre une des portes du wagon. Comme d'habitude, j'observe les gens. Certains lisent, d'autres terminent leur nuit, d'autres encore sont au téléphone ou en train de rire avec leurs voisins, qu'ils connaissent bien. Et puis il y a moi. Moi qui me sens perdue et pas à ma place.

Cette vie me donne la nausée. Je me demande ce que je fais là. Qui j'espère tromper en agissant comme si c'était ce que je désirais réellement. J'ai l'impression d'être une marionnette que tout le monde utilise à sa guise.

Mon père voudrait que je devienne un mannequin à la silhouette filiforme. Ma mère me voit déjà en ténor du barreau, ma meilleure amie voudrait que je me transforme en bombe… Et moi, dans tout ça ? J'aimerais juste qu'on me laisse faire mes propres choix.

Je sens les larmes me monter aux yeux lorsque je fais le bilan de tout ce qui m'échappe. Ma vie ne m'appartient pas. Je ravale mes pleurs et me compose un masque de fille heureuse lorsque le métro s'arrête enfin et que les portes s'ouvrent.

Comme chaque fois, je n'y coupe pas : une main effleure mes fesses alors que la horde de passagers s'extirpe du wagon. J'ai beau chercher d'où ça vient, je ne trouve jamais, et ça commence vraiment à m'angoisser.

Je retrouve enfin l'air frais et la lumière du jour, et je rejoins ma meilleure amie qui m'attend avec impatience.

Lorsque je me penche pour lui faire la bise, elle s'exclame :

– Laisse-moi deviner, tu as encore cru que tu te rendormirais pour cinq minutes ?

– Démasquée.

– Pourquoi tu t'obstines à croire que ça peut marcher ?

– L'espoir, ma grande. C'est ce qui fait tourner le monde, n'est-ce pas ? je réponds en haussant les épaules.

Elle lève les yeux au ciel et passe son bras sous le mien, puis nous partons en direction de l'université.

– J'aime beaucoup cette petite jupe. Tu as des jambes superbes, tu devrais les montrer plus souvent.

– Ce n'est pas ce que pense mon père…

Pour toute réponse, Sophia ronchonne dans sa barbe. Elle n'aime pas mon père, je le sais. Elle ne comprend ni son acharnement ni son désir de me rabaisser sans cesse. Et pour être honnête, moi non plus.

Lorsque nous entrons à l'université, je me sens déjà étouffer, mais comme chaque fois je prends sur moi et je fais bonne figure. Heureusement que Sophia est là. Sans elle, je serais perdue au milieu de tous ces étudiants bien dans leur peau. Elle est mon rayon de soleil.

Si je déteste cette fac, je me démène pour suivre les cours et maintenir une moyenne correcte. Je me remue les méninges, je gâche mes heures à plancher sur des sujets qui ne m'intéressent pas. Je le fais pour mes parents, pour qu'ils n'aient pas honte de moi.

La matinée passe à une lenteur incroyable, j'ai l'impression que le temps est suspendu, que cela fait des jours que je suis ici. Comme d'habitude, entre quelques prises de notes sur mon ordinateur, j'ai également rempli mon petit carnet de dessins. C'est dans ces moments-là que je me sens vraiment à ma place, lorsque je laisse mon imagination s'exprimer par le dessin… Sophia, elle, est dans son élément : le droit, la politique, tout ça, c'est son dada.

À la pause déjeuner, elle reçoit un message qui la fait jubiler et, dans son euphorie, ma chère amie excentrique a encore réussi à faire se tourner tous les visages vers nous.

– Constance, prépare-toi, s'écrie-t-elle en gigotant sur sa chaise.

– À quoi ? je demande, suspicieuse.

Elle a le regard pétillant, plein de malice. Je n'aime pas ça.

– Eh bien, figure-toi qu'hier, je me suis mise en quête de ton futur jouet, piaille-t-elle.

– Sophia ! Ce n'est pas un jouet, c'est juste… quelqu'un qui va m'aider et… attends, quoi ? Ne me dis pas que tu as déjà trouvé ?!

– Eh bien si ! J'ai passé toute la matinée et la moitié de l'après-midi à te dénicher la perle rare. Mon Dieu, si tu voyais, il y en a pour tous les goûts ! D'ailleurs, je crois que moi aussi je vais me laisser tenter…

– Sophia, abrège.

Je suis soudain tendue. Je n'aurais jamais dû laisser ma déjantée d'amie choisir pour moi, je sens que je vais le regretter.

– J'ai suivi scrupuleusement tous tes critères, et sur une liste de soixante-deux mecs dispo il y en a seulement deux qui correspondaient à ce que tu cherches.

Génial. J'avais précisé que je voulais quelqu'un de gentil, de compréhensif, qui aime la lecture, la musique. Quelqu'un de normal.

– Alors vas-y, qu'est-ce que tu attends ? Montre-les-moi ! dis-je, soudain excitée. Je ne pensais pas que quelqu'un pourrait me correspondre.

– Il faut que je te dise, parce que c'est là que ça devient le plus intéressant : j'ai complètement occulté ce que tu m'avais dit, j'ai mis ces deux-là de côté pour chercher quelqu'un d'opposé à tous tes critères.

– Que… quoi ? Mais Sophia !

– Ne commence pas à t'énerver. J'ai trié et retrié ces mecs, et je t'en ai dégoté trois.

– Tu as des photos ?

– Je ne veux pas que tu les voies…

– Mais…

– Je vais te donner leurs prénoms, et tu me diras celui qui t'inspire le plus. De toute façon, ce sont tous les trois des canons, donc n'aie pas peur de tomber sur un roux boutonneux.

Depuis que son ex, Mathias, un homme aux cheveux roux, l'a trompée puis plaquée, Sophia mène une véritable guerre contre les personnes aux cheveux flamboyants.

– Mais tu es complètement malade ! je m'indigne. Je n'aurais jamais dû te faire confiance. Déjà que cette pratique est dégradante, je ne vais pas en plus me jeter dans les bras du premier venu ! Je veux pouvoir voir à quoi il ressemble.

– Tut tut ! Tu rêves. Ça fait deux ans que je suis ta meilleure amie et je te connais par cœur. Fais-moi confiance, ma belle, je ne vais pas t'envoyer dans les bras d'un mec percé et tatoué, qui écoute du hard rock et fume des joints à longueur de journée.

Encore heureux ! Ma meilleure amie est dingue, mais je dois avouer que c'est aussi pour ça que je l'aime tant.

Et plus je pense à toute cette affaire plus je me dis que je n'ai rien à perdre. De toute façon, c'est seulement pour une nuit, ou même pas, juste pour une heure, le temps de régler mon «problème», et je n'en entendrai plus parler.

J'accepte finalement en rougissant.

– OK.

– Génial!

– Moins fort, Sophia…

Je me cache derrière mon bras.

– Nous avons donc: Maxime, Arthur et Noah. Alors?

– Mais comment veux-tu que je choisisse rien qu'avec un prénom? Dis-m'en plus!

– OK, soupire-t-elle. Ils sont tous les trois bruns, et Noah est plus grand que les deux autres. Je ne te dirai rien de plus, décide-t-elle en se calant contre le dossier de sa chaise.

Je ne sais pourquoi, mais mon instinct choisit immédiatement Arthur. C'est un prénom qui laisse présager une personne correcte et sérieuse.

– Arthur. C'est décidé, dis-je.

– Super…

Elle tape sur son téléphone et, moins de cinq minutes plus tard, elle reçoit une réponse qui la met en joie.

– Tu as rendez-vous après-demain avec Noah.

– Noah! Mais j'avais dit…

– Je suis certaine que tu as choisi Arthur parce que c'est celui que te semblait le plus sécurisant… Un peu de folie, ma Constance. Ce que tu t'apprêtes à faire n'est déjà pas banal, alors autant être folle jusqu'au bout.

Je prends ma tête dans mes mains. Dans quoi je me suis encore embarquée? J'ai déjà rendez-vous avec un escort alors que j'ai pris cette décision il y a seulement quarante-huit heures. Je suis terrifiée, mais bizarrement aussi un peu excitée.

– Allez, ne boude pas. Fais-moi confiance. Je suis sûre que tu me remercieras.

– Y a pas de risque.

– Je suis trop contente ! trépigne Sophia. Demain, tu vas te faire une bonne épilation, on va aussi passer à la manucure, te faire faire une pédicure et un soin du visage.

– Mais ça va me coûter une fortune !

– Et la cagnotte que tu gardes au chaud depuis trois ans et qui t'a servi une fois à acheter une paire de chaussures à talons que tu n'as jamais mise ?

Touché…

– OK.

– Après-demain je viendrai te filer un coup de main niveau fringues, coiffure et maquillage.

– Mais je ne veux pas être quelqu'un d'autre ! Je ne verrai ce mec qu'une fois, ensuite nos routes ne se croiseront plus jamais.

Ma meilleure amie ricane et hausse les sourcils.

– Mais peut-être que Cupidon va servir à quelque chose, cette fois, et qu'il va viser juste ?

Je ricane à mon tour.

– Crois-moi, il n'y a vraiment pas de danger.

3

Non, mais qu'est-ce que je suis en train de faire ? Bon sang, je suis complètement cinglée. Hier, j'ai subi une épilation… de tout le corps ! Ah, ça, pour être douce, je le suis ! J'ai laissé Sophia et sa folie me guider, mais je crois que j'aurais mieux fait de la freiner.

Après m'avoir coiffée d'un chignon lâche et s'être extasiée sur la beauté de mon visage avec les cheveux attachés, elle a décidé de m'habiller. Je suis devenue sa poupée l'espace d'un après-midi. Me voilà affublée d'un jean slim noir, d'un tee-shirt blanc et de nu-pieds rouges.

Pourtant je me trouve plutôt jolie, excepté mes cuisses, qui me semblent avoir doublé de volume avec ce pantalon. Selon Sophia, ce sont mes yeux qui merdent.

– Bon, voilà, t'es prête.

Prête ? Mais non ! J'ai une boule énorme dans la gorge, mon cœur commence à s'emballer, et, cerise sur le gâteau, je n'ai qu'une envie : enfiler un pyjama et me terrer au fond de mon lit.

– Ah non, non, non, surtout, tu ne renonces pas ! m'avertit Sophia.

– Je n'ai rien dit.

– Je te connais ! Je vois bien que tu es en train de te poser des tonnes de questions et que dans cinq minutes tu vas me dire que c'était une mauvaise idée. Tu es au bord de laisser tomber.

– En même temps, c'est complètement fou, non ? Je ne sais même pas ce qui m'a pris d'y penser, je veux dire… ce n'est pas du tout mon genre, et quelle fille qui se respecte perd sa virginité avec un gigolo ?!

– Tu sais, il y en a qui la perdent lors d'une soirée, complètement bourrées, et la plupart du temps le mec est ultra-moche !

Je hausse un sourcil.

– C'est censé me rassurer ?

– Euh… ouais ! Parce que toi tu auras choisi ce mec, enfin plus ou moins, et en plus ce sera un canon de beauté. Pendant trois heures, un homme va prendre soin de toi, t'être totalement dévoué.

Mes yeux s'écarquillent.

– Trois heures ? Mais… mais qu'est-ce qu'il va me faire pendant trois heures ?

– Oh, Constance !

Sophia éclate de rire.

– Je sais très bien ce qu'il va me faire. Je veux juste dire que… Trois heures, c'est beaucoup, non ?

– Crois-moi, ça a un goût de reviens-y ! Comme le premier forfait démarrait à trois heures, alors…

– Et combien ça va me coûter ?

– Tu verras avec lui. Bon, allez, assez de bla-bla, tu devrais y aller sinon tu vas être en retard.

– Mon Dieu, Sophia, mais qu'est-ce que je vais lui dire ? Comment on va aborder ça ?

– Arrête de stresser ! Ça va super bien se passer, je te rappelle que c'est son métier. Alors laisse-toi aller et profite, Constance. Pour une fois, fais-moi plaisir, lâche prise s'il te plaît.

Je pousse un profond soupir. Bon, après tout c'est moi qui ai choisi, je dois assumer.

– OK.

Je prends mon sac, vérifie que l'argent liquide que j'ai retiré s'y trouve, puis je dépose un baiser sur la joue de ma meilleure amie avant de sortir de sa chambre. À la cuisine, Mme Delacroix, la mère de Sophia, est en train de préparer à manger. En plus d'être adorable, cette femme est un véritable cordon-bleu. Je m'approche d'elle pour la saluer, et elle me prend dans ses bras.

– Comment vas-tu, ma belle ? Dis donc, tu as changé de look ?

– Elle a un rencard, intervient Sophia.

Je lui fais les gros yeux, ce qui a pour effet de la faire rire.

– Un rendez-vous ? Super ! Tu as raison d'en profiter, je suis sûre qu'il ne pourra pas te résister.

De toute façon il n'a pas le choix.

– Bon, je vous laisse, à bientôt, Corinne. À plus, Sophia.

– Tu m'appelles, hein, lance-t-elle tandis que je passe la porte.

Je pars sans lui répondre. L'appeler ? Pour lui raconter mon rendez-vous ? Jamais ! D'ailleurs, qu'est-ce que j'aurais à lui dire ? Je suis certaine que ça va mal se passer. Il va me trouver nulle, je n'ai jamais rien fait avec un garçon, à part en sixième, quand j'avais onze ans, avec Thibault Merle, qui m'avait coincée sous le préau du collège pour me gober la bouche. Si je devais décrire ce baiser, je dirais que c'était comme si un escargot s'était glissé sur ma langue.

Enfin bref, je suis nullissime !

À part Sophia, personne ne sait que je n'ai jamais eu de petit copain. Forcément, ce n'est pas quelque chose dont on se vante. De nos jours, si tu es encore vierge à treize ans, tu es considérée comme cinglée. Moi, je serais carrément dans la catégorie des aliens.

Quelques garçons se sont déjà intéressés à moi, mais je n'arrivais pas à me laisser aller. Je n'ai jamais eu confiance en moi, je me suis toujours trouvée laide et sans intérêt. Dès que je pense à aller un peu plus loin avec un mec, j'imagine le désastre que cela pourrait être lorsqu'il me verrait nue... Tous mes défauts lui sauteraient aux yeux et il fuirait en courant.

Je ne sais pas comment je vais réussir à rester calme, tout à l'heure, lorsque le moment sera venu. Jamais cet homme ne me fera une remarque désobligeante, vu qu'il est payé pour me satisfaire et me faire sentir hors du commun, mais... si je le dégoûte ? Je le verrai sur son visage. Et il sera encore largement temps de fuir.

Seulement, si même un escort boy ne veut pas de moi, qui me voudra ?

J'arpente le trottoir au pas de course en direction du rendez-vous, un petit café situé dans le 5e. J'ai l'impression d'être en retard, comme d'habitude. Plus le moment approche, plus la boule grossit dans mon ventre. Je suis dans un état second et je refuse de réfléchir. Si je commence à penser à ce que je m'apprête à vivre, je vais faire demi-tour et courir chez Sophia pour dévorer un paquet de crocodiles Haribo.

Lorsque la terrasse du café apparaît, je panique littéralement. Je m'y assieds et commande au serveur un jus d'ananas que je liquide d'une traite. Ma période de jeûne approche et je commence à éradiquer de mon alimentation les sodas et autres boissons trop sucrées.

Je prends une profonde inspiration et m'intime au calme : il faut vraiment que je fasse redescendre la pression, sinon ce sera un désastre. Je jette des coups d'œil frénétiques autour de moi, essayant de repérer ce que Sophia m'a décrit comme un « sexe ambulant ». Très bonne description, je suis certaine que cela va m'aider. Merci Sophia !

Il est presque 19 h 30, en fait je suis à l'heure, mais apparemment pas lui. La terrasse du café est presque vide. Un groupe de trois amies discutent à ma gauche, un mec et une fille se regardent dans le blanc des yeux à ma droite, et un homme qui boit un café est installé quelques tables plus loin. Mon regard s'attarde quelques secondes sur lui. Il est terriblement craquant, mais c'est le genre d'homme tout bonnement inaccessible. Surtout pour une fille comme moi.

La patience n'est pas mon fort. Attendre dans ces conditions, qui plus est attendre ce genre de rendez-vous, est très stressant. Je décide donc de sortir le calepin de mon sac et de faire ce que je sais faire de mieux lorsque l'angoisse me tord le ventre et que j'ai besoin de m'évader : dessiner.

Je reproduis ce que je vois, le décor, le paysage, lorsque mes yeux s'arrêtent sur un homme sur le trottoir d'en face. Il est nonchalamment appuyé contre le mur et regarde dans ma direction. Grand, brun, je suis persuadée que c'est lui. Je le détaille rapidement avant de rougir et de reporter mon attention sur le carnet. Je dois faire comme si je n'avais rien vu.

Je ne peux malgré tout m'empêcher de jeter des petits coups d'œil dans sa direction. Il n'a toujours pas bougé et vient de sortir une cigarette de sa poche. Super, il fume ! Pourtant Sophia m'a assuré qu'il ne serait pas totalement opposé à mes critères.

J'étais sûre que c'était une mauvaise idée. Je ne sais même pas pourquoi j'ai écouté mon amie. En plus, il est 19 h 30 et il n'a toujours pas bougé, il ne semble pas vouloir approcher. Je ne lui plais probablement pas, et il préfère ne pas tenter d'approche.

Bizarrement, ça ne me blesse pas autant que je l'aurais cru. Je le savais, impossible que je puisse plaire.

Je range mon carnet dans mon sac, pose la monnaie sur la table et me lève.

– Bonsoir.

Je lève la tête et regarde sur le trottoir d'en face, mais l'homme y est toujours. Je me tourne donc vers celui qui se trouve à ma droite.

– Bonsoir, répète-t-il en souriant.

Mais qu'est-ce qu'il me veut ?

– Je peux vous aider ? je lui demande, surprise.

Je le reconnais alors. C'est l'homme extrêmement mignon assis seul à sa table et qui sirotait son café.

– Non, c'est moi qui vais vous aider.

Je suis perdue. Qu'est-ce qu'il... je réalise que ce mec est très beau, vraiment très, très beau. Très grand et musclé, la peau légèrement hâlée, le regard sombre et profond, je suis subjuguée. Son sourire est éclatant, une fossette apparaît du côté gauche de sa bouche, ses cheveux bruns ont ce style coiffé sans en avoir l'air, et je sens déjà son parfum envahir mes sens. Un tsunami de sensations s'abat sur moi en moins d'une minute.

Sa phrase résonne alors dans ma tête et prend tout son sens. « *Non, c'est moi qui vais vous aider.* »

Oh, mon Dieu ! OH. MON. DIEU !

– Ça va ? Vous voulez vous asseoir ? demande-t-il en tirant la chaise.

Il tire ma chaise ? Je n'ai maintenant plus aucun doute. C'est lui, c'est… merde ! C'est quoi déjà son prénom ? Je n'arrive plus à m'en souvenir, la seule chose que je vois ce sont ses yeux braqués sur moi et son corps qui se penche vers le mien. Son sourire s'élargit et je me reprends, réalisant à quel point j'ai l'air bête.

Je m'assieds promptement. Mon regard se porte sur le trottoir d'en face, où l'homme à la cigarette a été rejoint par une petite femme aux cheveux colorés en rouge. Mais quelle idiote ! C'est pas vrai ! Il était là depuis le début et il a dû m'observer pour jauger la marchandise. Ce que je ne comprends pas, c'est ce qu'il fait encore là.

– Euh… désolée je ne savais pas que… enfin que vous…

– Je sais. Je vous observe depuis un petit bout de temps.

Je pique un fard d'enfer.

– Mais pourquoi vous ne vous êtes pas présenté tout de suite ?

Je triture l'ourlet de mon tee-shirt sous la table. Si je suis stressée ? Si peu…

– J'aime bien observer les gens, dit-il en souriant.

Ce sourire… ce mec est parfait ! Note pour moi-même : couvrir Sophia de câlins lorsque je la reverrai demain.

Mais soudain une question me vient à l'esprit.

– Comment savez-vous que c'est moi ?

– Est-ce qu'on peut commencer par se tutoyer avant d'en venir aux questions ? propose-t-il.

– Oui, je souffle.

– Super. Ton amie m'a envoyé une photo de toi lorsqu'elle a pris le rendez-vous.

Oh, non. Quelle photo a-t-elle envoyée ?

– Tu étais très mignonne dessus.

Je cligne des yeux. Mignonne ? Génial, un de plus à rajouter à la liste. Il suffirait qu'il dise adorable et j'ai le compte.

– Merci, dis-je piteusement.

– Tu es beaucoup plus belle en vrai.

Alors là… j'ai carrément envie de rire. Pourtant son regard de braise m'en convaincrait presque. Il est très fort.

– Est-ce que tu veux boire quelque chose ? Ou tu préfères qu'on aille se balader ?

Se balader ?

– Mais on n'est pas censé euh… je veux dire… tu vois, quoi.

Il hausse un sourcil et s'installe bien sur sa chaise, un petit sourire aux lèvres.

– Non, je ne vois pas.

Comment ça il ne voit pas ? Je panique tout à coup à l'idée de m'être trompée. Et s'il n'était pas…?

– Je te taquine, s'esclaffe-t-il en s'approchant à nouveau, mais je pensais qu'on aurait pu se balader un peu avant de… tu vois, quoi.

Il agrémente sa phrase d'un clin d'œil puis se lève et me tend la main.

– Tu es prête, Constance ?

Le suis-je ? Je me laisse guider par son regard envoûtant et me lève à mon tour. Je prends la main qu'il me tend et nous quittons le café.

Prête ou pas, je ne reculerai pas maintenant.

4

– Alors ?

Je lève les yeux vers l'homme qui se trouve à ma droite. Main dans la main, nous marchons lentement, sans but que celui d'apprendre à mieux se connaître. C'est son idée. Personnellement, je suis partagée entre l'envie que ce moment ne s'arrête jamais et celle d'en finir au plus vite. L'appréhension est insoutenable. Je n'arrête pas de me demander comment cela va se passer, si je serai à la hauteur, comment je vais m'en sortir.

C'est idiot parce que je ne reverrai pas cet homme après ça, mais il restera gravé dans ma mémoire à tout jamais. Il sera ma première fois, j'ai envie que cela soit – dans la mesure du possible – un de mes plus beaux souvenirs. Depuis que nous sommes partis du café, Noah, je me souviens enfin de son prénom, me pose des questions plus ou moins intéressantes. J'ai l'impression qu'il essaie de me distraire. Il n'y a pas de danger, je ne suis pas près d'oublier que je suis sur le point de perdre ma virginité avec un gigolo.

– Je suis en fac de droit. Deuxième année.

– Pas mal. Qu'est-ce que tu veux faire après tes études ?

– Avocate, bien sûr.

– C'est si logique que ça ?

– Apparemment, je réponds, plus pour moi que pour répondre à sa question.

Nous continuons de marcher sans plus rien dire. Je suis affreusement gênée de ce silence. J'essaie de trouver quelque chose de pertinent à dire pour ne pas passer pour la dernière des andouilles, mais rien ne vient.

– Prête ? demande-t-il à nouveau en exerçant une pression sur ma main.

Je relève la tête et remarque que nous arrivons devant un hôtel. Je lève les yeux vers la pancarte sur laquelle est inscrit *Five Hotel*. Trois étoiles. Je passe la porte du hall, suivie par Noah, qui semble comme un poisson dans l'eau dès l'instant où il pose le pied à l'intérieur.

– Salut, Francis, dit-il au réceptionniste tandis que nous nous approchons du comptoir.

Le dénommé Francis me jette un coup d'œil avant de sourire à Noah.

– Comme d'habitude ? La n° 10 ? demande-t-il.

– Comme d'habitude, répond Noah en me regardant.

Je suis écarlate et affreusement gênée. Mon Dieu, combien de femmes sont déjà venues ici en compagnie de cet homme ? Clairement, ici, nous sommes dans *le* repaire des escorts.

Mon cœur commence à s'emballer doucement, et je sens ma paume devenir moite. Je retire ma main de celle de Noah, qui m'observe, surpris, mais ne relève pas.

– Bonne soirée à tous les deux, lance nonchalamment Francis alors que nous nous dirigeons vers l'ascenseur.

Noah me laisse entrer en premier puis attend que les portes se ferment avant d'attaquer.

– C'est la première fois, n'est-ce pas ?

Je déglutis. Ça se voit tant que ça ?

– Comment tu sais ?

– C'est assez simple à deviner, en fait, dit-il en se tournant vers moi.

Il s'approche doucement et caresse ma joue du bout des doigts.

– Ne t'en fais pas, tout va bien se passer.

J'ai le sentiment que non. Il prend ma main lorsque les portes de l'ascenseur s'ouvrent et il nous en extirpe rapidement. À peine la chambre est-elle ouverte qu'il m'y fait entrer, referme la porte du pied et me colle contre le mur. Mon souffle est court, mon cœur s'emballe dangereusement.

– À nous deux, Constance, murmure-t-il.

Son souffle balaie mon visage et, sans plus de cérémonie, ses lèvres s'écrasent sur les miennes. Je mets quelques secondes à réaliser ce qui se passe. Je suis dans une chambre d'hôtel, avec un homme dont je ne connais que le prénom, et nous sommes en train de nous embrasser. Cela dit, la sensation est grisante, et d'autant plus lorsque je réalise que j'échange mon premier vrai baiser.

Je n'ai aucun point de comparaison, mais je me doute que Noah est très doué. Ce baiser me transporte et laisse présager des choses bien meilleures encore pour la suite. Je baisse doucement les armes, décidant d'en profiter un maximum. Mes mains se posent sur son torse puis remontent sur sa nuque. Les siennes glissent le long de mes côtes avant de se poser sur mes hanches. Il avance d'un pas, plaquant son bassin contre le mien.

Au moment où je commence à prendre un peu confiance en moi, sa langue pénètre dans ma bouche, me prenant par surprise. Sans vraiment le vouloir, je mets fin au baiser en reculant.

– Quelque chose ne va pas ? demande-t-il essoufflé.

– Non… non, tout va bien. J'ai juste été surprise, mais…

– Surprise ? répète-t-il en fronçant les sourcils.

Il me détaille un instant. Les plis de son front s'intensifient à mesure que son regard m'analyse. J'ai le sentiment d'être nue devant lui et je suis franchement mal à l'aise.

– Pourquoi as-tu été surprise ? Ce n'est probablement pas la première fois que tu embrasses un homme.

Mes joues sont tellement rouges que je suis certaine de pouvoir faire cuire un œuf dessus.

– C'est la première fois que tu embrasses un homme ? insiste-t-il.

Je me contente de hocher la tête en baissant les yeux.

– Mais alors ça veut dire que… tu es vierge ?

Je relève rapidement la tête. Est-ce qu'il se moque de moi ?

– Mais… tu m'as demandé si c'était la première fois tout à l'heure.

– La première fois que tu avais recours à nos services. Je n'imaginais pas que c'était véritablement ta première fois. Pour tout.

L'humiliation est cuisante. Il vient de confirmer ce que je craignais : il ne veut pas de moi. Jamais personne ne voudra de moi. Mes yeux me brûlent, ils se remplissent subitement de larmes.

– Je suis désolée, je pensais que tu avais compris. Je comprends que ça puisse te déranger.

– Non, ce n'est pas ça, c'est juste… est-ce que c'est un choix ? demande-t-il, toujours aussi surpris.

Je ris tristement.

– Si c'était un choix, je ne serais pas ici en train d'essayer de régler le problème.

Je me baisse et ramasse mon sac à main par terre.

– Qu'est-ce que tu fais ? s'enquiert-il.

– Je suis désolée de t'avoir fait perdre ton temps, dis-je en ouvrant mon sac à la recherche de mon portefeuille.

– Tu ne m'as pas fait perdre mon temps. Je suis juste surpris.

– J'avais remarqué. Combien je te dois ?

Il semble soudain perdu. Il s'approche délicatement de moi.

– Tu veux t'en aller ?

– J'ai bien compris que c'était un problème, et je ne veux surtout pas t'imposer quoi que ce soit.

Je suis toujours rouge pivoine et je sens une larme clandestine dévaler ma joue. Je suis pathétique.

– Je suis vraiment désolé, je ne voulais pas te faire de peine, c'est juste que c'est la première fois que ça m'arrive. Finalement c'est une première fois pour tous les deux.

– Mais… ça ne te dégoûte pas ?

Son sourire disparaît instantanément.

– Si je suis dégoûté ? Mais enfin pourquoi ? Au risque de te surprendre, tu n'es pas la seule vierge au monde.

Je ne relève pas sa tentative d'humour. Il prend ma main, m'assied sur le lit et prend place à côté de moi.

– Je ne sais pas ce que tu t'es mis en tête, mais ce n'est pas une tare d'être vierge. La seule chose qui m'embête c'est que tu considères cela comme un problème et que tu veuilles perdre ta virginité avec un parfait inconnu. Tu ne veux pas attendre de rencontrer un garçon et d'être amoureuse ? C'est ce que toutes les filles veulent, en général.

Pour ça, il faudrait déjà que j'intéresse un garçon.

– Je ne veux pas prendre le risque que cela arrive dans des années.

– Tu as l'air sûre de toi.

– Je le suis.

Il hoche la tête avant de prendre mon sac et de le jeter à nouveau sur le sol.

– Tu me fais confiance ?

– Oui, je couine face à son regard incandescent.

– Alors je vais faire de ta première fois ton plus beau souvenir.

J'avale ma salive et j'ai à peine le temps de réaliser que ses lèvres capturent déjà les miennes.

Il passe un bras autour de ma taille et m'allonge doucement sur le lit sans rompre le baiser. Lorsque son corps s'allonge tendrement sur le mien, je sais que je ne réponds plus de rien.

5

– Tu as envie de moi, Constance ?

Je détaille ses yeux chocolat.

– J'ai besoin que tu me répondes, dit-il, la voix rauque.

J'avale ma salive puis hoche la tête. Son pouce trace le contour de ma lèvre inférieure.

– J'ai envie de toi, Noah.

Une de ses mains se pose de nouveau sur ma taille et glisse doucement le long de ma hanche. Je m'accroche à sa nuque alors qu'il dépose un chaste baiser sur mes lèvres avant de m'embrasser réellement. Je sens mon sang bouillonner dans mes veines, bientôt je ne contrôle plus rien et mes mains se posent sur l'ourlet de son tee-shirt. J'ai envie de le voir, j'ai envie de découvrir son corps. Il se redresse, enlève son tee-shirt avant de le jeter par terre. Mon souffle devient erratique en découvrant son torse. Musclé à souhait, les abdos dessinés.

Nom de Dieu !!!

Je ne regrette soudain plus la situation dans laquelle je me trouve. Cet homme est beau à tomber, et même si c'est son travail il est très doux et très gentil. Je crois que j'aurais pu trouver pire comme homme à qui m'offrir pour la première fois.

Je me redresse à mon tour et m'assieds. Mes doigts tremblants se posent sur lui. Immédiatement, lorsque nos peaux se rencontrent, je frissonne et mes joues chauffent encore un peu plus. Je n'ai jamais été aussi proche d'un homme de toute ma vie et je suis aussi excitée que terrifiée.

– Tu aimes ? demande-t-il d'une voix diablement sexy.

Je hoche la tête et j'accroche son regard, dans lequel je me perds. Je me redresse encore, jusqu'à m'agenouiller comme lui sur le lit et que nos visages se touchent. Je pose mes mains sur ses joues et prends l'initiative d'un baiser. Nous nous embrassons lentement, tendrement, et je savoure l'instant jusqu'à ce que ses mains se posent sur l'ourlet de mon tee-shirt. Instinctivement, je recule. Qu'il se dénude, d'accord, mais moi… je ne suis pas prête à affronter son regard sur mon corps. Il est sur le point de me découvrir comme personne auparavant, et rien que d'y penser mon cœur fait des bonds.

– Ça va ? Tu veux qu'on y aille plus doucement ?

Plus doucement ? Je ne vois franchement pas comment ça pourrait être possible. Je dois absolument mettre de côté mon angoisse pour pouvoir profiter de ce moment.

– Non, c'est parfait, je souffle en ancrant mes yeux dans les siens.

Il sourit avant de poser à nouveau ses mains sur mon tee-shirt et de le soulever en guettant mes réactions. Je retiens mon souffle et ferme les paupières lorsqu'il passe mon vêtement par-dessus ma tête et que je me retrouve presque nue devant lui. Il ne parle pas, ce qui ajoute à mon angoisse. Je refuse de voir, je refuse d'affronter son regard.

Son doigt se pose sous mon menton, me poussant à affronter ses yeux scrutateurs.

– Exquise, dit-il en souriant malicieusement.

Je pique un fard. Exquise ? Vraiment ? Je m'efforce d'y croire. Même si je sais que tout cela n'est que mise en scène, je me force à croire en ces mots qui l'espace d'un instant me donnent la confiance en moi que je n'ai jamais eue.

Lentement, il déboutonne mon jean avant de défaire le sien. Prenant ma main, il nous fait descendre du lit afin de nous mettre face à face. Il fait tomber son pantalon puis l'envoie valdinguer d'un coup de pied. Le voilà en caleçon devant moi, et la bosse proéminente qui déforme son sous-vêtement me fait rougir encore plus. Il me plaque contre lui, fait glisser mon slim le long de mes jambes et, comme lui, je finis de l'enlever à coups de pied.

– Tu es vraiment belle, Constance.

J'aimerais soudain qu'on passe à la vitesse supérieure. À la fois parce que j'en ai envie, et surtout parce que je suis tellement stressée que je crains de faire demi-tour s'il ne se dépêche pas. Il esquisse un sourire en me détaillant, comme s'il avait ressenti mon impatience.

Il approche son visage de mon cou et commence à y déposer des baisers. En même temps, ses doigts défont habilement l'agrafe de mon soutien-gorge. J'ose poser mes mains sur son dos musclé pour le caresser.

– N'hésite pas. Je suis tout à toi ce soir, ma belle, murmure-t-il.

Ses baisers remontent le long de ma mâchoire avant de capturer à nouveau mes lèvres. Mon estomac se tord de plaisir lorsque ses mains viennent caresser mes seins, alors que les miennes parcourent plus avidement son dos, descendant de plus en plus, jusqu'à se poser sur ses fesses. Il rompt le baiser et sourit, amusé.

– Continue comme ça.

Il prend ensuite les choses en main, retire son caleçon, et avant que je puisse protester il fait tomber mon shorty à mes pieds. Je suis nue, à sa merci et offerte à lui. Me yeux sont attirés par son impressionnante érection. Je déglutis puis relève les yeux, ayant soudain conscience que mon regard insistant peut sembler impoli. Mais lorsque je croise le sien, je constate qu'il est lui aussi en train de me mater. Mes complexes reviennent d'un seul coup lorsque je le vois fixer mon corps difforme et dégoûtant. Je tente de me cacher comme je le peux, mais il attrape mes mains pour m'en empêcher. Il reprend mes lèvres d'assaut et nous fait reculer sur le lit. Il s'allonge sur moi et ses lèvres commencent à parcourir mon corps. J'essaie de me vider l'esprit au maximum et laisse mes mains partir à la découverte de son corps. Je dois reconnaître que ses lèvres et ses mains font des merveilles.

– Je vais être aussi doux que possible avec toi, Constance. Si je te fais mal, il faut que tu me le dises.

Il picore ma bouche puis frotte son nez contre le mien. Il continue de m'embrasser, mais je le sens tendre la main sur le côté. Le bruit d'un tiroir qui s'ouvre et se referme se fait entendre. Il a un préservatif à la main et l'enfile habilement. Cette vision fait se couvrir ma peau de frissons. Je suis haletante lorsqu'il pose ses doigts de chaque côté de ma tête et que son bassin frôle le mien.

– Tu vas ressentir une petite douleur, mais ensuite ce ne sera que du plaisir.

– Vas-y. Maintenant.

Il sourit puis m'embrasse. Je le sens à l'entrée, puis il passe d'un coup la barrière de ma virginité. Mon cri de douleur est étouffé par ses lèvres.

– C'est fini. Maintenant ce n'est que du plaisir.

Il parcourt ma gorge de baisers tout en caressant mes bras. Lorsqu'il commence à bouger, la douleur s'intensifie. C'est vraiment désagréable, mais je serre les dents et me concentre sur le dieu vivant qui est en train de me faire l'amour. Très vite je fais abstraction des milliers de questions qui me traversent l'esprit, je fais abstraction de mon dégoût envers moi-même et je me contente de ressentir. Les secondes, les minutes filent et la douleur s'apaise un peu. Mon souffle se fait court, la respiration haletante de Noah emplit la pièce et bientôt un faible gémissement m'échappe.

– Laisse-toi aller, ma belle.

Je le dévisage à présent sans honte aucune. Voir un homme prendre du plaisir est un spectacle fascinant, mais je n'ai aucun point de comparaison, alors peut-être n'est-ce que Noah qui est fascinant. La douleur est toujours là, mais le plaisir l'apaise parfois. Je suis perdue dans un tourbillon de sensations. Mes jambes entourent sa taille alors que ses lèvres descendent sur ma poitrine. Je suis bercée par la cadence des va-et-vient de Noah et, après quelques minutes, j'accompagne ses mouvements de bassin des miens. Aucun de nous ne parle. Il me semble que dans les films ou dans les livres les personnages parlent toujours pendant l'amour, mais là ce n'est pas le cas. Noah et moi nous contentons de nous embrasser, de nous caresser et de nous regarder. Et franchement son regard vaut beaucoup de mots.

Ses mouvements s'accélèrent soudain et je comprends que son plaisir va bientôt atteindre son point culminant. Il glisse sa main entre nos deux corps et vient caresser mon point sensible. Le plaisir augmente, même si la douleur est toujours là. Sa respiration est plus saccadée et il plonge ses yeux dans les miens au moment où ses muscles se tendent.

Un râle de plaisir s'échappe de ses lèvres, mais il ne cesse pas de bouger pour autant, continuant à aller et venir et à me caresser.

Je me concentre sur son visage. Il est en plein dans son orgasme et c'est grâce à moi. Un homme prend du plaisir avec moi… Alors, comme si quelque chose se déclenchait, je ressens soudain autrement ses caresses et me laisse aller à mon propre plaisir. Je pousse un gémissement étouffé lorsqu'une sensation plus forte qu'auparavant me tord le ventre et raidit mes jambes. Je vois trouble quelques secondes, puis je reviens à la réalité. Je remarque alors que Noah a la tête enfouie dans mon cou et qu'il respire difficilement. Mais il est immobile. Moi aussi.

Ça y est, c'est terminé.

Il reste quelques secondes dans cette position avant de rouler sur le côté et de se lever. Il traverse la chambre et disparaît derrière une porte que je suppose être celle de la salle de bain. Je réalise ce qui vient de se passer. Je viens de faire l'amour avec un homme.

– Comment tu te sens ? demande-t-il en revenant s'allonger sur le lit, splendide dans sa nudité assumée.

Je suis nue moi aussi, mais comme je ne suis plus dans le feu de l'action mes vieux complexes reviennent à la charge. Je remonte le drap pour me couvrir entièrement.

– Bien, je réponds en souriant.

– Tu es belle, Constance, je ne comprends pas pourquoi tu veux te cacher.

– Je sais que tu me dis ça parce que tu y es obligé.

Il se relève sur un coude et hausse un sourcil.

– J'y suis obligé ?

– Eh bien, oui… tu… je veux dire c'est ton travail de me complimenter, alors…

– Mon travail est de te faire passer un bon moment. Je ne suis pas rémunéré aux compliments, alors si je te dis que je te trouve belle, je le pense. Mais libre à toi de ne pas me croire.

– C'est assez difficile, en effet, je murmure pour moi.

La conversation semble close, et maintenant je ne sais plus quoi faire. Est-ce que je dois me rhabiller, le payer et partir ? Est-ce que les trois heures sont écoulées ? Est-ce que je dois papoter avec lui jusqu'à ce que ce soit le cas ? Je crois que je me suis assez ridiculisée pour aujourd'hui alors je préfère ne pas poser de questions.

– Tu as l'air préoccupée. Est-ce que quelque chose t'a déplu ?

– Non, non, c'était très bien.

Du moins je crois…

– Alors pourquoi es-tu si pensive ?

Bon, allez, au point où j'en suis, je n'ai plus grand-chose à perdre.

– C'est parce que… en fait je me demande si… si je dois te payer tout de suite. En plus je ne sais pas si je dois m'en aller ou si je peux encore rester. Pas que je veuille m'attarder ici, enfin, je suis bien, mais le truc c'est que je ne sais pas si les trois heures sont passées alors…

Sa main se plaque sur ma bouche, me prenant par surprise. Je tourne les yeux vers lui et je le vois amusé. Il rit même un peu. Super…

– Tu n'as pas été très causante jusqu'à maintenant, mais lorsque tu commences on ne t'arrête plus.

Il retire sa main de ma bouche et la remplace par ses lèvres. Je ne m'attendais vraiment pas à ce qu'il m'embrasse, mais j'apprécie la douceur de son baiser.

– Est-ce que ça va mieux, là ? demande-t-il, mutin.

– Oui, je réponds en souriant.

– Ah. Enfin un sourire.

Il plante un autre baiser sur mes lèvres et saute du lit. Lorsqu'il prend son tee-shirt et le passe, je comprends que c'est le signal. Je ramasse mes vêtements sur le sol et les passe en quatrième vitesse. J'enfile mes nu-pieds et prends mon sac à main.

– Alors ? Combien je te dois ?

Mon Dieu. Je le paie pour ses services. J'ai l'impression d'être une misérable profiteuse et j'ai mal au cœur lorsque je pense qu'il est obligé de se vendre pour gagner de l'argent.

– Deux cents euros.

J'ouvre mon porte-monnaie et en sors les billets que je dépose sur le lit. Heureusement j'avais pris le double de la somme demandée, juste au cas où.

– Merci, dit-il en prenant l'argent et en le fourrant dans la poche de son jean. Je te raccompagne ?

– Chez moi ?

– Non. Mais on peut faire un bout de chemin ensemble, sauf si tu ne veux pas.

– Si… je veux bien.

Il s'approche et me tend la main que je prends avec moins d'hésitation qu'au début. Nous sortons de l'hôtel et Francis, qui se trouve toujours à l'accueil, nous salue poliment.

La nuit est tombée sur Paris et les trottoirs sont bondés. Alors que l'on marche tous les deux dans un silence plutôt plaisant, je me dis que je suis maintenant quelqu'un d'autre. Je suis une nouvelle Constance. Est-ce que cela se voit sur mon visage ? Non, bien sûr que non. Mais moi je sais, je sais que je viens de régler l'un de mes plus gros problèmes et je me sens bien.

Je me surprends à sourire et même à rire.

– Qu'est-ce qui t'amuse ? demande Noah, surpris.

– Je constatais juste que j'étais différente, maintenant.

Je n'ai pas honte de me confier à lui. Je ne le reverrai pas, et là, tout de suite, je me sens bien, ce qui ne m'était pas arrivé depuis très longtemps.

– Effectivement tu n'es plus la même qu'il y a quelques heures, mais tu n'es pas différente pour autant.

– Comment ça ?

– Eh bien, à ce que j'ai compris, cette histoire de virginité était une honte pour toi. Si l'on regarde bien, ce n'est pas une chose avec laquelle il faut se triturer le cerveau. Tout le monde le fait un jour, certains attendent plus que d'autres, mais ça ne veut pas dire que ces personnes sont différentes. Ce n'est pas parce que la plupart des filles le font à l'adolescence que ça fait d'elles des êtres supérieurs.

Je suis touchée et secouée par son discours. Noah est réconfortant et il semble être un vrai gentil. Mais peut-être que ses compliments sont calculés et qu'il assure son service jusqu'au bout ?

– Merci, je murmure.

Il me raccompagne jusqu'à la rame de métro. Le moment est venu de nous quitter.

– Ce fut un plaisir de faire ta connaissance, Constance.

– Tout le plaisir fut pour moi, dis-je malicieusement.

Malgré ma confiance apparente, mes joues se teintent de rouge. Il se rapproche de moi et me souffle à l'oreille.

– Je t'assure, tout le plaisir fut pour *moi*.

Il me fait à nouveau face en souriant. Je réalise alors que cet homme m'a rendu le plus grand des services et j'ai envie de le remercier. Je me hisse sur la pointe des pieds et j'atteins ses lèvres. Ses grandes mains encadrent mon visage et je le sens sourire contre ma bouche avant de me rendre mon baiser.

Pendant quelques secondes j'ai l'impression d'être une fille normale. Je me demande si les gens qui passent à côté de nous nous remarquent. Ils se disent probablement que nous sommes un jeune couple comme il en existe des milliers. J'espère que c'est secrètement l'image que nous renvoyons. Juste pour être considérée dans la catégorie « en couple » au moins une fois. Noah met fin au baiser.

– À bientôt peut-être. Si tu as encore besoin de moi, ce sera avec plaisir.

– Je ne pense pas. Mais merci pour… tu sais.

– De rien, répond-il amusé.

Mon métro arrive et avant que je ne parte il fait quelque chose qui me laisse sans voix. Il amène ma main à ses lèvres et y dépose un baiser. Il me fait ensuite un clin d'œil et je pars pantelante. Je m'engouffre dans le métro et me trouve un petit coin discret. Je ne vois plus Noah et c'est tant mieux. Il ne faudrait pas que cela ressemble à des adieux larmoyants.

Lorsque je rentre chez moi, tout est calme. Il est 23 h 30 et mes parents dorment déjà. Je monte directement à l'étage pour aller prendre une douche. J'enfile ensuite mon vieux pyjama bleu nuit et me faufile sous la couette. Allongée sur mon lit, je me repasse les événements de la journée. Ce matin, en me levant, j'étais encore la Constance ultra-coincée qui avait peur de tout et pensait qu'elle finirait vieille fille.

Ce soir je suis toujours moi. Mais l'espace de quelques heures j'ai eu confiance en moi, et même si cela a été éphémère, ce soir j'ai enfin été normale. Comme toutes les filles.

Aujourd'hui, j'ai payé un homme pour qu'il ait une relation sexuelle avec moi. Aujourd'hui, j'ai fait l'amour avec un homme que je ne connaissais pas, je me suis mise nue, j'ai affronté mes complexes, j'ai repoussé ma peur.

Est-ce que je le regrette ?

Pas le moins du monde.

6

– Alors ?!

– Chut !

– Allez, Constance, raconte-moi.

– Chut !!!

– Tu ne peux pas me faire ça. Je suis ta meilleure amie et c'est en partie grâce à moi si tu n'es plus…

– CHUT !!!

Le manque de tact de Sophia m'est parfois insupportable. Nous sommes au milieu du réfectoire et elle ne peut s'empêcher de parler fort, comme si elle voulait à tout prix que le monde entier sache que j'ai perdu ma virginité avec… un professionnel.

– Je ne me tairai pas tant que tu ne m'auras pas raconté comment ça s'est passé.

– Bon sang, Sophia, ce n'est pas quelque chose qu'on raconte, c'est très intime.

– Constance, ça fait longtemps qu'on a dépassé ce stade, toi et moi. Je te raconte toujours mes parties de jambes en l'air.

– Je sais, et j'en ai d'ailleurs pour dix ans de psychanalyse.

– Arrête tes conneries. Allez, dis-moi au moins si c'était bien.

– Je n'ai aucun point de comparaison, mais… je dirais que c'était bien, dis-je en rougissant immédiatement.

– Mais encore… ? Oh, allez, Constance, tu sais que je ne te lâcherai pas tant que je n'aurai pas eu de détails croustillants.

– Qu'est-ce que tu veux que je te dise ? Il a été patient et très doux. Il a essayé de me mettre à l'aise, mais tu me connais, je suis une anxieuse-née. Là encore je n'ai aucun point de comparaison, mais je sais qu'il embrasse très bien. Vraiment très bien… et puis il a un corps parfait. C'était super, il y en a certaines qui ont dû avoir des premières fois pires que la mienne.

– Ça, tu peux le dire ! Veinarde. Aaaaah, je n'en reviens pas, ma Constance a franchi le cap !

Elle me prend dans ses bras et me serre contre elle en trépignant. Sophia a vraiment du mal à gérer ses émotions, mais je ne peux m'empêcher de sourire de sa réaction. Lorsqu'elle me relâche, je remarque le regard de certains autres élèves sur nous. Évidemment, Sophia est aussi discrète qu'une bande de pachydermes.

– Est-ce que tu vas le revoir ? demande-t-elle, toujours aussi excitée.

– Non. Pourquoi je le reverrais ?

– Oh, je n'en sais rien, peut-être pour prendre ton pied encore une fois.

– J'avais juste besoin qu'il me rende ce service, c'est tout.

– Comme tu voudras. En tout cas je suis contente pour toi. Au fait, il a quel âge ?

Je me rends compte que je n'en ai pas la moindre idée. C'est vrai, ça, quel âge peut bien avoir Noah ?

– Ce n'était pas écrit sur sa fiche de renseignements ?

Sophia secoue la tête en croquant dans sa pomme.

– Il est dans la catégorie des vingt-trente ans.

Je m'apprêtais à planter ma cuillère dans mon liégeois au café quand mon geste se fige.

– Mais… tu imagines s'il a trente ans ?

– Eh bien quoi ?

– Eh bien quoi ? Ça fait neuf ans de plus que moi !

– Je ne vois pas le problème. Mais on peut essayer de deviner, tu l'as vu de près… De vraiment, vraiment, très très près.

– Oh, ça suffit Sophia. C'est sûr qu'il a au moins vingt-cinq ans.

– De toute façon peu importe. Il est canon, bien foutu, sympa et gentleman et c'est tout ce qui compte.

Je hoche énergiquement la tête.

– En tout cas, si tu ne veux plus faire appel à ses services, peut-être que moi je l'appellerai. Mais alors je prendrai le forfait vingt-quatre heures, histoire d'en profiter un maximum.

– Vingt-quatre heures ? Il peut être loué pour de si longues périodes ?

– Ouais, mais là c'est mille cinq cents euros qu'il faut débourser.

– Putain !

Sophia écarquille les yeux. Je jure rarement, mais là, il faut avouer que je suis choquée.

Le reste de la journée passe lentement. Les cours sont toujours ennuyeux, mais je m'applique pour suivre. Des flashs de ma soirée me reviennent en tête et je me surprends à esquisser quelques sourires. Heureusement pour moi,

Sophia ne le remarque pas, trop occupée à draguer Martin, son voisin de droite.

Ce soir, en rentrant chez moi, je suis dans la lune. Les choses n'ont pas vraiment changé. Je marche toujours la tête baissée, je m'efforce de ne pas me faire remarquer et je traîne toujours cette mélancolie qui me caractérise. Je pensais que ne plus être vierge me ferait me sentir plus sûre de moi ; ce n'est pas le cas. Je remarque surtout que Noah a raison, cela ne me rend en rien différente.

Je passe la porte de chez moi et je suis heureuse de constater que mes parents ne sont pas encore rentrés. Je fonce vers le placard de la cuisine et j'en sors un paquet de cookies surmontés d'énormes pépites de chocolat. Un pur délice. Ma semaine de jeûne arrive bientôt, alors j'en profite avant de me priver de tout ce que j'aime.

Je zappe à la télé, à la recherche de quelque chose d'intéressant. Je retiens une nausée lorsque je tombe sur une émission de téléréalité. Je déteste ce genre de programme complètement dénué de sens. Un groupe d'idiots se retrouve à cohabiter et c'est à celui qui passera pour le plus bête de tous. Le plus affligeant, là-dedans, c'est qu'ils revendiquent leur connerie. Mais on ne peut pas leur en vouloir. On ne peut pas attendre grand-chose de personnes dont le QI est aussi élevé que celui d'une huître.

Alors que je mange (déjà ?) mon troisième cookie, j'entends la porte d'entrée s'ouvrir. À cette heure, ça ne peut être que mon père. Je referme précipitamment le paquet de gâteaux et le fourre sous un coussin. Je ne suis pas d'humeur à subir ses remontrances.

Malheureusement, je n'ai pas le temps de terminer le biscuit que j'ai dans la main que mon père débarque dans le salon. Il plisse les yeux en me voyant.

– C'est ça que tu fais en rentrant ? Tu te goinfres sur le canapé ?

– Je n'ai pas beaucoup mangé à midi et j'avais faim.

– Bois de l'eau. Je dis ça pour toi, Constance, un jour tu vas te réveiller et tu seras obèse. Et il sera trop tard pour pleurer.

Sur sa remarque assassine, il quitte la pièce. J'encaisse le coup encore une fois sans rien dire, et je vais ranger le paquet de gâteaux avant d'aller dans ma chambre. Ce soir encore je ne dînerai pas avec mes parents. Ma mère est venue me demander comment se sont passés les cours, mais rien de plus. Pas même un « Et toi, Constance, comment vas-tu ? ». Mais ce n'est pas grave, je me suis habituée à cette indifférence.

7

Ma vie reprend son cours, ennuyeuse et sans saveur. Heureusement que Sophia est là pour égayer mes journées. Je ne sais pas ce que je ferais sans elle. Elle illumine mon quotidien. C'est un électron libre qui ne laisse personne indifférent. Mais je dois avouer que même si je l'aime, je suis toujours un peu inquiète lorsqu'elle me regarde de ses yeux pétillants de malice… comme maintenant.

– Mama Shelter.

– Qui ?

– C'est un bar génialissime. On y va ce soir.

– Qui, on ?

– Nous. Toi et moi.

– Sûrement pas.

– Oh, allez, Constance, s'il te plaît ! C'est Martin qui nous a invitées.

– Et alors ? C'est *ton* plan drague, tu te débrouilles toute seule.

Elle s'assied à côté de moi. Notre cours n'a pas encore commencé et des conversations s'élèvent de toutes parts.

– S'il te plaît. Combien de fois dans ma vie je t'ai demandé de m'accompagner dans un bar ou en boîte ?

– Euh… des centaines de fois.

– Et est-ce que je t'y ai forcée ?

– Non.

– Bien. Alors pour une fois ce sera le cas.

Voyant ma mine renfrognée elle reprend :

– Martin me plaît vraiment beaucoup, tu sais.

– Et moi je jouerai le rôle du chandelier, c'est ça ?

– Tu n'as qu'à appeler ton toy boy.

Non, mais alors là…

– Sophia !

– OK, excuse-moi. Constance, j'ai vraiment besoin que tu m'accompagnes, je ne connais pas encore assez Martin pour passer une soirée seule avec ses potes et puis j'ai envie que ma meilleure amie m'accompagne. Ma meilleure amie de tous les temps, insiste-t-elle en posant sa tête contre mon épaule.

Je me ferme immédiatement.

– Hors de question.

– S'il te…

– Non ! Tu sais que je déteste me retrouver au milieu de personnes que je ne connais pas, et pire, entourée de mecs. Pourquoi tu fais toujours ça, me prévenir à la dernière minute et me mettre devant le fait accompli ?

Elle soupire et boude.

– Tu as raison, je n'aurais pas dû, mais ça te ferait une occasion de sortir toi aussi. Tu as vingt et un ans, Constance, il faut que tu en profites maintenant.

De toute façon elle ne lâchera pas l'affaire, alors autant négocier à mon avantage.

– OK ! Mais si je vois que ce sont des gros lourds, je pars au bout de dix minutes et tu me paies le taxi pour rentrer *et* même s'ils sont sympas je reste une heure grand maximum.

– Vendu. On va passer une trop bonne soirée, ma poulette, dit-elle en tapant dans ses mains.

Je ne sais pas pourquoi, mais j'en doute fort.

Sophia m'a obligée à venir chez elle pour que nous nous préparions. J'ai envie de m'enfuir lorsque je vois tous les produits de maquillage et les fringues éparpillées sur son lit.

– Alors, je t'ai dégoté une petite robe…

– Je t'arrête tout de suite. Pas de jupe ni de robe sauf si c'est avec un collant noir opaque pour cacher mes jambes, et je suis sûre que tu n'en as pas prévu.

Elle s'assied lourdement sur son lit en me gratifiant d'un regard désapprobateur.

– C'est ça ou je rentre chez moi, Sophia. Je suis sûre que tu as prévu un joli jean qui m'ira à merveille.

– Évidemment.

Après d'interminables minutes, je me retrouve affublée d'un jean clair déchiré aux genoux, d'un débardeur bleu marine et d'un perfecto noir. J'enfile les bottines noires que Sophia me tend et je dois avouer que je suis plutôt jolie. Je laisse mes cheveux détachés et je suis d'accord pour mettre du mascara et un petit peu de rouge sur mes lèvres.

À 21 heures nous prenons le taxi pour nous rendre dans « le bar le plus cooool de la capitale » selon Sophia. Martin se retrouve les pieds dans une flaque de bave en voyant arriver mon amie dans sa petite jupe, juchée sur ses talons. Les amis de Martin semblent plus intéressés par la gent féminine qui se trouve à l'intérieur du bar que par Sophia et moi, et franchement c'est tant mieux. Ils ne sont pas méchants, juste imbus de leur personne.

Jules déblatère sur comment il deviendra le plus jeune et talentueux avocat de France, quant à Maxence, il m'explique en long, en large et en travers qu'il sera un entrepreneur redoutable lorsque son père lui léguera l'entreprise familiale.

Je quitte la table après m'être poliment excusée et je décide d'aller me commander un cocktail au bar. Je sais déjà que dès que j'aurai terminé ma consommation, je partirai de cet endroit où je ne me sens pas à ma place. Tout le monde rit, semble s'amuser, et encore une fois je fais tache dans le décor.

– Salut.

Je n'ai pas besoin de tourner la tête pour savoir que ce n'est pas à moi qu'on s'adresse. Je suis transparente, la femme invisible, c'est moi.

– Constance ?

Oui, bon, là… à moins qu'il y en ait une autre dans le bar, je crois que c'est bien à moi qu'on s'adresse. Quand je me retourne je tombe des nues. Je ne m'attendais tellement pas à le voir ici que je n'ai même pas reconnu sa voix.

– Noah ?

– Je croyais que tu allais faire comme si on ne se connaissait pas, dit-il en prenant place sur le tabouret à côté de moi.

– Oh, non, c'est juste que je ne m'attendais pas à te voir ici, c'est tout.

– Moi non plus. Tu es seule ?

– Je suis venue avec une amie, mais… elle a trouvé une occupation, dis-je en montrant la table où Sophia et Martin sont en train de se faire un examen en règle des amygdales.

– Je vois, répond Noah en souriant. Ça t'embête si je te tiens compagnie quelques minutes ?

– Pas du tout, je m'empresse de répondre.

Il commande deux autres cocktails et je ne peux m'empêcher de le dévisager. Je n'arrive pas à croire que l'on se trouve au même endroit, au même moment. Cela ne peut être qu'une coïncidence et j'adore ça. Je le détaille le plus discrètement possible. Jean et baskets noires, pull gris et veste en cuir. Il est à tomber.

– Quoi ? demande-t-il avec un sourire amusé.

– Tu as quel âge ?

Je débite la première chose qui me vient à l'esprit. Après notre discussion avec Sophia, j'ai besoin de savoir. Il semble surpris de ma question.

– Pourquoi tu veux le savoir ?

– Juste comme ça, dis-je en rougissant. Mais si tu ne veux pas le dire tant pis.

– Tu as quel âge, toi ?

Il sirote son cocktail en me fixant.

– Sophia ne te l'a pas dit ?

– Je ne le lui ai pas demandé. J'ai juste voulu savoir ton prénom et avoir une photo pour pouvoir te reconnaître.

– Oh. J'ai vingt et un ans. J'en aurai vingt-deux en fin d'année.

Il reste silencieux un instant avant de répondre :

– J'ai eu vingt-six ans il y a quinze jours.

Vingt-six ans. Il n'est pas si vieux, finalement.

– Joyeux anniversaire en retard, dis-je en souriant.

– Merci. Alors, comment ça va les cours ?

Je soupire de lassitude rien que de penser à cette routine universitaire qui me sort par tous les pores de la peau.

– C'est ennuyeux, répétitif, sans intérêt et j'en passe.

– Pourquoi tu n'arrêtes pas si tu n'aimes pas ?

– Si seulement c'était si simple…

Il ne relève pas, comprenant que je ne veux pas m'étendre sur le sujet. Je n'ai pas envie de me confier sur ma relation avec mes parents, qui m'a amenée à faire quelque chose que je déteste. Même s'il m'a pris ma virginité, nous ne nous connaissons pas assez pour que je me lance dans de longues explications. Et puis il n'est pas psychologue et je vais probablement l'ennuyer.

– En tout cas, ça m'a fait plaisir de te revoir, dit-il en se levant.

– Tu vas retrouver tes amis ?

J'espère le retenir encore quelques secondes, j'aime sa compagnie.

Il plisse le nez avant de me faire un clin d'œil. Il n'ajoute rien et s'en va. Je le suis du regard et le vois se diriger vers une femme d'âge mûr nonchalamment appuyée contre le bar. Elle le regarde, interloquée, il lui dit quelque chose et elle lui sert un grand sourire.

Je comprends soudain ce qui vient de se passer. Je viens de lui servir de couverture. Je me rappelle ce qu'il m'a dit lors de notre rencontre. « *J'aime bien observer les gens.* » Il savait qu'elle était sa cliente, mais il voulait la détailler sans se faire remarquer. Super… moi qui croyais qu'il était réellement content de me voir.

La déception s'empare de moi. J'ose un autre coup d'œil dans leur direction. Cette femme a au moins le double de son âge.

J'ai l'impression de me prendre une violente gifle. J'ai cru, l'espace d'un instant, que notre rendez-vous avait peut-être été spécial et différent pour lui, mais je me trompais. Il aborde toutes les femmes de la même manière, et il leur dit la même chose à toutes. Moi comprise.

Quelle conne, mais quelle conne !

Et dire qu'il va coucher avec elle… avec qui avait-il couché juste avant que ce soit mon tour ? Je me rends compte de ma terrible erreur. Je me suis offerte à quelqu'un dont c'est le métier. C'est son métier, bon sang ! Je n'ai été qu'une transaction professionnelle de plus. Et c'est encore pire quand je me dis que c'est peut-être avec mon argent qu'il lui paie un verre. Un cauchemar.

Je me lève et retourne à la table où Sophia et Martin parlent à présent tranquillement.

– Je peux avoir de la monnaie, s'il te plaît ?

– Tu rentres ? Désolée, Constance, je n'ai pas été très présente ce soir. Reste encore un peu, on…

Elle s'arrête en voyant mon air alarmé.

– Qu'est-ce qui se passe ? demande-t-elle en se levant.

– Rien. Je veux juste rentrer, s'il te plaît.

– Tu ne peux pas rentrer toute seule ? lance Martin, mécontent.

Je ne relève pas, je m'en fiche. Sophia décide pourtant de ne pas laisser passer sa remarque.

– Non, elle ne rentrera pas seule, mais toi si.

– Sophia ! tente-t-il.

– Laisse tomber. Viens, on s'en va.

Elle passe son bras sous le mien et nous quittons le bar. Nous montons toutes les deux dans le taxi au moment où Noah et la femme accrochée à son bras sortent du Mama Shelter. Je détourne le regard.

La déception et les regrets s'immiscent en moi. Oui, maintenant je regrette.

8

Le lendemain de mon entrevue avec Noah est morose. Je n'ai pas envie de me lever et j'hésite un instant à faire croire que je suis malade. Comme pour me rappeler que mes rêves sont loin de devenir réalité, la porte de ma chambre s'ouvre, la lumière m'éblouit et le commandant en chef plus connu sous le nom de papa fait son apparition.

– Constance, il est 6 h 30 passées, qu'est-ce que tu fais encore au lit ?

– Je suis fatiguée et je ne me sens pas bien. Je crois que je suis malade.

Bravo, très mature. Il ne manque plus que le thermomètre sur le radiateur pour faire croire que j'ai de la fièvre et prouver mes dires. Si c'est tout ce dont je suis capable pour me défendre, je vais faire une brillante avocate.

– Ne dis pas n'importe quoi. Lève-toi, tu vas être en retard.

– Papa, je crois que je vais prendre rendez-vous chez le Dr Barbier.

– Tu crois que rester au lit va t'instruire ? Cesse de faire l'enfant et lève-toi.

Et il repart comme il est venu. Cette situation est invivable. J'ai l'impression d'être le fardeau de mon père, j'ai l'impression qu'il me hait. Je ne comprends pas pourquoi du jour au lendemain il est devenu si froid et si critique envers moi.

Tant bien que mal je me lève et je commence à m'habiller, sans grande conviction. Je déprime rien qu'à l'idée de me retrouver enfermée dans un amphi rempli de personnes ennuyeuses à souhait. J'enfile un pantalon noir ainsi qu'une chemise en jean, je passe mes bottines et me rends en traînant dans la cuisine. Mon père est en train de terminer son café. Sans un regard, il quitte la pièce, puis sans un mot l'appartement.

Étrangement, je suis heureuse de me retrouver seule, et pour la peine je me concocte un petit déjeuner bien garni. Tartine de confiture à la framboise, capuccino vanille et jus d'orange. Depuis combien de temps je ne me suis pas offert un petit déj pareil ?

Je prends mon repas sans me presser, l'heure tourne, mais je m'en moque. Aujourd'hui plus que les autres jours je n'ai envie de rien. Plus j'y pense, plus je me demande pourquoi je me force à faire quelque chose que je déteste. Tout ce que j'aimerais c'est transformer ma chambre en petit atelier et pouvoir dessiner toute la journée. Je rêve de faire une école d'art, d'apprendre, de me perfectionner, et pourquoi pas d'enseigner… mais malheureusement tout cela est et restera de l'ordre du rêve.

J'expédie mon petit déjeuner à vitesse grand *V* puis je prends mon sac et sors de chez moi. Alors que je me dirige vers la station de métro, je sens mon ventre se tordre. J'angoisse. J'arrive de moins en moins à faire semblant d'apprécier cette routine. J'ai besoin d'air, de voir autre chose, j'ai besoin de me sentir libre. J'ai vingt et un ans et je suis en train de gâcher mes plus belles années. Je n'en peux plus.

Prise dans ce tourbillon de remise en question, je stoppe net. Non ! Aujourd'hui, je ne ferai pas ce qu'on attend de moi. Aujourd'hui je n'irai pas à la fac comme le ferait la gentille petite Constance que tout le monde connaît.

Aujourd'hui je vais être moi.

Je fais demi-tour et remonte à l'appartement. J'échange mon sac de cours contre mon sac à main et je repars. Je décide de me balader dans les rues de Paris, de prendre un peu de temps pour moi. À cette heure-ci les boutiques sont encore fermées, mais ce n'est pas grave, je savoure le fait d'être libre de mes mouvements.

Hasard ou non, mes pas me guident jusque devant le *Five Hotel*. Je m'arrête devant le bâtiment, celui à l'intérieur duquel j'ai perdu ma virginité. J'espère secrètement croiser Noah, mais penser que je pourrais le voir avec une de ses clientes me dérange. J'ai déjà eu mon lot de déceptions hier soir en découvrant que je lui avais servi de couverture, et je ne voudrais pas avoir une nouvelle fois l'impression d'être salie.

Je regarde cet hôtel et je me dis qu'il est finalement très important, que je devrais l'immortaliser. Je traverse la rue et prends place sur un banc. Je sors le petit carnet qui se trouve toujours dans mon sac ainsi que mon crayon à papier, et je commence à dessiner ce bâtiment, banal pour certains, mais sentimentalement chargé pour moi.

Le temps passe sans que je m'en rende compte. Le soleil qui tape de plus en plus fort m'indique que le jour est désormais bel et bien levé. Un coup d'œil à ma montre : il est déjà onze heures passées. Comment le temps a-t-il pu filer si vite ?

Je ferme mon carnet et je le range dans mon sac. Soudain, alors que je me lève et m'apprête à partir, je le vois. Noah. Évidemment il n'est pas seul. Ma fierté se prend une gifle magistrale lorsque je le vois entrer dans cet hôtel avec à son bras une blonde longiligne.

Je reste plantée là comme une idiote, les yeux rivés sur l'entrée. Je ne sais pas ce que j'attends, je crois que j'espère le voir ressortir rapidement. Je ne comprends pas ce que voudrais de lui. Il m'a rendu service, et lorsqu'il m'a dit qu'il serait ravi de me revoir j'ai décliné. Alors pourquoi j'aimerais qu'il me contacte et me propose un rendez-vous ? Je sais qu'il ne le fera jamais, ce sont les femmes qui font appel à ses services, pas l'inverse.

Malgré tout ce que j'ai pu penser, je dois admettre que Noah a été exemplaire. Je repense aux paroles de Sophia lorsqu'elle me disait que je devrais le revoir, juste pour passer du bon temps. Et si elle avait raison ? Après tout je l'ai fait une fois, je pourrais recommencer, ce ne serait pas désagréable. Tout en m'éloignant de l'hôtel, je décide d'appeler ma déjantée de meilleure amie, espérant qu'elle me rende un service.

Elle décroche assez rapidement.

– Salut, belle gosse. Pourquoi tu n'es pas venue aujourd'hui ?

– Je n'avais pas envie.

C'est aussi simple que ça. Je ne vois pas pourquoi j'enjoliverais la vérité.

– Attends, tu peux répéter, là ? Tu ne voulais pas ?

– Pourquoi ça te choque ?

– Toi, Constance Pradel, tu enfreins les règles ?

– Oh, ça va. J'ai besoin que tu me rendes un service.

– Je serais ravie de t'aider.

J'inspire profondément.

– Voilà… en fait… comment dire ? J'aurais besoin que tu… c'est un peu délicat… je…

– Crache le morceau, Constance.

– OK. J'auraisbesoindunumérodenoah.

– Quoi ?

– J'aurais besoin du numéro de Noah, je répète exaspérée.

Un court silence s'installe au bout du fil.

– Je vois ! Tu veux refaire des folies de ton corps avec M. Dieu-du-Coup-de-reins ?

– Sophia, s'il te plaît. Passe-moi juste son numéro.

– Attends deux secondes, je te l'envoie. Ça y est.

– Merci. Je te laisse.

– Hé hé, pas si vite. Pourquoi ce revirement de situation ?

– Sophia, laisse tomber. Je te raconterai plus tard, d'accord ?

– Tu promets, hein ?

– Oui, promis. Merci.

Je raccroche avant qu'elle n'ait le temps de me poser des centaines de questions. Lorsque je me retrouve face au numéro, je reste figée. Est-ce que je veux vraiment l'appeler ? Oh, et puis zut. Advienne que pourra.

Je suis tremblante lorsque j'appuie sur le petit bouton vert et je manque m'effondrer lorsque la tonalité résonne. Bien vite, la messagerie se met en route, et avant que j'aie pu réagir je suis priée de laisser un message après le bip.

– Oh, euh… Noah ? C'est… c'est moi, enfin, Constance. Je t'appelle parce que j'aurais voulu savoir si c'était possible qu'on se voie, enfin je voulais prendre rendez-vous. Oh, bon sang, enfin, je voulais qu'on se voie à nouveau, et bien sûr je te paierai. Alors, euh… rappelle-moi ? Si tu veux ? C'était Constance.

Je me dépêche de raccrocher. Quelle cruche ! Je suis une calamité. Cet homme m'a vue nue et je suis incapable de lui laisser un message sur sa boîte vocale sans bégayer et sans faire de bourde. J'ai honte. À tous les coups il va écouter ce message avec sa nouvelle cliente et ils riront de moi. Si ça se trouve il ne me rappellera même pas.

Je décide de ne plus y penser. Je continue ma balade, et comme il est bientôt midi je décide de m'acheter un sandwich que je mange tout en continuant mon excursion. Dire que je me promène librement alors que le commun des mortels est en train d'étudier ou de travailler… La sensation est grisante. Il m'aura fallu attendre vingt et un ans pour goûter aux joies de l'école buissonnière.

Alors que je continue de déambuler dans les rues de Paris, mon téléphone sonne. Je panique immédiatement. C'est Noah ! Je reste figée, les yeux rivés sur l'écran, à me demander quoi faire. Je ne peux plus reculer, j'ai fait le premier pas, je dois assumer.

– Allô ?

– Constance. Je suis content de t'entendre.

C'est lui, c'est sa voix. Et maintenant qu'est-ce que je fais, qu'est-ce que je dis ? Du calme, Constance, reprends-toi.

– Salut, Noah.

– Je viens d'écouter ton message. Alors comme ça tu veux prendre rendez-vous avec moi et tu veux me payer ? Je n'aime pas trop vos manières, jeune fille.

Est-ce qu'il se moque de moi ? Il n'en a pas l'air.

– Désolée, je ne sais pas pourquoi j'ai dit ça.

– Ne t'en fais pas, j'ai déjà entendu pire, s'esclaffe-t-il.

– Oh, d'accord.

– Quand est-ce que tu veux qu'on se voie ?

Cette question me met dans tous mes états.

– Je ne sais pas, quand est-ce que tu es disponible ?

– Maintenant.

Alors là… je frôle la crise cardiaque. Maintenant ? Impossible, je ne suis pas coiffée, encore moins maquillée et je ne suis pas prête… psychologiquement.

– Constance, tu es toujours là ?

– Oui oui, c'est juste que je ne m'attendais pas à ce que tu sois disponible si vite.

– Il se trouve que j'ai une cliente qui s'est décommandée, alors si tu veux on peut se retrouver quelque part.

Oh là là, quelle galère ! Que dire ? Oui ? Au risque qu'il me voie sous un très mauvais jour ? Et si je dis non, peut-être que le prochain rendez-vous ne pourra pas être pris avant très longtemps.

– D'accord !

Encore une fois je réponds sans vraiment être consciente de ce que je dis.

– Super. On se dit dans trente minutes au café de la dernière fois ?

– Super, à tout de suite.

– À tout de suite, jolie Constance.

Et il raccroche, laissant son compliment flotter dans l'air.

9

NOAH

Je raccroche, le sourire aux lèvres. Elle est mignonne, cette petite Constance, un peu gauche, mais mignonne. Je ne m'attendais pas à ce qu'elle me rappelle, mais je dois avouer que je suis plutôt content de passer du temps avec elle, ça me change des autres.

En général je ne suis considéré que comme un jouet, et même si je dois avouer que mon métier a des avantages, l'argent notamment, il a aussi de gros inconvénients. La plupart des femmes qui viennent me voir ont besoin de se sentir belles et aimées, mais il y en a aussi qui ne me contactent que pour évacuer leurs frustrations et leurs colères.

C'est sûr, devenir escort n'est en rien une vocation. Si j'avais pu éviter d'en arriver là, je l'aurais fait, mais la vie ne se déroule pas toujours comme on se l'était imaginée. Ma psychologue de mère dirait que mon choix de «carrière» s'apparente à une façon de combler un manque affectif. Que mon inconscient aspire à la stabilité, mais que je suis escort par esprit de contradiction. Ou une connerie du genre. Passé l'excitation des premiers rendez-vous, je me suis vite lassé d'être considéré comme un steak. Depuis quelques mois, je ressens un vide, quelque chose me manque, je ne saurais dire quoi. Je crois que j'ai besoin de changement, d'un nouveau souffle. Que ma vie telle qu'elle est ne me convient plus.

Toujours est-il que Constance est différente de mes autres clientes. Sa naïveté est attendrissante. Il émane d'elle une douceur et une fragilité déconcertantes. Plusieurs fois, lors de notre premier rendez-vous, elle a semblé sur le point de fondre en larmes. Elle semble brisée, blessée, et son manque de confiance en elle est visible à des kilomètres. Elle est pourtant jolie, vraiment très jolie. Ses grands yeux marron curieux et brillants sont ce qui m'a marqué en premier.

Je n'avais jamais vécu la première fois d'une cliente et bon sang, c'est le meilleur rendez-vous que j'aie eu depuis mes débuts. La démarche de Constance m'a surpris, mais je suis plus qu'heureux qu'elle désire un autre rendez-vous. J'ai envie de la revoir.

Je rejoins en hâte la ligne de métro. Parfois j'aimerais habiter dans une ville plus calme. La foule, le monde, le bruit, la pollution me fatiguent de plus en plus. Mais je ne tiendrais pas un mois dans une ville de province.

Je pénètre dans le métro et cherche une place. Bien sûr, tous les sièges sont pris. Alors que je m'avance pour chercher un coin contre lequel m'appuyer, je vois une petite brune tassée contre la paroi du wagon, la tête baissée, les épaules voûtées.

Constance.

Voir à quel point elle essaie de se faire le plus discrète possible est aberrant. C'est comme si elle essayait de disparaître, comme si elle voulait devenir invisible. Qu'a-t-il bien pu lui arriver pour qu'elle ait une si piètre estime d'elle-même ? Je continue d'approcher, elle ne me voit pas arriver. Je remarque au passage le regard plus qu'intéressé d'un homme sur elle. Il la détaille sans gêne, c'en est presque dégoûtant.

Lorsque j'arrive enfin à sa hauteur, elle lève les yeux vers moi et son regard éteint s'illumine. J'ai même droit à un sourire, chanceux que je suis.

– Eh bien eh bien. Comme on se retrouve.

– Qu'est-ce que tu fais là ? demande-t-elle, surprise.

– Comme toi, je vais à notre rendez-vous.

Je me penche pour déposer un baiser sur sa joue rougie.

– Comment vas-tu ?

– Bien, répond-elle en se donnant un air plus assuré. Et toi ?

– Parfaitement bien.

Je lui sers mon sourire charmeur, celui qui a, entre autres, bâti ma réputation. Je trouve un peu déplacé d'utiliser mes techniques de drague habituelles avec elle, mais après tout elle est ma cliente, je ne fais que mon métier.

Le métro s'arrête à notre station, et Constance et moi sommes poussés vers la sortie par le flot de voyageurs, tous plus pressés les uns que les autres de retrouver la lumière du jour. Je prends sa main dans la mienne lorsque nous respirons enfin l'air de l'extérieur.

– Tu n'as pas cours aujourd'hui ?

– Si, mais je n'avais pas envie d'y aller.

– Pourquoi fais-tu ce genre d'études ?

C'est vrai, ça, pourquoi se force-t-elle à faire quelque chose qu'elle déteste ? C'est incompréhensible.

– Je n'ai pas tellement le choix.

– On a toujours le choix, Constance.

– Est-ce que cette profession en est une ? demande-t-elle le regard empli de curiosité.

Sa question me prend de court. Merde ! Que répondre ? Je n'aime pas me livrer, je ne le fais jamais, et encore moins avec la clientèle.

– En partie, réponds-je en haussant les épaules.

À mon grand soulagement, elle n'essaie pas d'en savoir plus. Nous arrivons enfin devant le petit café de la dernière fois, et nous prenons place en terrasse. Je commande un café et Constance commande un jus d'ananas. Elle passe sa main dans ses cheveux pour se recoiffer et tire sur sa chemise pour se cacher. Bon sang, Constance, arrête de faire ça !

– Tu es nerveuse ?

– Un peu, admet-elle en se dandinant sur sa chaise.

– Pourquoi tu m'as appelé ? La première fois qu'on s'est vus, tu as poliment décliné ma proposition de te rendre service à nouveau.

– Peut-être que si tu me le proposais maintenant je ne dirais pas non.

Elle rougit jusqu'à la racine des cheveux, mais elle se tient droite ; elle peut avoir de l'assurance. Cela la rend encore plus désirable.

– Je vois. Qu'est-ce qu'on attend, alors ?

Sa bouche s'entrouvre. Eh oui, jolie Constance, si tu veux m'entraîner sur ce terrain, je t'y suivrai avec plaisir.

– Je ne pourrai pas rester trois heures, lâche-t-elle soudain.

– Trois heures ? Pourquoi tu penses que je vais te retenir trois heures ?

– Eh bien… Sophia m'a dit que le premier forfait démarrait à trois heures.

OK… sa copine est vraiment une petite rigolote. Je secoue la tête et souris avant de croiser les bras.

– Il n'y a pas de forfait minimum, Constance. Tu peux m'avoir pour une heure, trois heures, huit heures ou plus…

Elle rougit encore plus si c'est possible. La pauvre… j'aimerais la prendre dans mes bras pour lui faire passer son moment de gêne. D'ailleurs, qu'est-ce qui m'en empêche ? J'avale mon café d'une traite et je me lève, prenant sa main, la faisant se lever à son tour.

– Arrête de te poser autant de questions. Profite.

Je relève son menton et dépose un chaste baiser sur ses lèvres.

– J'ai très envie de toi, lui dis-je en calant une mèche de cheveux derrière ses oreilles.

Et c'est vrai. Elle est tellement innocente que c'en est terriblement excitant. Elle déglutit, mais ne quitte pas mon regard. Elle farfouille dans la poche de son jean et dépose des pièces de monnaie sur la table.

– Allons-y, dit-elle en m'entraînant avec elle.

10

Note pour moi-même : faire mourir Sophia dans d'atroces souffrances. Qu'on se le dise, j'adore Sophia, c'est une amie attentive, attentionnée, et surtout toujours prête à rendre service… sauf que là elle a dépassé les bornes. Me faire croire que le premier forfait démarrait à trois heures… comme si je ne m'étais pas déjà assez ridiculisée devant Noah ! Elle va m'entendre !

Mais pour l'instant Sophia est bien loin de mes pensées. Allongés dans le lit de la chambre n° 10 du *Five Hotel*, Noah et moi reprenons notre souffle.

Après avoir quitté le petit café du 5ᵉ, nous nous sommes rendus à l'hôtel, qui ne se trouvait pas loin. Comme la première fois, à peine passé la porte de la chambre, Noah m'a sauté dessus. Le reste n'a été qu'un mélange de soupirs, de baisers et de gémissements de plaisir.

Je ne suis toujours pas à l'aise avec mon corps, je crois d'ailleurs que je ne le serai jamais, et même si Noah me répète que je suis jolie, je n'arrive pas à le croire. Constance Pradel est tout sauf jolie. C'est d'ailleurs pour cela que comme la première fois je remonte le drap jusque sous mon menton pour me cacher.

– Ça va ? demande Noah en pivotant sur le côté.

– Oui. Et toi ?

Il s'esclaffe en se redressant sur un coude.

– Je vais parfaitement bien, jolie Constance. C'est d'ailleurs grâce à toi.

– Est-ce que ce n'est pas épuisant pour toi ?

– De quoi ?

– Eh bien de toujours devoir… tu sais quoi.

– Éclaire ma lanterne.

J'inspire lentement avant de me lancer :

– De coucher avec plusieurs femmes dans la journée.

Je rouvre les yeux pour jauger sa réaction. Il sourit. Il se rapproche un peu de moi et laisse errer son doigt de ma tempe jusqu'à ma joue.

– Je ne fais pas que coucher avec elles, tu sais.

– Ah non ?

– Non. Certaines viennent me voir juste parce qu'elles se sentent seules et qu'elles ont besoin de compagnie.

– Oui, mais tu couches tout de même avec.

Il secoue la tête et son sourire s'efface. Son doigt continue son voyage le long de ma mâchoire, puis jusque dans mon cou.

– Parfois, je les emmène seulement au restaurant ou en balade. Tu sais, beaucoup d'entre elles cherchent de la compagnie, et parfois il y a un petit extra.

Il dépose un baiser sur mes lèvres, puis un second avant de souder nos bouches pour de bon. J'oublie tout. L'endroit, les circonstances, son métier, ma compensation monétaire, et je plonge avec délices dans le tourbillon de désir que cet homme provoque en moi.

Si seulement je pouvais me sentir comme ça tout le temps ! Pas de cours ennuyeux, pas de prise de tête, pas de parents constamment sur mon dos… Oh ! Mes parents !!! Quelle heure est-il ? Je repousse brusquement Noah, qui se redresse, surpris.

– Quoi ?

– Il est quelle heure ? je demande en me redressant à mon tour.

Il se penche sur la commode et prend son portable.

– 15 h 30.

– Je dois rentrer chez moi.

Je saute du lit et j'enfile à la hâte mes sous-vêtements ainsi que mon jean, ma chemise et mes bottines.

– Déjà ? s'inquiète Noah.

– Oui. Je dois être rentrée avant mes parents, sinon ils se douteront de quelque chose.

– Mais tu es majeure, il me semble. Tu es libre de sortir et de rentrer quand tu en as envie.

Je ricane en ouvrant mon sac à main à la recherche de mon portefeuille.

– Ça ne marche pas comme ça, chez moi. Combien je te dois ?

– Cent euros.

Je suis surprise par le tarif.

– Combien de temps je suis restée ?

– Un petit peu plus d'une heure.

Je fronce les sourcils, tentant de comprendre la logique de ses prix.

– Mais la dernière fois j'ai payé deux cents euros pour trois heures. Soit tu viens de m'arnaquer, soit tu as un problème avec les chiffres.

Il descend du lit sans rien dire et enfile nonchalamment ses vêtements. Il prend tout son temps et je l'avoue, je me rince l'œil. Lorsqu'il passe son tee-shirt, ses abdominaux se contractent dans un délicieux mouvement. J'aimerais rester là à le regarder pendant des heures.

Lorsqu'il est vêtu et décent, il s'approche de moi et prend mon menton entre ses doigts.

– Disons que comme c'était ta première fois, je t'ai fait une ristourne.

Je cligne des yeux. Une ristourne. Comme… une promo ? Génial, je me suis offerte au premier venu, et en plus j'ai vendu ma virginité à tarif réduit.

Je lui tends son argent et me précipite vers la porte.

– Hé, attends. Je te raccompagne.

– Pas la peine, je vais rentrer seule.

– Ah… je peux savoir pourquoi tu ne veux plus de ma compagnie ?

– Je n'ai pas dit ça. C'est juste que je dois me dépêcher de rentrer…

Je m'approche de lui et, comme sur le quai du métro la première fois, je me mets sur la pointe des pieds pour atteindre ses lèvres.

– Merci. Encore une fois…

– Je serais ravi de recommencer… encore une fois, susurre-t-il d'une voix suave.

– Peut-être que je te rappellerai… dis-je avec un sourire.

D'où me vient cet excès de confiance ? Il vaut mieux que je rentre avant d'être tentée de rester plus longtemps.

– À plus.

– À bientôt, jolie Constance.

Il me fait un clin d'œil et j'ouvre la porte en souriant comme une collégienne.

Finalement, Sophia a raison. Pourquoi se priver des bonnes choses quand elles sont à portée de main ?

11

Trois jours ont passé depuis notre dernier rendez-vous. Je n'ai pas rappelé Noah et je ne sais pas pourquoi je m'attends à ce qu'il fasse le premier pas. Malgré tout, en grande rêveuse, je m'étais imaginé que puisqu'il avait mon numéro il pourrait m'envoyer un message de temps en temps. Mais non…

– Pop-corn ou bonbons ?

– Les deux, je réponds en m'asseyant en tailleur sur le canapé du salon de Sophia.

Ce soir, c'est une soirée juste entre nous. Corinne, la mère de Sophia, s'est absentée et c'est l'occasion parfaite de nous faire une soirée films romantiques et goinfrage en tout genre. Nous n'avons évidemment pas oublié d'enfiler pour l'occasion nos pyjamas en pilou.

– Alors, dans l'ordre, nous avons : *Le Temps d'un automne, Je te promets, Nos étoiles contraires, Keith, The Last Song…*

– Le film avec Miley Cyrus ?

– Ouaip. Juste avant qu'elle pète un câble et qu'elle devienne une sorte de hippie nudiste droguée et complètement à la ramasse, débite Sophia.

– Et le dernier film, c'est quoi ?

– *Remember me*, avec Robert-Son-Altesse-Sérénissime-Grand-Dieu-du-Sex-Appeal-et-du-Regard-Ténébreux-Pattinson. Alors ?

– Robert Pattinson, dis-je sans aucune hésitation.

– Tu m'étonnes !

Sophia bondit du canapé pour mettre en route le DVD avant de revenir et de piocher dans le pop-corn. Je m'empare du paquet de langues de chat et dès la première scène où Robert apparaît, Sophia et moi sommes en émoi.

– Rho là là ! Ce mec est juste… Je n'ai pas de mots…

Je m'extasie tout bonnement.

– Moi j'en ai, répond Sophia. C'est un dieu. Non, mais regarde-moi ça… j'ai envie de lui lécher les biceps.

– T'es complètement cinglée.

– Tu ne vas pas me dire que si tu avais Robert Pattinson dans ton lit tu ne lui ferais pas sa fête ?!

– Je ne suis pas une nympho comme toi, Sophia.

Elle éclate de rire avant d'engloutir une poignée de pop-corn.

– Ne fais pas ta prude avec moi. Ton toy boy et toi n'avez pas dû passer votre temps à vous regarder dans le blanc des yeux, si tu vois ce que je veux dire.

– Effectivement, nos regards ne se sont pas arrêtés *que* sur le blanc de nos yeux.

Elle fige tout mouvement avant de tourner la tête vers moi au ralenti.

– Constance ! Toi, tu fais des allusions au sexe ?

Je rougis instantanément et me cache derrière un oreiller en gloussant.

– Ce jeune homme a une très bonne influence sur toi, reprend-elle en m'arrachant des mains mon bouclier moelleux.

Nous nous concentrons à nouveau sur le film, et l'inévitable se produit : nous sommes en larmes à la fin.

– C'est pas juste, geint-elle.

– Ça va aller, ma Sophia. La prochaine fois on s'arrête au moment où ils sont à nouveau heureux ensemble.

– T'as raison !

Elle se mouche bruyamment avant de se lever et de se rendre dans la cuisine. Son téléphone sonne à cet instant.

– Réponds ! lance-t-elle alors qu'elle se sert un verre d'eau.

J'obéis. J'ai le temps de voir *Rafaël* s'inscrire sur l'écran avant de décrocher.

– Allô ?

– Sophia, ma belle, comment tu vas ?

– Euh… ce n'est pas Sophia. C'est une amie.

– Dans ce cas, bonjour l'amie. Tu peux me passer Sophia, s'il te plaît ?

Je me lève et m'approche de ma copine pour lui tendre son téléphone, qu'elle prend sans grande conviction.

– Ouais… Ah, salut, Raf. Je ne sais pas… quand ? Demain soir ?

Elle me jette un coup d'œil et un sourire calculateur apparaît sur ses lèvres. Oh, non ! Quoi encore ?!

– Je te redis ça dans cinq minutes.

Elle raccroche et s'approche de moi en affichant une mine de chien battu.

– Je te préviens, je ne te suis pas encore dans un de tes plans foireux.

– Tu ne sais même pas ce que je vais te proposer.

– Je n'ai pas envie de le savoir.

– Constance !

– Sophia ! C'est non d'avance !

– Même si je te dis que ce sera peut-être une occasion d'être avec ton toy boy ?

– Il s'appelle Noah !

– Donc… est-ce que tu veux revoir Noah ?

Je soupire d'agacement. Bien sûr que je veux le revoir, mais je ne sais pas ce que Sophia a en tête et ça me fait franchement peur. Pourtant, je ne me pose pas la question très longtemps.

– Je t'écoute.

Elle sautille déjà comme une puce, ce qui m'inquiète encore plus.

– Rafaël est un mec de troisième année. Il est supercool et il organise une fête demain soir chez lui…

– STOP ! Le mot fête m'a donné de l'urticaire. Hors de question que j'y aille.

– Constance, c'est une fête entre deuxième et troisième années, pas de stress, c'est juste pour passer une bonne soirée.

– Et en quoi cela m'arrange-t-il pour Noah ?

Elle me sert un sourire plein de sous-entendus.

– Eh bien, Thomas, le meilleur ami de Rafaël, sera présent aussi, et je crois que j'ai un faible pour lui.

– Sophia, il y a moins d'une semaine tu avais un faible pour Martin.

– Martin est un con alors que Thomas me semble beaucoup plus mature, calme et posé. J'ai besoin d'un homme comme lui.

Je lève les yeux au ciel. Ce n'est pas du tout ce qu'il lui faut. Sophia est une fille fonceuse qui sait ce qu'elle veut et où elle va. Elle a besoin de quelqu'un qui s'affirme, quelqu'un qui ne s'efface pas dans son ombre et qui sache la remettre à sa place quand il le faut. Sophia a un très fort caractère et elle a tendance à choisir ses opposés en matière d'hommes, persuadée que c'est ce qu'il lui faut. Je pense surtout qu'elle choisit des hommes calmes et dociles pour avoir le dessus. Ce pauvre Thomas va se faire dévorer…

– Et tu voudrais que je demande à Noah de m'accompagner pour que je ne me retrouve pas seule, au cas où tu déciderais de t'éclipser avec ta conquête de la soirée, c'est ça ?

Elle prend un air suppliant tout en hochant la tête. Et voilà, j'en étais sûre. Je n'ai pas du tout envie d'aller à cette fête, mais il est vrai que l'idée de passer une soirée en compagnie de Noah me réjouit, même si je devrai le payer et qu'il ne passera ces heures en ma compagnie seulement parce qu'il y sera obligé.

Je suis complètement perdue. D'un côté j'en ai envie, et de l'autre j'ai peur qu'il s'ennuie avec moi. Jusqu'à maintenant, nous nous sommes vus en tout et pour tout quatre heures et nous avons passé la moitié de ce temps à nous caresser, nous embrasser et faire l'amour…

Alors que je réfléchis à cent à l'heure, je repense soudain à une phrase que Noah a dite : « Arrête de te poser autant de questions. Profite. »

Il a raison. Je dois en profiter.

– C'est d'accord, j'annonce finalement.

Une tornade de cheveux blonds me fonce dessus en émettant de petits cris de joie.

– Je suis trop contente, Constance, ça va être génial ! Et je te promets qu'au moindre problème on s'en va.

Je hoche la tête et repars m'asseoir sur le canapé.

« Profite. »

Tu as raison, Noah, je dois profiter. Et j'ai envie d'en profiter avec toi…

12

Je sais que je ne devrais pas être aussi stressée, mais je ne peux pas m'en empêcher. Alors que je passe la brosse dans ma longue chevelure brune, je repense au moment où j'ai accepté d'aller à cette soirée… et à celui où j'ai appelé Noah pour lui demander qu'il m'accompagne. J'ai cru, l'espace d'un instant, qu'il refuserait. Il semblait réfléchir à ma proposition. Était-ce un problème d'emploi du temps ou hésitait-il à passer encore du temps avec moi ? Toujours est-il que j'ai été soulagée de l'entendre me dire oui.

Il est maintenant 22 heures, et Noah ne devrait plus tarder. Il a tenu à venir me chercher chez moi, enfin, en bas de chez moi. Mes parents ne savent pas que je sors ce soir, et la négociation s'annonce rude.

Je lisse mon débardeur rouge ainsi que ma petite jupe noire. Évidemment, j'ai mis un collant pour cacher mes jambes et j'agrémente le tout d'une petite veste cintrée en taille 38. Je suis contente, encore quelques kilos à perdre et je pourrai enfin rentrer dans le 36 tant espéré.

Je sors de ma chambre et, sans surprise, je trouve mes parents assis sur le canapé.

– Je sors avec Sophia, ce soir, j'annonce.

– Comment ça tu sors ce soir ? lance immédiatement mon père.

– Sophia m'a invitée à une soirée et j'ai accepté.

– Tu veux sortir en semaine ? demande ma mère, sceptique. Tu n'as pas de travail à faire pour la fac ? Tu sais, Constance, il faut se donner du mal et travailler très dur pour réussir.

– Je sais, maman, et je travaille dur, mais j'ai aussi le droit d'avoir des moments de répit, non ?

– Du répit ? Tu restes scotchée devant la télé à t'empiffrer, tu en as assez, du répit, répond mon père, acerbe.

– Du calme, Victor, temporise ma mère.

– Non, je n'ai pas envie de me calmer ! C'est une flemmarde, elle ne fait aucun effort, ni à l'université ni pour essayer de se reprendre en main.

– Mais enfin qu'est-ce que je t'ai fait ? Je ne ressemble quand même pas à un monstre, que je sache !

– Comment tu me parles ? C'est ta folle de copine qui a cette influence sur toi ?

– Vous voulez bien vous calmer ? intervient ma mère en se levant.

Elle se tourne vers mon père.

– On peut peut-être la laisser sortir, c'est plutôt rare qu'elle nous demande ce genre de chose.

– Comme d'habitude, tu es de son côté. Tu veux que je te dise ? Je me fiche de ce qu'elle fait, je m'en fiche complètement.

Il se lève et part s'enfermer dans la petite pièce qu'il a aménagée en bureau au fond du couloir.

– Tu ne peux pas t'en empêcher, m'attaque ma mère. Tu es toujours obligée de le contrarier.

– Excuse-moi ? Quoi que je fasse il trouve toujours quelque chose à redire. Je suis trop grosse, je ne travaille pas assez, je ne suis pas ci, ni ça, j'en ai marre.

– C'est ton père et tu lui dois le respect !

– Lui ne me respecte pas !

– Arrête de te plaindre en permanence, Constance. Tu es nourrie, logée, blanchie, on t'offre la chance de faire des études, et crois-moi c'est déjà beaucoup par rapport à la plupart des jeunes de ton âge. Qu'est-ce que tu veux de plus ?

Je ne supporte plus cette conversation. Comme d'habitude, ils ne pensent qu'au matériel, ce que je ressens leur passe au-dessus de la tête.

– Sophia m'attend, dis-je en prenant mon sac à main.

– Ne rentre pas tard, il faut que tu sois en forme pour tes cours demain.

– Oui, maman, je sais.

Je passe la porte, et lorsqu'elle se referme je pousse un profond soupir pour évacuer la tension dans mon corps. Je suis au bord de craquer, mais je ne le ferai pas. À cet instant, je reçois un message de Noah.

Je suis en bas de chez toi, j'ai hâte de te voir, jolie Constance.

Ces quelques mots me redonnent le sourire, et je prends l'ascenseur un peu plus guillerette pour le rejoindre. Je passe la porte du hall de l'immeuble et souris. Il est là, nonchalamment appuyé contre le mur. Il porte un jean, des baskets noires et un sweat à capuche gris. Il est beau, c'est indéniable. Je fais pâle figure à côté de lui.

– Tu es superbe, Constance.

Il s'approche de moi et embrasse ma joue avant de hausser les épaules et de capturer mes lèvres dans un chaste baiser.

– Merci, je balbutie.

– On y va ?

– Sophia doit arriver dans quelques minutes. Ça t'embête si on y va avec elle ?

– Pas du tout. Est-ce que ça va ?

– Oui, ça va très bien.

– Tu as l'air… un peu tendue.

– Mais non… Ah, tiens, la voilà, dis-je en montrant mon amie qui arrive en courant sur le trottoir.

Elle s'arrête près de nous, essoufflée.

– Désolée, j'avais oublié de débrancher mon lisseur ; j'ai dû retourner chez moi. T'es canon, Constance, j'aime quand tu te mets en jupe. Au fait, salut, moi c'est Sophia, et c'est grâce à moi que vous vous êtes rencontrés, débite-t-elle en faisant face à Noah. La tornade Sophia est arrivée, tous aux abris.

– Bon, ajoute-t-elle. On y va les chéris ? J'ai mon rencard qui m'attend. Ce soir, je ne rentrerai pas seule.

Noah semble amusé par ma meilleure amie. Évidemment. Petite, blonde, mince et belle, Sophia est nature et rigolote. En somme, elle est le genre d'à peu près tous les hommes.

– Je vous dépose, mesdemoiselles ? propose Noah en montrant d'un signe de tête une Audi A3 blanche.

– C'est ta voiture ? demande Sophia, intéressée.

– Je l'utilise rarement, mais je me suis dit que ce soir c'était une bonne occasion.

– Super !

Mon amie se dirige immédiatement vers le véhicule. Je l'envie de s'adapter si facilement, d'être si sûre d'elle.

Noah se tourne vers moi et me tend la main.

– Tu viens ?

J'hésite. Je suis certaine qu'il va s'ennuyer avec moi, il s'amusera probablement plus en compagnie de Sophia, je crois que je ferais mieux de rentrer chez moi, je fais tache entre ces deux-là.

– Constance ?

– Euh… je crois que je ne vais pas pouvoir venir, finalement. J'ai un peu mal à la tête. Vous passerez une bonne soirée ? Si tu veux je te paie ce que je te dois tout de suite.

– Attends, stop. Calme-toi, Constance.

Ses mains encadrent mon visage et ses pouces font de lents cercles sur mes joues.

– On va passer une bonne soirée, on va s'amuser et ne penser à rien. Je resterai avec toi. Tu es d'accord ?

Je hoche la tête, incapable de refuser face à son regard incandescent.

– D'accord.

– Super.

Il embrasse mon front et m'entraîne jusqu'à sa voiture.

– En piste, jolie Constance, souffle-t-il en ouvrant ma portière.

13

– Sophia ! Je suis content de te voir, ma belle.

Rafaël enlace ma copine. Noah serre ma main dans la sienne.

– Salut, Raf. Je te présente Constance, ma meilleure amie.

– Salut, ravi de te rencontrer, dit-il en m'enlaçant rapidement.

– Euh, ouais, salut. Je te présente Noah. C'est…

Bon sang de bon sang comment dois-je le présenter ? Quelle galère !

– Son petit ami, lance gaiement Sophia.

– Salut, dit mon « petit ami » en serrant la main de Raf, chez qui nous entrons.

L'appartement est très classe, plutôt bien décoré, et surtout plein de monde. Mon stress monte en flèche. Je déteste être entourée de personnes que je ne connais pas, ça m'angoisse à mort. J'ai toujours peur qu'ils me jugent, qu'ils parlent de moi dans mon dos, comme c'est trop souvent arrivé. Malgré tout, une partie de moi se sent rassurée d'être accompagnée par Noah. Je ne sais pas comment il fait, mais sa seule présence parvient à m'apaiser.

– Ça va ? chuchote-t-il à mon oreille.

– Oui, je couine en resserrant ma main autour de la sienne.

– Hé, calme-toi. On va aller se chercher quelque chose à boire.

– Je vous laisse, les chéris, dit Sophia en revenant vers nous. Il faut que je m'occupe de ma proie.

Elle embrasse ma joue, fait un signe à Noah et s'éclipse en sautillant. Nous nous dirigeons vers le bar improvisé, où Noah nous sert une bière à chacun.

– Tu vas m'expliquer ce qui se passe ?

– Je n'aime pas être entourée de personnes inconnues.

– Pourquoi ? Elles ne vont pas te manger, plaisante-t-il en nous entraînant vers le canapé.

Une musique résonne en fond, *The Hills*, de The Weeknd. Je suis complètement fan de cet artiste. Son album tourne en boucle dans mon iPod, et l'entendre ici me rassure un peu. J'ai l'impression de me retrouver dans ma chambre, mon cocon. Plusieurs petits groupes sont dispersés aux quatre coins de l'appartement, des couples se sont formés, s'embrassant sans pudeur. Certains devraient même se trouver une chambre au plus vite.

– Je n'aime pas, c'est tout, reprends-je en me concentrant à nouveau sur Noah.

– Tu n'es jamais allée à une fête ?

Il avale une gorgée de bière en attendant ma réponse.

– Je ne suis pas le genre de fille qu'on invite à des fêtes.

– Et tu es quel genre de fille, alors ?

Je souris piteusement en regardant mon verre.

– Le genre qui n'intéresse personne.

Je me sens mal, je ne suis pas à l'aise. Je fais tache dans le décor, je n'ai pas ma place au milieu de tous ces étudiants qui s'amusent, rient, boivent, dansent ensemble.

J'ai toujours été exclue, comme si depuis le début on avait décidé que je devrais traverser seule les années. La solitude a très longtemps été mon unique et meilleure amie. Jusqu'à ce que je rencontre Sophia. Du moins, jusqu'à ce qu'elle ose venir m'adresser la parole, sans me juger au premier coup d'œil.

Parfois je me demande ce qu'elle a bien pu me trouver, parce que je suis une piètre amie. Quatre-vingt-dix-neuf pour cent du temps je refuse de sortir, de peur de me ridiculiser, ou à l'inverse qu'on me ridiculise. Avec le temps elle aurait dû se lasser de moi, et passer à autre chose, mais non. Sophia est loyale, elle est la sœur que j'aurais rêvé d'avoir, et je lui serai éternellement reconnaissante d'être venue me sortir de ma solitude.

– Moi, tu m'intéresses.

La voix de Noah me tire de mes pensées.

– Pardon ? je demande, incrédule.

– Je te trouve intéressante.

Il a beau me dire ça avec un sourire enjôleur, je n'y crois pas.

– C'est faux.

Il fronce les sourcils face à mon brusque changement d'humeur.

– Je te dis la vérité, Constance. Je te trouve très intéressante.

– Je t'intéresse parce que je te paie pour que ce soit le cas. Dans d'autres circonstances, tu ne m'aurais pas prêté le moindre intérêt.

Toutes les fois où j'ai vu Noah, il était souriant. Mais pas cette fois. Ma pique semble le blesser et je m'en veux. Je n'aime pas faire de mal aux gens, je n'aime pas les décevoir ni être responsable de leurs tourments.

– Constance, tu ne me connais pas. Tu peux penser ce que tu veux de moi, mais tu ne sais pas qui je suis vraiment.

– Excuse-moi, je ne voulais pas être désagréable.

– Alors pourquoi tu l'as été ?

Les larmes me montent aux yeux. C'est vrai, ça, pourquoi je l'agresse alors que depuis qu'il est entré dans ma vie, il y a deux semaines, je me sens mieux.

– Désolée, Noah.

Je me lève.

– Où tu vas ?

– Me rafraîchir, je reviens.

Je repère Rafaël qui parle avec un groupe de filles, qui au passage me regardent de travers, et je lui demande de m'indiquer les toilettes.

J'y entre et je m'enferme à double tour avant de prendre de profondes inspirations pour combattre l'envie de pleurer.

14

NOAH

Constance est une véritable énigme. C'est la première fois que j'ai autant de mal à cerner une femme. Elle semble à tout moment sur le point de craquer, et je ne comprends pas pourquoi elle a si peur des autres et de l'extérieur. Je sais que ce qu'elle m'a dit est en partie vrai : si je n'avais pas été payé pour la rencontrer, je ne me serais sûrement jamais retourné sur elle dans la rue. Pas parce qu'elle n'est pas jolie, elle l'est. Mais simplement parce que Constance se cache tout le temps : elle ne veut pas qu'on la voie, et elle y réussit plutôt bien.

Je sirote ma bière en attendant qu'elle revienne tout en regardant autour de moi. Les fêtes. Ça fait tellement longtemps que je n'ai pas été invité à ce genre de choses. Il faut dire que ma profession est plutôt taboue et rejetée, alors avoir un cercle d'amis est quelque chose de difficile, mais ça me va. J'ai ma famille et c'est le plus important.

Mon téléphone se met soudain à vibrer dans ma poche. Je rage presque en voyant le nom qui s'inscrit ! Coco. Et merde.

– Allô ?

– Salut mon chou. J'ai une cliente pour toi.

– Qui ça ?

– Émilie.

Les ennuis commencent.

– Putain, non ! Je refuse, tu sais que je ne veux plus rien avoir à faire avec elle.

– Tu ne peux pas refuser, mon chou, elle est prête à doubler ton tarif horaire, voire plus…

– Je m'en fous ! Je ne veux pas d'elle.

– Tu sais que je n'aime pas forcer mes garçons à faire quoi que ce soit, mais réfléchis, Noah. Est-ce que tu peux te permettre de refuser ? C'est un sacré paquet d'argent qu'elle te propose.

J'ai envie d'envoyer promener Coco et de fracasser le téléphone contre le mur.

– Combien de temps ?

– Quatre heures.

– Quand ?

– Dans trois jours. Elle est en ville et elle ne réclame que toi. Elle m'a dit qu'elle avait besoin de décompresser…

– Son mari ne peut pas se charger de ça ?

– Bon, mon chou, on ne va pas y passer la soirée, soit c'est oui, soit c'est non.

Bon Dieu, mais c'est pas vrai !

– Je ne ferai rien au-dessous de deux mille euros, je lâche finalement.

– Pas de problème. Passe demain à l'agence pour qu'on parle de tout ça calmement. À plus, ma beauté.

– C'est ça.

Je raccroche et fourre mon téléphone dans ma poche avec la ferme intention de ne plus l'en ressortir. Ce soir, je suis avec Constance.

En parlant d'elle, je m'inquiète de ne pas la voir revenir et, alors que je me lève pour partir à sa recherche, je suis stoppé net dans mon élan par une petite brune qui se plante devant moi.

– Salut, dit-elle, enjôleuse.

– Salut. Tu m'excuses, mais je n'ai pas le temps, là.

– Pas si vite… je ne t'ai encore jamais vu ici. Ni à la fac, d'ailleurs. Tu es d'où ?

– Je suis désolé, je n'ai vraiment pas le temps de discuter. Je dois aller rejoindre ma copine.

Ma copine… Comme c'est bizarre de me dire que je pourrais avoir une relation. Malheureusement, tant que je serai dans la « profession », il est exclu que je m'engage auprès de qui que ce soit.

– Je m'appelle Mathilde, se présente-t-elle en insistant.

– Noah.

– J'adore ce prénom.

– Super. Bon, je file…

– Attends. J'aimerais qu'on fasse connaissance.

Cette fille est bouchée ou quoi ?

– J'ai une copine ! je répète, agacé.

Que penserait Constance si elle me voyait parler avec une autre fille ? Sa maigre confiance en elle s'évaporerait instantanément.

– Et… ta copine, elle te satisfait ? Je veux dire, est-ce que tu prends ton pied avec elle ?

Super… il fallait que je me farcisse la nympho de service.

– Eh bien, c'est gentil de t'en inquiéter, mais c'est inutile. Je suis plus que comblé.

Je repère Constance, qui sort des toilettes. Lorsqu'elle me voit en compagnie de la folle, c'est-à-dire de Mathilde, ses yeux s'écarquillent. Elle se dirige vers le buffet pour se servir un verre. Alors que je m'apprête à l'y rejoindre, le pot de colle me retient encore.

– Où tu vas ?

– Pour la dernière fois, j'ai une petite amie et je vais la rejoindre.

Je montre Constance pour qu'elle comprenne bien qu'elle doit lâcher l'affaire.

Elle se met à ricaner.

– Elle ? C'est elle ta copine ? dit-elle en ricanant de plus belle.

– Tu la connais ?

Elle me dévisage comme si je venais d'une autre planète. C'est quoi le problème ?

– Est-ce que je la connais ?

Elle lève les yeux au ciel avant de faire un signe de tête en direction de Constance.

– On parle bien de la fille fade et complètement insignifiante qui est près du buffet ?

Euh…

– Avec la jupe noire.

Euh…

– Elle s'appelle Constance !

– Ouais, c'est ça… c'est cette ringarde que tu appelles ta copine ?

Je mets quelques secondes à analyser ce qu'elle me dit. Constance ? Une ringarde ? C'est quoi ce délire ?

– Pourquoi tu dis ça ?

Elle rigole comme une bécasse. Bon sang, ce genre de fille est vraiment infect, dans tous les sens du terme.

– C'est plutôt flagrant, non ? Regarde ses fringues, son air de chien battu, sa façon de se tenir. Elle fait pitié.

Alors là… je suis estomaqué. Non, en fait, je suis furieux. Comment peut-on être aussi odieux et surtout comment peut-on s'en prendre à quelqu'un d'aussi doux et gentil que Constance ? Je décide d'endosser mon rôle de petit ami jusqu'au bout.

– Constance et Sophia m'ont parlé de toi une fois. C'est moche la jalousie.

– Jalouse ? Moi ? De Constance la ringarde et de son pitbull de copine ? S'il te plaît, je ne vois pas ce que j'aurais à leur envier.

Elle jette un regard noir en direction de Constance, qui nous tourne le dos.

– Ne me fais pas croire que c'est ta copine, *bello*, parce que franchement je ne vois pas ce qu'un mec comme *toi* peut trouver à une fille comme *elle*.

Cette fois, c'en est trop. Je lui jette un regard de dégoût et de mépris.

– La question, c'est plutôt : qui pourrait s'intéresser à une fille comme *toi* ?

Ces gens sont fous. Sans réfléchir, je m'élance vers Constance, qui relève les yeux vers moi alors que j'arrive près du buffet. Elle ouvre la bouche pour parler, mais je ne lui laisse pas le temps de dire un mot. Je passe un bras autour de sa taille et je plaque son corps contre le mien, j'écrase mes lèvres sur les siennes et je l'embrasse. Elle met quelques secondes à réagir, mais très vite ses mains se posent sur mes bras avant de remonter et de se poser derrière ma nuque. Le baiser que nous échangeons est fougueux et intense. Je resserre mon emprise autour de sa taille et bientôt je l'embrasse plus profondément, mêlant ma langue à la sienne dans un ballet langoureux. Par ce baiser, je lui fais comprendre qu'elle peut me faire confiance et que je ne suis pas comme ces gens. À bout de souffle, je mets fin à ce contact charnel et plonge dans le regard brillant de ma Constance haletante.

– Viens, on s'en va.

15

En moins de temps qu'il n'en faut pour le dire, Noah m'entraîne hors de l'appartement, sous le regard médusé des convives, et surtout sous celui de Mathilde. Cette fille fait de ma vie un enfer.

Nous sortons de l'immeuble et je constate avec étonnement que nous ne nous arrêtons pas près de la voiture de Noah. Il marche tellement vite que je cours presque derrière lui pour suivre sa cadence. Il semble furieux et contrarié. Je l'ai vu parler avec Mathilde et Dieu sait ce qu'elle lui a raconté.

– Noah, ralentis !

Il stoppe net et je manque lui rentrer dedans.

– Qu'est-ce qui se passe ?

Il détaille mon visage comme s'il le voyait pour la première fois.

– On va se balader un peu ?

– Pourquoi ? Qu'est-ce que Mathilde t'a dit ?

– Promène-toi avec moi, Constance. S'il te plaît.

J'abdique et je passe mon bras sous celui qu'il me tend. Nous marchons sans rien dire et je me demande quand est-ce qu'il abordera le sujet, parce que maintenant j'en suis sûre, Mathilde a dû lui expliquer par *a* + *b* comment je suis devenue la paria de la fac.

– Qu'est-ce qu'elle t'a dit ? je demande en rompant ce silence insupportable.

– Des conneries, répond-il en regardant droit devant lui.

– Noah, dis-moi.

Il soupire avant de finir par répondre :

– Elle m'a parlé de ce qu'elle te faisait subir, des moqueries.

Je lâche immédiatement son bras. J'en étais sûre. Maintenant il sait à quel point je suis faible et pathétique, incapable de me défendre.

– Raconte-moi, enchaîne-t-il.

– Te raconter quoi ?

– Comment ça a pu en arriver là.

– Je n'en ai pas envie, dis-je en me renfrognant.

– S'il te plaît. Pourquoi elle te déteste ?

Je ne peux m'empêcher de rire. Un rire sans joie, las.

– Pourquoi ? J'aimerais bien le savoir.

Il ne dit rien et nous continuons à marcher sur le trottoir désert. Il reprend mon bras, qu'il cale plus fermement sous le sien, m'invitant à continuer.

– Quand je suis arrivée à l'université, j'ai cru que j'allais enfin avoir une vie beaucoup plus libre. Mes années de primaire, de collège et de lycée s'étaient relativement bien passées. Je suis d'une timidité maladive depuis toujours. Je n'ose pas aller vers les autres, ça me fait peur. J'ai passé presque tout mon cursus scolaire seule, sans amis, mais au moins personne ne m'en voulait ni ne cherchait à me blesser. J'étais juste Constance la solitaire, et même si parfois c'était pesant j'y étais habituée. Je croyais que passer dans l'enseignement supérieur et côtoyer des adultes serait plus simple pour moi. Je croyais même que je pourrais avoir un petit groupe d'amis… À l'université, les choses sont différentes, c'est certain, mais pas forcément mieux. Dès que je suis arrivée à la fac, Mathilde m'a prise en grippe au point de me faire vivre un véritable calvaire. Insultes et humiliations étaient mon lot quotidien. La première année a été désastreuse, si bien que mes notes étaient médiocres. J'ai dû redoubler. J'ai pensé que ne plus être dans la même promotion la calmerait, mais je me trompais. Dès la rentrée, alors que je démarrais une nouvelle première année, les choses ont recommencé. Mathilde et deux de ses amies ont repris leurs jeux tordus qui consistaient à m'insulter, à répandre des rumeurs sur moi, à m'exclure.

– Comment elles s'y prenaient ?

– Eh bien, elles faisaient en sorte que je mange seule tous les midis, que personne ne se mette avec moi lors des travaux de groupe. Elles m'attaquaient sur mon physique, elles disaient à tout le monde que ma famille était trop pauvre pour m'acheter des vêtements convenables, elles voulaient que je me sente rejetée, et crois-moi c'est l'un des pires sentiments au monde. C'était de l'humiliation constante ; je n'ai jamais su pourquoi elles s'en prenaient à moi. Je ne suis pas certaine qu'il y ait de raisons, d'ailleurs, Mathilde et ses acolytes sont adeptes de la méchanceté gratuite. J'ai fini par me dire que je méritais tout ça, que si j'étais moins laide, idiote et maladroite les gens pourraient s'intéresser à moi…

Je fais une pause pour combattre les larmes qui menacent de couler.

– Et puis Sophia est arrivée. Sophia, elle se fiche du qu'en-dira-t-on, et c'est la première personne qui est venue s'asseoir au self avec moi à midi. Depuis, c'est ma meilleure amie. Et même bien plus que ça.

Le silence s'installe. Nous continuons à marcher, mais je vois bien que Noah n'est pas avec moi, il est perdu dans ses pensées. Il semble réfléchir, et sa contrariété est revenue.

– Pourquoi tu n'as pas cherché à te défendre ? demande-t-il soudain.

– Me défendre ? Comment veux-tu te défendre quand tu te retrouves seule au monde ? Tu n'en as même pas l'énergie. Qu'est-ce que tu voulais que je fasse ? Tu ne me connais pas vraiment, mais tu vois bien que je ne suis pas du genre à entrer dans des colères noires et à envoyer balader.

– Et tes parents ? Ils n'ont pas essayé de t'aider ?

J'essuie une larme solitaire que je n'ai pas pu retenir.

– Ils ne l'ont jamais su, et c'est aussi bien.

– Pourquoi ? Ils auraient peut-être pu mettre un terme à tout ça.

Je m'arrête et je le regarde comme s'il était idiot.

– J'avais dix-neuf ans quand ça a commencé. Tu crois vraiment que j'aurais pu être crédible aux yeux des autres si mes parents étaient venus me défendre ? Ça aurait été pire…

– Mais peut-être que…

– Je ne veux plus en parler, Noah. Cette histoire est passée. Depuis que Sophia est là, plus personne ne s'en prend à moi.

Il met ses mains dans ses poches et se contente de me regarder pendant quelques secondes avant de s'approcher un peu plus et de reprendre :

– Je ne crois pas que cette histoire soit derrière toi, Constance. Je crois que tu en as gardé des séquelles, et te refermer sur toi en est la preuve.

Alors là, je suis soufflée… pour ceux qui ne me connaissent pas, c'est-à-dire quatre-vingt-dix-neuf pour cent de mon entourage, ma timidité est la cause de ma solitude. Je ne connais Noah que depuis une poignée de jours et il m'a déjà beaucoup plus cernée que les autres… c'est terrifiant.

– Je ne me renferme pas.

– Tu mens.

– Et puis pourquoi ça t'intéresse ? Ce ne sont pas tes affaires.

Il hoche lentement la tête. Pendant un instant nous nous taisons et, à mon grand soulagement, je comprends que la discussion est close.

Il reprend finalement mon bras et nous faisons demi-tour pour retourner près de sa voiture. J'envoie un message à Sophia : elle n'a plus de chauffeur. Je suis sûre qu'elle trouvera une âme charitable pour la ramener. Le trajet se fait dans le silence le plus complet. Je m'en veux d'avoir haussé le ton.

Lorsque nous arrivons devant mon immeuble, il coupe le moteur de la voiture et nous restons immobiles, silencieux. Ne supportant plus cette ambiance que j'ai moi-même plombée je me penche pour prendre mon sac à main, et comme à l'accoutumée en sortir mon portefeuille.

– Combien je…

– Rien.

Je hausse les sourcils, surprise.

– Comment ça, rien ?

– Ça m'a fait plaisir de t'accompagner, tu ne me dois rien.

– Mais enfin, je t'ai fait venir exprès, tu as utilisé ta voiture et…

– Ça m'a fait plaisir, je te dis. Range ton portefeuille, Constance !

Il ne me regarde pas, ses yeux sont fixés sur le pare-brise. Je comprends alors d'où lui vient cette soudaine générosité.

J'ouvre mon portefeuille, tremblante de déception, et j'en extirpe trois cents euros. À ce rythme-là, je serai bientôt ruinée.

– Je n'ai pas besoin de ta pitié. Tout travail mérite salaire, alors voici le tien.

– Constance, je n'ai pas pitié de toi ! dit-il avec véhémence.

– À d'autres. Si cette peste de Mathilde ne t'avait rien dit, tu ne m'aurais jamais embrassée devant tout le monde et tu ne me regarderais pas comme si j'étais une pauvre petite chose fragile.

Je pose les billets sur le tableau de bord et j'ouvre la porte. Noah me retient par le poignet. Lorsque je croise son regard, il semble regretter.

– Je suis désolé si je t'ai fait sentir que je te prenais en pitié. Ce n'est pas le cas ! Ton histoire m'a touché, bon sang, qui pourrait y rester insensible ? Tu sembles si… oui, tu es fragile, Constance, que tu veuilles l'admettre ou non.

Je suis sur le point de pleurer, je le sens et je ne veux surtout pas être encore plus pathétique que je ne le suis déjà.

– Voilà pourquoi je ne voulais pas venir. Je savais que ça allait mal se passer.

– Tu n'as pas à avoir honte de ton passé. Tu n'es pas la seule à avoir subi ce genre de chose et…

– Arrête. Je ne veux plus en parler. Je suis désolée que tu aies perdu ton temps.

J'ouvre à nouveau la porte de la voiture et je m'en extirpe rapidement.

– Constance, attends une seconde…

– À plus, Noah.

Je referme la portière et je me précipite pour ouvrir la porte de l'immeuble.

Mes larmes sont déjà en train de couler et il est hors de question qu'il me voie dans cet état. Heureusement, il n'essaie pas de me rattraper, pourquoi le ferait-il, d'ailleurs ?

Je suis en sanglots au moment où je passe les portes de l'ascenseur, et c'est encore pire lorsque j'entre dans l'appartement. Est-il normal de se sentir étouffée même chez soi ? À l'intérieur, le silence règne. Je me faufile jusque dans ma chambre et me laisse tomber sur mon lit. Cette situation est invivable. Je ne me sens bien ni chez moi ni à la fac, je ne me sens même pas bien dans mon propre corps. J'ai l'impression que je suis bloquée, prisonnière d'une vie qui ne me correspond pas, et ces temps-ci ce sentiment de mal-être est omniprésent, oppressant, asphyxiant. Je me lève chaque matin avec cette fichue boule dans la gorge. Elle ne s'en va pas, elle reste là, me coupant le souffle un peu plus chaque jour. J'ai mal ! Mal de cette vie, mal d'être moi.

Il y a des jours où je me déteste tellement que je voudrais disparaître. Alors je m'imagine loin, vivant la vie d'une autre. Mon imagination est ma roue de secours, grâce à elle je m'évade dans des mondes que je me crée et qui m'empêchent de sombrer. Mon monde parfait est toujours le même : j'arpente les rues new-yorkaises, mon carnet de croquis à la main. J'étudie dans l'école de mes rêves et le soir, lorsque je rentre dans mon petit appartement chaleureux, je retrouve l'homme dont je suis amoureuse. Il m'accueille tout sourires, m'enlace et m'embrasse pour me souhaiter la bienvenue. La dernière fois que j'ai dû recourir à ma vie imaginaire parce que j'étais trop angoissée, le visage de l'homme qui m'embrassait à en perdre le souffle était celui de Noah.

En fait, ces derniers temps, les seuls moments de liberté que j'ai eus sont ceux que j'ai passés avec lui. Ce constat fait redoubler mes larmes. Ma vie atteint vraiment le summum du minable : la seule personne qui me fasse sentir vivante est un gigolo qui ne voit en moi qu'un salaire.

La seule solution que j'entrevois est de mettre fin à cette histoire. De toute façon, je vais bientôt me retrouver à court d'argent, et je sais pertinemment que je perdrai de mon attrait aux yeux de Noah dès qu'il saura que je n'ai plus les moyens de le rémunérer pour ses services.

De longues minutes plus tard je sanglote toujours, allongée sur mon lit, la tête dans mon oreiller qui, j'en suis sûre, sera taché de mascara demain matin.

Lorsque mes larmes se tarissent enfin, je me lève et quitte mes vêtements pour passer un pyjama moelleux et me faufiler sous la couette.

Un coup d'œil au réveil m'indique qu'il est 1 h 45. Je déprime encore plus en pensant que dans quatre heures et quarante-cinq minutes je devrai me lever pour affronter une nouvelle journée sans saveur, une journée sans Noah.

Mon téléphone émet un son et je me redresse précipitamment pour le prendre, en espérant que ce soit lui.

Perdu.

C'est l'alarme qui me rappelle que ma semaine de jeûne commence demain…

16

Tu n'as pas faim, Constance, c'est dans ta tête. Tu peux te passer de nourriture, tu n'en as pas besoin.

Cela fait vingt minutes que je me répète ce mantra. J'ai prétexté un mal de tête pour échapper au déjeuner de midi avec Sophia. Les mains dans les poches, j'erre dans les rues parisiennes en attendant qu'il soit l'heure de retourner en cours. L'idée de me jeter dans la Seine me semble plus alléchante que de regagner cet endroit qui me rend de plus en plus claustrophobe. Penser qu'un partiel sur le droit pénal m'attend me donne envie de m'arracher les cheveux. J'ai beau essayer, ces foutues lois refusent de rentrer dans ma tête.

Je reste plantée un moment devant la vitrine de la pâtisserie Carl Maretti, ma préférée, et me fais violence pour ne pas entrer m'acheter un succulent mille-feuille à la vanille. À la place, je sors de mon sac la bouteille de thé vert et j'en bois une longue rasade en m'éloignant. Tandis que je continue à déambuler dans les rues, mon téléphone se met à sonner. Mon cœur fait un bond lorsque « Noah » s'affiche sur l'écran. Pourquoi m'appelle-t-il ? Que faire ? Répondre ? Évidemment, je n'ai pas le cœur à l'ignorer, et puis entendre sa voix chaude et veloutée me fera du bien.

– Allô ?

– Salut, Constance.

Je retiens un soupir de bonheur au son de sa voix.

– Salut.

– Comment tu vas ?

– Très bien, je réponds avec un peu trop d'aplomb.

Je n'ai pas l'habitude d'être si affirmative quand je parle.

– Super. Qu'est-ce que tu fais de beau ?

Je ne comprends pas bien la raison de son appel. Est-ce qu'il veut me faire la conversation ? A-t-il quelque chose à me demander ? Le numéro de Mathilde, peut-être, ou pire, celui de Sophia ? Calme-toi, Constance, prends sur toi et poursuis cette conversation.

– Je me balade un peu avant de retourner en cours.

– Tu es seule ?

– Euh… oui. Pourquoi ?

– Comme ça.

– Et toi, qu'est-ce que tu fais ?

Dire que nous étions hier à la même fête. Jamais je n'aurais cru que la soirée se terminerait de cette manière.

– J'ai une journée de libre alors je suis chez moi, tranquille.

Une journée de libre… il est chez lui. Seul ? Immédiatement, le fait qu'il puisse avoir une petite amie me terrifie. J'en suis même à présent certaine. Comment un homme comme lui pourrait-il être célibataire ? Même sa profession ne saurait être un obstacle. Il a tellement de qualités…

Je l'imagine grande, filiforme, blonde, avec d'immenses yeux bleus. Des dents parfaites, un sens du style redoutable et une personnalité décapante. Bref, la fille parfaitement adéquate à la perfection de Noah.

– Super. Et…

Comment le lui demander sans paraître malpolie ?

– … Pourquoi tu m'appelles ?

Il s'esclaffe. J'imagine sa petite fossette se former. Bon sang, quel merdier ! Noah m'a envoûtée.

– Je voulais savoir comment tu allais… et je me disais qu'on pourrait se voir. Qu'est-ce que tu en dis ?

Mes yeux s'écarquillent, ma bouche s'ouvre. Se voir ? Mais pourquoi ?

– Je ne peux pas, Noah, j'ai un partiel important cet après-midi.

– Je peux peut-être passer te prendre après la fac ?

Heureusement que Sophia n'est pas là, je n'aurais pas eu la force de l'écouter déblatérer ses blagues vaseuses sur l'expression « passer te prendre ».

– Je finis tard, aujourd'hui.

– Je suis en repos, peu importe l'heure.

Pourquoi insiste-t-il ? Trouver des excuses ne rime à rien, je décide alors d'être franche avec lui.

– Je n'aurai pas de quoi te payer.

Un silence accueille ma réponse. A-t-il raccroché ? Je le comprendrais.

– Je ne parlais pas d'un rendez-vous professionnel, Constance, ça m'aurait juste fait plaisir de te voir.

– Oh, Noah, je suis désolée, je ne voulais pas être grossière.

– Ce n'est pas grave, je comprends que tu sois occupée et que tu aies autre chose à faire que de passer du temps avec un gigolo.

– Non, pas du tout ! C'est juste que…

– J'ai compris, je ne te dérangerai plus. Si tu as besoin d'un rendez-vous, passe par l'agence.

– Attends, Noah…

– Salut, Constance.

Et il raccroche. Merde ! Qu'est-ce que j'ai fait ? Je l'ai traité comme de la viande, comme s'il était incapable de vouloir autre chose que de l'argent. Il voulait simplement passer une journée normale et je m'en veux. Mes chances de le revoir viennent d'être réduites en cendres… et ça fait mal. Pour ne rien arranger, l'heure de retourner au bagne a sonné. Je traîne les pieds jusqu'à la faculté sans cesser de penser à Noah et à cette conversation. La déception qui pointait dans sa voix me serre le cœur. À cet instant, mon ventre émet un gargouillis atrocement disgracieux. J'ai faim, vraiment faim.

Sophia m'attend en souriant dans l'amphithéâtre. Je m'installe à côté d'elle et au moment où je m'apprête à commencer mon examen j'ai une révélation : je me fiche de ce partiel, je me fiche de cette fac, je me fiche de ces études.

Je n'ai rien à faire là.

Sans plus réfléchir, je range mes affaires et je sors sous le regard médusé de notre professeur et des autres étudiants. Je quitte la fac en courant et j'inspire une grande bouffée d'air frais. Comme ça fait du bien de respirer pleinement !

Maintenant, je dois absolument aller voir Noah.

17

NOAH

Je raccroche, déçu de sa réaction. Je ne sais pas à quoi je m'attendais, mais pas à ce qu'elle refuse. Quelle idée de lui proposer de se voir juste comme ça ! C'était stupide.

Je lui en veux, je pensais qu'elle serait heureuse de passer du temps avec moi, mais j'ai tout faux. Depuis que j'ai découvert ses blessures elle est différente. Je crois que je l'ai braquée, et pourtant c'était bien la dernière de mes intentions.

Mais je m'en veux surtout à moi. J'ai trahi la première règle que je m'étais fixée : ne jamais voir une cliente en dehors des rendez-vous. Aujourd'hui, j'ai franchi une première limite. Ça ne me plaît pas du tout, il faut que je freine, et finalement son refus est une bénédiction. Constance est beaucoup trop attachante…

Mon téléphone vibre, j'espère que c'est elle qui a changé d'avis, mais non.

Plus que trois jours et tu seras tout à moi. Tu m'as manqué, bel étalon, j'espère que tu n'as pas perdu de ta fougue.

La destinataire n'est autre qu'Émilie. La cliente du rendez-vous que je redoute. Émilie est une femme qui ne passe pas inaperçue. Sûre d'elle, elle agit comme si le monde lui appartenait. Trente-sept ans, mariée à un violoniste reconnu, elle a commencé à faire appel à mes services parce que son mari était trop occupé à parcourir le monde pour s'occuper d'elle. C'est une très belle femme, il faut l'admettre. Grande, de longs cheveux bouclés, roux, et des yeux verts perçants. Pendant des mois nous nous sommes vus trois fois par semaine, jusqu'à ce que… je tombe amoureux d'elle.

Mature, à l'écoute, un brin maternelle et surtout dotée d'une expérience du tonnerre… Je n'ai pas mis longtemps à succomber à ses charmes. Évidemment, jamais elle n'aurait quitté son mari pour moi. Alors un jour j'ai mis fin à notre liaison, et j'ai découvert son côté manipulateur, vil et fourbe. Notre histoire s'est terminée dans les cris, les larmes et les menaces. Hier, il y avait plus de huit mois que je n'avais pas eu de ses nouvelles. Et aujourd'hui, à lire son message, je m'attends au pire. J'appréhende beaucoup. Je ne retomberai pas dans ses filets, mais Émilie est coriace.

La sonnerie de mon téléphone retentit. Encore elle ? Non. Le soulagement m'envahit, et je dois bien l'admettre, je souris en voyant le nom de Constance s'afficher.

Je suis content qu'elle soit revenue sur sa décision, pourtant j'hésite à décrocher. Est-ce une bonne idée ? Je ne peux pas laisser son appel sans réponse. Jolie Constance…

– Constance !

– Oh, Noah, je suis désolée de t'avoir fait de la peine, ce n'était vraiment pas mon intention.

– Constance, c'est bon…

– Non, ce n'est pas bon. Je voudrais te voir.

Je suis sous le choc.

– Mais tu n'as pas un partiel ? Je ne comprends plus rien.

– Je…

Elle marque une pause. Merde, ne me dis pas que…

– Je n'y suis pas allée.

– Mais ça va pas ?! Pourquoi ?

– Je n'en ai pas envie. Est-ce qu'on peut se voir, s'il te plaît ?

– Constance…

– Tu ne veux plus ?

Comment lui refuser quoi que ce soit ?

– Si, bien sûr que si. Tu veux que je vienne te retrouver devant la fac ?

– Je t'attends. À tout de suite.

Et elle raccroche. Je me lève comme un ressort du canapé et j'enfile mes baskets.

Alors que je me dirige vers la rame de métro, je me demande comment je vais lui dire bonjour. Je l'embrasse ? Sur la joue ? Sur la bouche ? Je la prends dans mes bras ? Putain, je n'ai jamais vu une cliente en dehors des rendez-vous, même ma liaison avec Émilie est toujours restée dans le cadre professionnel. Avec Constance, j'ai l'impression de revivre mon tout premier rendez-vous en tant qu'escort. Je veux bien faire, je veux être à la hauteur, à *sa* hauteur.

Le trajet me semble long et je le passe à dévisager un couple qui s'embrasse devant moi. À part au lycée, je n'ai jamais vraiment eu de petite amie. Depuis des années j'enchaîne les conquêtes sexuelles. Je crois que je ne saurais pas me comporter comme un petit ami.

J'arrive enfin à destination et je repère immédiatement Constance, adossée contre un mur de pierre, la tête baissée. Je m'approche d'elle, et comme si elle m'avait senti arriver elle relève la tête. Le sourire éblouissant qu'elle me sert me cloue sur place. Ce n'est pas bon, et cette lueur que je distingue dans ses yeux me fout la trouille autant qu'elle me ravit.

– Salut, souffle-t-elle, toujours souriante.

– Salut.

Je me penche pour l'enlacer rapidement, mais elle me retient un peu dans ses bras. Je la laisse faire volontiers.

– Toutes mes excuses encore une fois pour ce que j'ai dit.

– Arrête de t'excuser, Constance, ce n'est rien.

Putain ! C'est la troisième fois qu'elle s'excuse. Constance a tellement peur de faire de la peine, du mal, peur en général… Un nouvel élan d'affection s'empare de moi et je la serre dans mes bras. Elle semble ravie de mon geste. Je le suis aussi. Bordel !

– On fait quoi ? demande-t-elle.

– Ce que tu veux.

Alors qu'elle s'apprête à répondre, une personne se matérialise à côté de nous.

– Salut, Noah.

Il ne manquait plus que ça, la folle de Mathilde.

– Tu es revenu pour moi ? minaude-t-elle.

Elle agit comme si Constance n'existait pas et je comprends maintenant pourquoi cette dernière tient tant à jouer les femmes invisibles. Elle regarde d'ailleurs droit devant elle. Son corps est tendu, elle est angoissée.

– On y va mon ange ? je lance sans jeter le moindre regard à la peste qui se tient à notre droite.

Constance hoche la tête. Je passe mon bras sur ses épaules et nous quittons la fac, laissant cette moins que rien de Mathilde en compagnie de sa médiocrité.

18

– Tu peux enlever ton bras, je pense que Mathilde ne nous voit plus.

– Il te gêne ?

– Non.

– Bien.

Je me retiens de sourire. Timidement, je passe mon bras autour de la taille de Noah. Cela me fait tellement bizarre de me balader avec lui, comme si nous étions un vrai couple.

– Est-ce que tu as des frères et sœurs ? demande-t-il.

– Non. Je suis fille unique.

Ma réponse semble ne pas le surprendre. Pourquoi ? Mystère.

– Et toi ?

Il ne répond pas tout de suite et ça m'agace.

– Si tu as le droit de poser des questions, moi aussi.

Un sourire se forme au coin de ses lèvres.

– J'ai un petit frère qui a dix-neuf ans.

– Comment il s'appelle ?

– Aaron.

– Il est à Paris ? Et d'ailleurs, où est-ce que tu habites ?

– C'est un très vilain défaut, la curiosité.

Il ne se départit pas de son sourire et me fait même un clin d'œil. Son bras quitte mes épaules et sa main vient saisir la mienne. Je prends l'initiative d'enlacer nos doigts.

– Non, il ne vit pas à Paris, il fait ses études dans le sud de la France, mais il revient tous les week-ends chez nos parents à Orléans. Quant à moi, je vis dans le 8e. Maintenant ça suffit pour les questions personnelles.

J'accepte sans rechigner. Noah m'entraîne dans les transports en commun et j'ai beau essayer de lui faire dire où nous allons, il reste muet.

Lorsque nous arrivons enfin, nous sommes dans le 8e arrondissement. Tiens donc. Il veut qu'on aille chez lui ?

– Je vais te montrer un de mes endroits préférés.

– Je te suis.

Nous marchons un moment avant d'entrer dans le jardin des Tuileries. Je ne me suis jamais aventurée dans les arrondissements chics de la ville. J'ai hâte de découvrir l'environnement de Noah. Je le suis docilement, mais je m'étonne qu'il se dirige vers une aire de jeux pour enfant.

– C'est ça ton endroit préféré ?

– Non. On va juste faire un petit détour.

– Un petit détour ?

Il attrape ma main et nous partons en direction des balançoires.

– Mais enfin, Noah, qu'est-ce que tu fais ?

Des enfants font du toboggan pendant que leurs mères papotent sur les bancs. Notre arrivée les interpelle. Qu'est-ce que deux adultes viennent faire au milieu de jeux pour enfants ? se disent-elles sûrement. Elles nous jettent des regards en biais, nous cataloguant déjà probablement comme des jeunes cons.

Noah prend place sur une balançoire et me fait signe de le rejoindre.

– Viens là, dit-il en tapotant ses genoux.

– Quoi ? Non !

– Viens ici, réitère-t-il.

– Noah, enfin, on nous voit, et en plus je suis trop lourde, je vais te faire mal.

Il me regarde comme si j'étais dingue.

– Trop lourde ? Mais enfin tu t'es vue dans une glace, Constance ? Tu es toute mince.

Toute mince ? Il est myope ? Mon ventre choisit cet instant pour gargouiller comme jamais, histoire de dire qu'il est d'accord avec Noah.

– Maintenant, viens là.

À la troisième invitation, je ne peux pas refuser. Je m'approche de lui et m'apprête à prendre place sur ses genoux lorsqu'il m'attire par la taille et me soulève, m'installant à califourchon sur ses cuisses. Notre position est des plus inconvenantes. Ma poitrine est collée contre son torse, nos visages sont si proches que je pourrais l'embrasser. Mes jambes pendent dans le vide et je remarque le regard outré des mères de famille.

– Noah, qu'est-ce que tu fais ?

J'essaie de me redresser, mais il m'en empêche en me serrant fermement contre lui.

– Ne bouge pas. Accroche-toi à moi.

– Tout le monde nous regarde.

– Constance, stop. Arrête de te demander ce que pensent les autres. Quand est-ce que tu vas arrêter de vivre par procuration ? Il faut que tu apprennes à lâcher prise, à faire parfois des choses idiotes, à ne penser à rien et surtout à faire ce dont tu as envie. Maintenant, accroche-toi à moi.

Oh. Mon. Dieu. Je viens de me faire remonter les bretelles en beauté, mais pas comme auraient pu le faire mes parents, ou Sophia. Noah sait trouver les mots justes et c'est avec un grand sourire que je passe mes bras derrière sa nuque.

– Tu vois, quand tu veux, dit-il en me faisant un clin d'œil.

Il recule un maximum avant de se laisser partir. Je m'accroche plus fort et je pousse un petit cri mélangé à un rire.

– Tu veux qu'on s'envoie en l'air ?

– Oui.

– Constance ! Comme ça, devant tout le monde ? m'apostrophe-t-il.

– Oui ! Allez, plus haut.

Il rit avant de se balancer plus fort.

– Tes désirs sont des ordres.

Je pose mon menton sur son épaule et regarde le paysage monter et descendre au rythme de Noah.

– Encore ?

– Plus haut !

Il s'exécute et j'ai l'impression qu'on va s'envoler. Je lève la tête vers le ciel et je ferme les yeux, inspirant de grandes goulées d'air. Je me sens tellement bien, je ne me suis jamais sentie aussi bien de toute ma vie. J'ai toujours été oppressée, j'ai laissé les autres me dicter ma conduite sans jamais les contredire et je réalise que toutes ces années je me suis perdue. Je me suis mise de côté pour faire plaisir aux autres.

Noah me considère comme une personne à part entière, il me fait me sentir vivante et j'en ai terriblement besoin. Nous perdons de la vitesse et je rouvre les yeux pour croiser les siens, pétillants. Il me fixe, un sourire malicieux sur les lèvres.

– Tu es très belle.

Mon ventre se serre. Belle ? Jamais personne ne m'a dit que j'étais belle. Jolie, mignonne sont les seuls adjectifs que l'on m'ait jamais attribués… Bon sang, être belle, c'est ce dont j'ai toujours rêvé… Je suis touchée, émue, heureuse.

Noah me trouve belle.

Sans réfléchir, je plaque mes lèvres sur les siennes. J'ai besoin de ça, là, tout de suite, et c'est ma façon de le remercier parce qu'il n'en a probablement pas conscience, mais il vient de me faire l'un des plus beaux compliments possibles. Il me rend mon baiser avec passion. Embrasser Noah est en passe de devenir mon activité favorite.

La balançoire ralentit jusqu'à s'arrêter alors que notre baiser, lui, s'intensifie. Je me fiche soudain de qui peut se trouver là, j'ai l'impression que nous sommes seuls lui et moi. Ses bras puissants m'entourent, une de ses mains se faufile même sous mon tee-shirt pour caresser mon dos.

Je réagis immédiatement à son toucher, ma peau se couvre de frissons. Ses lèvres m'offrent tellement de réconfort que je voudrais que ce baiser dure toujours. Plus que tout, j'aimerais que ce moment dure éternellement…

Lorsque ses lèvres se détachent doucement des miennes, nous gardons un moment le silence.

– Tu me le montres, cet endroit ? finis-je par dire.

Il acquiesce avant de me sourire.

– Suis-moi.

19

– Et voilà.

– C'est magnifique.

Après avoir quitté l'aire de jeux, Noah et moi avons continué à marcher dans le parc jusqu'à un muret. J'ai pris la main qu'il m'a tendue et il m'a hissée au-dessus d'un pilier en pierre avant de me rejoindre. J'étais presque certaine que nous n'avions pas le droit de faire ça mais je ne m'en suis pas souciée.

Lorsque je relève enfin la tête, j'ai le souffle coupé. C'est comme si nous surplombions le parc et Paris. C'est tout simplement superbe.

La vue est magnifique, captivante. Au loin j'aperçois le musée du Louvre, à ma droite, la tour Eiffel se dresse fièrement.

Le paysage est si beau que je reste muette. Un tel spectacle mérite d'être immortalisé. J'ai envie de sortir mon carnet de croquis de mon sac et de rester des heures à dessiner chaque détail que mes yeux voient.

J'en ai envie, mais je ne le fais pas. Je n'ai jamais dessiné que seule. J'ai peur que les gens voient des gribouillis en lieu et place de ma passion. Ça me briserait le cœur que Noah n'apprécie pas mes dessins.

– Voilà. Ici j'ai l'impression que rien ne peut m'atteindre, dit-il.

– C'est très beau.

Je pose ma tête contre son épaule et il enlace ma taille de son bras.

Plus aucun mot n'est échangé jusqu'à ce que nous décidions de bouger. Au moment où nous nous apprêtons à reprendre le métro, Noah me propose une chose à laquelle je ne m'attendais pas :

– Tu veux venir chez moi ?

Chez lui ? Chez lui… je ne suis pas idiote, je sais très bien ce qu'il veut insinuer… et j'en ai terriblement envie.

– Oui.

Ravi, il m'entraîne dans les rues, et j'ai de petits picotements dans les doigts lorsqu'il tape le code de son immeuble.

L'appartement est différent de ce que j'avais imaginé. Il est très bien décoré, mais très peu meublé, il y a seulement ce qui est nécessaire à la vie de tous les jours.

– Je te fais visiter ?

– Avec plaisir.

Une cuisine ouverte sur une grande pièce à vivre, un salon chaleureux et une salle de bain moderne, c'est un loft sympathique et curieusement je m'y sens moins étrangère que dans l'appartement où je vis avec mes parents.

– Et voilà ma chambre.

Lorsqu'il ouvre la porte en bois blanc, je découvre son univers. La première chose qui me frappe, c'est le maillot de basket accroché sur l'un des murs. Il est floqué du numéro 10 et du nom de Noah.

– Tu fais du basket ? je lui demande en le regardant.

– Pendant mes années collège et lycée.

– Tu n'en fais plus ?

– Non.

Au ton qu'il emploie, je comprends qu'il ne veut pas en dire plus. Ce souvenir semble lui être douloureux et j'aimerais savoir pourquoi. Mais je ne le force pas. Noah n'est pas du genre à se livrer facilement. J'attendrai qu'il s'ouvre. J'espère qu'il le fera.

Tout dans sa chambre tourne autour du basket. Des trophées trônent sur une étagère, et mon regard est attiré par une photo placée à côté d'une médaille d'or. Quatre personnes souriantes posent pour l'objectif. La belle femme brune aux grands yeux marron est à coup sûr sa mère. Il lui ressemble comme deux gouttes d'eau se ressemblent, et c'est aussi d'elle qu'il a hérité sa fossette si craquante.

– Mes parents et mon frère.

– Tu ressembles tellement à ta mère. Ton frère et ton père sont…

– Presque jumeaux, je sais, tout le monde le dit. Viens par là.

Je me tourne vers lui. Il est assis sur le lit et il me tend une main. Je m'approche volontiers, mais une pensée étrange m'assaille. Je n'arrive pas à voir la différence entre le Noah escort et le Noah normal. Il est toujours si doux, prévenant, galant… est-ce qu'il est pareil avec tout le monde ? Ou seulement avec moi ?

– Tu veux boire quelque chose ? demande-t-il en m'attirant sur ses genoux.

Je me contente de secouer la tête.

– Tu as peut-être faim ?

Je vois bien dans son regard que sa question n'a pas le sens qu'elle devrait avoir. Et comme chaque fois que je suis avec lui, je fais et dis des choses dont je ne me pensais pas capable.

– Oui. De toi.

Je suis rouge écrevisse, mais je maintiens mes propos. Mon audace semble lui plaire. Il se laisse tomber sur le lit et je n'ai pas d'autre choix que de suivre le mouvement.

– On se lâche, mademoiselle… c'est quoi ton nom de famille ?

– Pradel.

– On se lâche, mademoiselle Pradel… seriez-vous en train de vous dévergonder ?

Ses mains se posent sur mon tee-shirt, le faisant remonter doucement.

– C'est votre faute, monsieur…

Il retire mon tee-shirt et le jette par terre.

– … Dumont, finit-il par dire avant de prendre d'assaut ma bouche.

Je ne me fais pas prier pour lui rendre son baiser. Ses mains défont l'agrafe de mon soutien-gorge avec une habileté déconcertante. Chaque fois que Noah me touche, je perds pied. J'appréhende toujours de me dévêtir devant lui, j'ai toujours peur qu'il réalise à quel point mon corps est laid et je sais que cela arrivera tôt ou tard. Comme mon tee-shirt il y a quelques secondes, mon soutien-gorge finit sur le sol. Noah bascule sur le lit et vient sur moi. Ses lèvres quittent les miennes pour voyager sur ma joue et descendre dans mon cou. Sa langue laisse une marque humide sur ma peau, qui frissonne.

Sa bouche continue de voyager, descendant de plus en plus, embrassant chaque parcelle de ma peau avant de se refermer sur l'un de mes tétons.

– Tu es très belle, Constance, il faut que tu t'en rendes compte, que tu l'acceptes, souffle-t-il en reprenant son parcours de baisers.

Sa bouche descend sur mon ventre, s'arrête sur mon nombril, puis sa langue glisse jusqu'au bouton de mon jean. Je fais rapidement tomber mes chaussures tandis que Noah s'occupe de mon pantalon. Je soulève mes hanches pour l'aider et en moins de temps qu'il n'en faut pour le dire mon jean rejoint mes autres vêtements au milieu de la pièce.

– Quel beau spectacle vous m'offrez là, mademoiselle Pradel.

– Moi aussi je veux te voir, dis-je en me redressant.

Je le déshabille à mon tour, commençant par son tee-shirt, me languissant de pouvoir admirer son torse musclé. Ses pectoraux, ses abdos, ses biceps me rendent folle. Je ne peux me retenir de l'embrasser et le caresser.

Mes lèvres prennent exemple sur les siennes, et à mon tour je pars à la découverte de son corps. Son bassin rencontre habilement le mien, ses mains glissent sous l'élastique de ma culotte pour caresser mes fesses.

Mes baisers remontent dans son cou. Son odeur m'envahit. Son parfum, son savon, ce mélange délicieux qui le caractérise et le rend si revigorant, réconfortant. Mon dernier sous-vêtement glisse le long de mes jambes. Mes mains défont le bouton de son pantalon, mais je le laisse enlever le reste et enfin il est nu.

– Jolie Constance, murmure-t-il.

Son souffle balaie mon visage. Jolie Constance… je pourrais m'y faire.

Alors que je m'impatiente de toucher chaque parcelle de sa peau, il me soulève et me jette sur le lit, où je rebondis en poussant un cri de surprise. Il s'approche de moi comme un lion de sa proie, mais son sourire est doux. Ses mains se referment sur mes chevilles, les tirant fermement, me ramenant à lui. Ses lèvres se posent sur ma cuisse et remontent dangereusement. Lorsque je comprends où il veut en venir, je tente de reculer.

– Non. Pas ça.

– Pourquoi ? demande-t-il, étonné.

– Parce que… je ne sais pas si… ce n'est pas vraiment…

– De quoi tu as peur, Constance ? De prendre du plaisir ?

Il s'allonge sur moi, puis, très lentement, commence une délicieuse friction de nos deux sexes.

– Tu me fais confiance ?

Je m'accroche à ses épaules. Déjà le plaisir s'installe en moi.

– Oui, mais…

– Je ne te forcerai pas à faire quelque chose dont tu n'as pas envie… mais comme me disait ma mère : « Ne dis pas je n'aime pas avant d'avoir goûté », et crois-moi, là, tout de suite, j'ai terriblement envie de te goûter, Constance Pradel.

Bordel de merde ! Ses mots ajoutés au mouvement incessant de son bassin me font trembler de désir. Tout ce que cet homme voudra de moi, je le lui donnerai sans hésiter.

Voyant que je suis incapable de formuler une réponse, il trace une ligne de baisers qui le conduit tout au sud. Lorsque sa langue chaude et douce entre en contact avec mon clitoris, je ne peux m'empêcher de gémir. Il ne me laisse pas le temps de réfléchir, il me permet juste de ressentir et d'absorber le plaisir que sa langue me procure. Oh, bon sang, et dire que j'ai failli passer à côté de ça… Je lui demande de continuer, je le supplie de ne pas s'arrêter. Le plaisir grimpe en flèche, et au moment où il est sur le point d'exploser, Noah s'arrête. J'ouvre les yeux pour le voir au-dessus de moi, un sourire vainqueur sur les lèvres.

– Ça t'a plu ?

– Continue, s'il te plaît.

Je suis au bord de l'explosion. Il rit et ouvre le tiroir de sa table de nuit pour en sortir un préservatif. En professionnel, il l'enfile rapidement avant de reporter son attention sur moi.

– À mon tour.

Il prend à nouveau place sur mon corps et plonge sur mes lèvres puis roule sur le lit et je me retrouve au-dessus de lui. Il veut que je prenne les rênes. Je grimace lorsqu'il entre en moi, mais il ne me faut que quelques secondes pour m'y habituer.

– Lâche-toi, susurre-t-il en posant ses mains sur mes hanches.

Je l'écoute, je le laisse me guider comme il sait si bien le faire. Il joint ses mouvements aux miens et bientôt nos corps se lancent dans une danse endiablée. Dans ses bras, je ne suis plus Constance, je ne suis que sensations. Mon regard est rivé sur lui, lui me détaille aussi. Et quand l'orgasme me submerge, je ne peux m'empêcher de gémir en disant son prénom. Il me désire, il me trouve belle, il me donne confiance en moi.

Son plaisir explose enfin. Il est magnifique.

Je m'effondre sur lui, haletante et en sueur. Il me prend dans ses bras et je plonge avec délices dans un état de bien-être et de plénitude absolue.

Noah est différent des autres, je le sais, il ne me fera jamais de mal…

20

Tout est calme, nous ne parlons pas. Noah me tient dans ses bras. Prévenant, il a remonté la couette sur nous. Nous sommes face à face et nous nous regardons. Je lève lentement ma main pour la poser sur sa joue.

Je sais ce qu'il est en train de se passer. Chaque fois que je vois Noah, je suis un peu plus hypnotisée. Je suis en train de développer des sentiments envers lui, je m'attache à lui comme je ne me suis jamais attachée à personne.

– Tu es beau.

Pour une fois c'est moi qui le complimente. Il cligne des yeux sans détacher son regard du mien. Sa main se pose sur la mienne, encore sur sa joue. Il la porte à ses lèvres, y dépose un baiser avant de la reposer sur le matelas.

Est-ce que mon geste le gêne ?

Sans rien dire, il se redresse, ramasse nos vêtements au sol et m'apporte les miens. Son regard est fuyant et j'ai du mal à comprendre pourquoi. Est-ce que j'ai fait, dit, quelque chose de mal ? Est-ce que je m'y suis mal prise ? Peut-être qu'il n'a pas éprouvé assez de plaisir et qu'il m'en veut ?

– Noah ?

Il passe ses vêtements avant de se tourner vers moi.

– Est-ce que ça va ?

– Oui, pourquoi cette question ?

– Parce que tu me sembles bizarre.

– Je ne suis pas bizarre.

Sa voix n'est pourtant pas aussi douce qu'à l'accoutumée. Mais qu'est-ce que j'ai bien pu faire ? Est-ce parce que je lui ai dit que je le trouvais beau ? Je ne vois pas en quoi cela pourrait être vexant.

– Je dois passer un coup de fil important. Tu me rejoins dans le salon ?

Je hoche la tête. Noah quitte la chambre. Son comportement me dérange, j'ai l'impression qu'il me repousse. Je décide de me rhabiller et de lui demander clairement ce qui ne va pas. J'enfile mes vêtements à la hâte et sors de la chambre à mon tour.

Comme il me l'a annoncé, il est en conversation téléphonique et je comprends vite qu'il prend un rendez-vous. Cela me blesse qu'il fasse ça en ma présence, mais après tout c'est son métier, je ne peux pas lui en vouloir.

Je me retrouve à attendre qu'il termine comme une idiote, debout au milieu du salon. Il ne me jette pas un regard ni ne me fait signe de m'asseoir. Je me sens soudain de trop, je ne comprends pas ce qui est en train de se passer et l'angoisse pointe doucement le bout de son nez.

Et s'il avait juste voulu coucher avec moi ? Si c'était finalement pour ça qu'il m'avait appelée tout à l'heure ? C'est absurde, lui et moi avons déjà fait plusieurs fois l'amour, pourquoi aurait-il usé d'un stratagème pour recommencer ?

Il raccroche et se tourne vers moi. Il semble surpris de me voir encore ici.

– Je suis désolé, mais j'ai un ami qui doit passer.

Traduction : Tu n'es plus la bienvenue ici. À bientôt Constance.

J'encaisse sans rien dire ni montrer que je suis touchée, après tout je ne vois pas pourquoi il voudrait que je rencontre ses amis, nous n'en sommes pas encore à ce stade. D'ailleurs, à bien y réfléchir, je ne sais pas si nous en sommes à un stade quelconque.

Et puis de toute façon, même s'il m'avait proposé de rester j'aurais refusé. Je ne me sens pas à l'aise en présence de personnes inconnues et c'est peut-être pour ça qu'il me prévient que son ami doit venir : il sait que ce genre de situation m'angoisse…

– D'accord. Je vais y aller.

Il acquiesce en reportant son attention sur son téléphone, me signifiant que je ne l'intéresse plus du tout. J'ai l'impression de recevoir un coup dans l'estomac : il vient bien de m'utiliser pour satisfaire une pulsion. Et moi, comme une idiote, j'ai cru qu'il voulait vraiment de moi, que je pouvais vraiment l'intéresser.

– À plus, dis-je avant de me diriger vers la porte.

Je préfère partir avant de fondre en larmes.

– Constance, attends.

Je me retourne vers lui, soulagée. Il veut que je reste et c'est ce que je veux aussi. Il s'approche de moi et j'espère qu'il me prenne dans ses bras ou m'embrasse. Oui, c'est de ses lèvres que j'ai besoin. Lorsqu'il est si proche de moi que je peux sentir son parfum chatouiller mes narines, il dit enfin :

– C'est deux cents euros.

L'espace d'un instant, je reste figée. Deux cents euros ? Mais de quoi il parle ?

– Comment ça ?

– Deux cents euros. Ça fait deux heures, depuis que je suis venu te chercher devant la fac.

– Mais… je ne comprends pas. Tout à l'heure au téléphone tu as dit toi-même que tu ne cherchais pas à poser de rendez-vous.

– Eh bien peut-être que si, finalement.

Je suis clouée sur place. Le Noah qui me fait face est distant et froid. Je ne l'ai jamais vu se conduire ainsi et je ne comprends pas comment il a pu changer à ce point en un rien de temps.

– Est-ce que j'ai fait quelque chose qui t'a déplu ? Je m'y suis peut-être mal prise, je n'ai pas beaucoup d'expérience, mais ça viendra.

Je ne peux pas m'empêcher de demander. Il faut que je sache à quel moment j'ai tout fait foirer.

– Ça n'a rien à voir, Constance. Je pensais que tu avais compris qu'aujourd'hui ne différait pas des autres jours.

Je me prends une violente gifle. Je n'arrive pas à croire ce que j'entends. Il m'a dit qu'il voulait passer du temps avec moi, il m'a fait culpabiliser d'avoir cru qu'il voulait un rendez-vous professionnel et au final ? Au final je me suis fait avoir en beauté. L'humiliation est cuisante. J'ai mal, il m'a fait mal juste au moment où je pensais que c'était possible.

– Je n'ai pas de liquide sur moi. Tu prends les chèques ?

J'essaie de garder un ton neutre, mais ma voix tremblante me trahit.

– Bien sûr.

Il semble tellement détaché. Il est dans son élément. Il vient de me rendre un service, il est donc normal qu'il en soit dédommagé. Moi qui croyais que nous venions de passer un cap…

Je sors mon chéquier et un stylo de mon sac et me hâte de griffonner la somme demandée.

– Tu veux que je te raccompagne ?

J'arrache le chèque et le lui tends sans le regarder.

– Non, merci, ton ami va arriver.

Je range à nouveau mes affaires et me dépêche de passer la porte. J'ai besoin de partir d'ici et vite.

21

NOAH

– C'était bon, hein ?! Tu sais que ça m'a manqué, tout ça ?

Les mains d'Émilie glissent sur mon torse. Sans me demander si cela peut lui paraître déplacé, je jette un coup d'œil à ma montre. Enfin ! Les quatre heures sont terminées. Je m'assieds rapidement au bord du lit pour enfiler mes chaussettes et mon boxer.

– Tu t'en vas déjà ?

– Tu as payé pour quatre heures, dis-je en enfilant mon jean.

– Et si on rallongeait d'une petite heure ?

– Non. J'ai d'autres choses prévues.

– Ah ? Vraiment ?

Je passe mon pull ainsi que mes chaussures. Émilie est toujours nue, étendue au milieu du lit.

– Tu as mieux à faire que de t'occuper de moi ?

– Beaucoup mieux, oui.

Et c'est la vérité. Cela fait trois jours que j'ai congédié Constance. Trois jours que j'ai agi comme le pire des connards. Je vois encore son joli visage pâlir lorsque je lui ai demandé de me régler les deux heures les plus belles, les plus fraîches et revigorantes que j'aie passées depuis très longtemps. J'ai bien vu à quel point elle était blessée par mon comportement et ça m'a fait mal de lui faire mal. Je ne le voulais pas, mais j'y étais obligé.

Ses yeux énamourés m'ont fait peur. Constance s'attache à moi, beaucoup, trop peut-être. Je ne suis pas quelqu'un pour elle. Elle a besoin de stabilité et surtout de quelqu'un qui lui soit totalement dévoué. Qu'est-ce qu'elle ferait d'un gigolo qui baise à tout-va ?

Depuis qu'elle a quitté mon appartement, je m'en veux. J'ai même pensé à la rattraper pour m'excuser, mais je me suis dit qu'il valait mieux qu'elle pense que je n'en valais pas la peine. Depuis ce fameux jour, je n'ai plus de ses nouvelles. Pas un appel, ni un message, rien. Le silence.

Trois jours interminables, et aujourd'hui je n'en peux plus. L'arrivée de Constance dans ma vie a été une bénédiction. Elle est naturelle, et son cœur est tellement grand… Je n'ai jamais rencontré une femme comme elle et je ne pensais même pas que cela puisse exister. Elle me manque, je dois me rendre à l'évidence. C'est pourquoi j'ai décidé d'aller la voir aujourd'hui pour m'excuser. Je ne peux pas supporter qu'elle ne fasse plus partie de ma vie.

Ce constat m'effraie. J'ai besoin de Constance, je ne sais pas encore à quel point ni dans quelle mesure, mais j'ai besoin d'elle, et c'est assez pour me coller une trouille d'enfer.

Je passe ma veste en cuir et m'approche du lit.

– Deux mille euros.

– Tu ne perds pas le nord, hein ?!

Elle se lève et se déplace jusqu'à son sac à main d'une démarche chaloupée. Je dois reconnaître qu'Émilie est toujours aussi attirante. Au lit, elle sait ce qu'elle veut, elle aime prendre les commandes. Mais malgré tout je n'ai pas pu m'empêcher de comparer nos ébats à ceux que j'ai partagés avec Constance. Émilie n'est pas aussi douce et attentive à mon plaisir. Avec elle c'est moins intense. Faire l'amour avec Constance me comble davantage. Constance me comble davantage… Je suis foutu.

Émilie revient avec une liasse de billets de deux cents euros à la main. Pour elle, l'argent n'est pas un problème, elle en a à revendre. Je me demande ce que penserait son mari s'il venait à apprendre que son blé sert à régler mes services.

– Merci, dis-je en fourrant les billets dans la poche de ma veste.

– C'est moi qui te remercie. On recommencera très bientôt, n'est-ce pas ?

Ses lèvres se posent sur mon cou avant que ses dents n'entrent en jeu. Elle me mord. Fort. Et je recule.

– Arrête ça. C'était la dernière fois, Émilie.

– La dernière fois ? Tu plaisantes. Ça fait huit mois qu'on ne s'est pas vus. On a du temps à rattraper.

– C'est terminé. Si tu as encore besoin d'un jouet pour assouvir tes fantasmes, il y a d'autres gars disponibles à l'agence. Moi j'arrête.

Elle semble comprendre que je ne plaisante pas.

– Tu ne peux pas être sérieux. Tu as besoin d'argent et j'en ai beaucoup. Je peux combler toutes tes attentes, tu le sais, minaude-t-elle en passant ses mains sur mon torse.

– Ton argent ne m'intéresse plus.

Je la repousse brusquement.

– Ah, vraiment ?

– Vraiment. Au revoir, Émilie.

Je fais volte-face et sors de la chambre.

– Tu reviendras en rampant, s'écrie-t-elle au loin.

– Compte là-dessus !

Je salue Francis à la réception de l'hôtel et m'élance dans le métro. Je décide de rentrer chez moi et de prendre une douche avant d'aller retrouver Constance.

Je n'ai pas envie de m'excuser par téléphone. Je n'ai plus qu'une option… aller chez elle.

Lavé, changé, parfumé, je sors de mon appartement. Il est 18 heures, j'espère qu'elle est déjà revenue de la fac, j'espère aussi qu'elle acceptera de m'écouter parce que je n'ai aucune idée de ce que je vais faire si elle refuse de me parler.

J'ai besoin de Constance. Bien que terrifiante, cette pensée me revigore.

J'arrive enfin à destination et j'entre dans l'immeuble, bien décidé à faire oublier à Constance quel connard j'ai été.

22

J'ai faim. Terriblement faim. J'en suis à mon quatrième jour de jeûne. C'est long. Je rêve de frites trempées dans du ketchup, de petits-beurre tartinés de Nutella, de lasagnes fumantes, de poulet grillé, de fraises au sucre… Je mangerais même des frites trempées dans du Nutella et des petits-beurre tartinés de ketchup. Je m'en cogne, j'ai faim !

Assise sur le sol au pied de mon lit, je dessine encore et toujours la même chose : le visage de Noah. Trois jours après la violente gifle qu'il m'a assenée, je n'ai pas encore eu la force de le recontacter. Dieu sait pourtant que j'en ai envie, mais je ne suis pas masochiste. Pas question de replonger dans ses bras pour qu'il me brise à nouveau.

Lui n'a pas non plus cherché à me joindre, d'ailleurs. Je suppose qu'il est trop occupé avec d'autres clientes qui lui donnent tout ce dont il a besoin.

Alors que je passe et repasse sur le contour de ses yeux, mon téléphone sonne. Peu surprise de voir le nom de Sophia apparaître, je décroche.

– Salut, ma douce.

– Salut, belle gosse. Comment tu vas ?

– Bien.

– Oh… c'est un petit bien, ça. Qu'est-ce qui se passe ? Toujours aucune nouvelle de ton toy boy cupide ?

Lorsque Sophia m'a vue arriver dépitée le lendemain de « la claque », elle m'a tannée toute la journée pour savoir ce qui s'était passé et j'ai craqué. Depuis, Noah est redescendu dans son estime.

– Mais si, ça va, je t'assure. Je suis toute seule à la maison, mon père vient de partir chercher ma mère à la sortie de son travail, et ils sont allés manger au restaurant.

– Ah, mais c'est génial ! Tu sais quoi ? Je nous prends des pizzas et je passe te voir.

Des pizzas… Bordel ! Même de la pizza tartinée de ketchup et trempée dans du Nutella me ferait saliver. Non. Je dois résister.

– Je ne me sens pas très bien, Sophia. Ce soir, je vais faire l'impasse sur le repas.

– Encore ? Tu te fous de moi ? Tu t'es sentie mal toute la semaine chaque fois qu'on parlait de bouffe. Ne me dis pas que tu fais un de ces régimes débiles !

Quelle perspicacité, cette Sophia !

– Non, je ne fais pas de régime. C'est juste que je ne me sens pas bien. Si tu veux venir, pas de problème, mais ne m'apporte rien à manger.

Elle soupire d'agacement, pourtant je sais qu'elle va céder.

– Je suis là dans vingt minutes.

La communication coupe et je reprends mon dessin. Après avoir passé une bonne demi-heure sur les grands yeux chocolat de Noah, je m'attaque à ses lèvres.

Si seulement je pouvais m'y attaquer réellement ! C'est fou, à peine trois semaines que j'ai fait sa connaissance, et je suis déjà obsédée. Comme chaque fois que je dessine, je perds la notion du temps. Je pourrais passer des jours comme ça, rien qu'avec un calepin et des crayons.

La sonnette de la porte d'entrée me sort de ma transe créative. Sophia a fait vite, ça me fait plaisir. Je pensais vouloir rester seule, mais son appel m'a revigorée. J'ai besoin de son brin de folie, de son humour, de sa détermination. Ça me donne l'impression que moi aussi je peux tout réussir.

– Entre ! je hurle depuis ma chambre.

La porte s'ouvre puis se referme. Je n'entends pas les talons de Sophia claquer sur le carrelage… étrange. Je pose mes petites affaires et me lève. Lorsque j'ouvre la porte de ma chambre, je ne m'attends pas à trouver Noah au milieu du petit couloir, les mains dans les poches, l'air penaud.

– Noah ? Mais qu'est-ce que tu fais là ?

– Euh… tu m'as dit d'entrer.

– Non. Je croyais que c'était Sophia !

Je réalise alors dans quelle tenue je suis. Un legging noir avec un long tee-shirt par-dessus. J'ai les cheveux relevés en chignon et de grosses chaussettes d'hiver aux pieds. En bref, je suis glamour comme jamais alors que lui est à tomber. Un jean, un tee-shirt et une veste en cuir noirs. La seule touche de couleur vient de ses baskets rouges. Je sens son parfum d'ici, et la seule chose que j'ai envie de faire, c'est enfouir ma tête dans son cou et le respirer.

Je suis vraiment mal !

– Qu'est-ce que tu fais là ? je répète.

– Je suis venu te voir.

– Je n'ai pas besoin de rendez-vous.

Mon ton est cassant. Je n'ai pas l'habitude d'élever la voix, de me rebeller, mais son comportement m'a vraiment affectée et il doit comprendre que je ne suis pas un jouet. Je suis trop sensible pour le laisser jouer avec moi.

Quelle ironie. C'est pourtant moi qui en ai fait mon toy boy, comme dirait Sophia.

– Tu as le droit de m'en vouloir, j'ai agi comme un vrai con.

– Non. Tu n'as fait que ton travail.

– Constance…

Il s'approche, mais je recule d'un pas. Si je le laisse me toucher, je suis foutue.

– Je suis venu pour m'excuser…

Il ouvre sa veste et sort mon chèque de sa poche intérieure.

– … et pour te rendre ça.

– Garde-le, dis-je en secouant la tête. C'est ma faute, je n'avais pas compris que cette journée n'était pas différente des autres.

– Justement, si.

Voyant mon air perdu, il reprend.

– Est-ce qu'on peut s'asseoir pour discuter ?

Discuter ? Ce n'est pas bon… je sais ce qu'il va me dire. Il a compris que je m'intéressais un peu trop à lui, et il veut mettre un terme à tout ça. Suis-je prête à supporter une rupture ? Bien sûr que non, mais je ferai comme toujours : courber l'échine en donnant l'impression que tout va bien.

– C'est ta chambre ? demande-t-il en jetant un coup d'œil derrière moi.

– Oui.

– Tu me fais visiter ?

– Je ne sais pas…

Il hoche la tête avant d'approcher d'un pas.

– Ton chèque.

Il me le tend une nouvelle fois. Voyant qu'il ne changera pas d'avis, je finis par le prendre et par le déchirer avant de le jeter dans la corbeille à papier sous mon bureau.

– Entre.

Je m'empresse de ramasser mon carnet à dessin qui gît sur le sol, ouvert sur l'un des innombrables portraits de lui, et de le poser rapidement sur mon bureau. Il entre et regarde la décoration. Il n'y a rien d'extravagant, elle est aussi banale que moi.

Pendant que Noah mène son inspection, je défais mes cheveux et les secoue. J'essaie de me donner meilleure allure, mais impossible : je ressemble à un épouvantail. Un épouvantail affamé.

– Dis-moi ce que tu veux, Noah.

J'aime autant qu'on en finisse, et vite. Il me scrute avant de s'approcher de mon lit et de s'y asseoir.

– Je ne sais pas par où commencer…

Je prends place à côté de lui tout en respectant une bonne distance de sécurité. Lorsqu'il plonge ses yeux dans les miens, je comprends alors que quoi qu'il dise mon cœur n'y survivra pas. L'évidence me frappe en plein visage : je suis follement amoureuse de Noah Dumont.

23

Alors j'attends. J'attends qu'il me dise qu'il ne veut plus me voir, que finalement il regrette tout ce qui s'est passé entre nous et qu'il n'a agi que par pitié. Je retiens mon souffle, attendant qu'il m'achève, mais il ne dit rien et ça me rend folle.

– Tu n'as pas besoin de te triturer les méninges à essayer de chercher la meilleure façon de me dire que tu ne veux plus me voir. J'ai bien compris que la dernière fois je n'avais pas assuré. Je ne suis pas aussi fragile que tu le penses, je peux encaisser, tu sais.

C'est faux, complètement faux. Je ne suis pas prête à l'entendre mettre un terme à la seule et unique relation que j'aie jamais eue. Parce que, même si pour lui je n'ai été qu'un créneau horaire de plus sur son planning, pour moi il a été… peu importe.

Il se lève et commence à arpenter ma chambre.

– Pourquoi tu fais toujours ça ? lance-t-il.

– Pourquoi je fais toujours quoi ?

– Te rabaisser, remettre la faute sur toi.

– Dis-moi que je me trompe, alors.

– Tu te trompes. Lourdement, en plus. Pourquoi tu penses que c'est toi le problème ? Hein ? Pourquoi ça ne pourrait pas être moi ?

Il hausse le ton. Contre qui est-il en colère ? Moi ?

– Je ne comprends pas ce que tu essaies de me dire, Noah.

– C'est ça, le problème. Tu ne comprends pas.

Il passe une main dans ses cheveux avant de soupirer et d'arrêter de tourner en rond.

– Je sais ce que tu attends de moi, mais je ne peux pas te le donner.

– Comment ça ? je m'étrangle.

– J'ai bien vu dans ton regard… je ne suis pas quelqu'un pour toi, Constance.

– Pourquoi ?

– Mais parce que ! s'emporte-t-il à nouveau. Je suis escort, rien que ce mot devrait te suffire à comprendre !

– Je sais très bien ce que tu es, et c'est moi qui suis venue te chercher, tu te souviens ? dis-je en me levant à mon tour.

– Mais justement ! Tu étais innocente et tu as vendu ta virginité à un mec qui baise à tour de bras. C'est vraiment ça que tu voulais pour ta première fois ? Je n'aurais jamais dû accepter de te voir une deuxième fois, ni une troisième, d'ailleurs, parce que plus les rendez-vous s'enchaînent…

Son regard accroche le mien.

– … plus j'ai envie d'être avec toi.

Ma bouche s'assèche, j'ai le souffle coupé lorsque ses dernières paroles résonnent dans la pièce.

– Qu'est-ce que tu essaies de me dire ? j'insiste, la voix tremblante.

– J'essaie de te faire comprendre que je ne suis pas celui qu'il te faut, mais que j'aimerais l'être.

Bon sang de bon sang ! Je m'approche de lui, mes jambes sont cotonneuses, mais je me dépêche de le rejoindre.

– Est-ce que tu veux… qu'on soit ensemble ?

Son regard est fuyant, il semble pris dans une bataille intérieure.

– Parce que moi je veux être avec toi, Noah, je ne veux plus devoir poser de rendez-vous pour te voir, je voudrais que toi et moi on soit… comme la dernière fois au parc. Comme ça, mais tous les jours.

– C'est impossible, Constance.

– Pourquoi ? je demande, au bord des larmes.

Ses mains encadrent mon visage. Je m'accroche à ses poignets, je ne veux pas le perdre. Je ne peux pas perdre la plus belle chose qui me soit arrivée en vingt et un ans d'existence.

– Même si on le voulait, on ne pourrait pas avoir une relation normale.

– Mais si…

– Constance, laisse-moi finir.

Sa voix a repris ses accents veloutés et réconfortants.

– Comment tu crois que tu vas le vivre, quand tu réaliseras que pendant que tu es en train d'étudier sur les bancs de la fac moi je suis en compagnie d'autres femmes ? Tu penses que tu pourras le supporter ? Évidemment que non, et c'est ce qu'il faut que tu réalises. Ma… « profession » est bien trop un handicap à une quelconque relation.

Je secoue la tête. Je refuse d'entendre les excuses qu'il essaie de trouver.

– Je me fiche de ça, Noah. J'ai besoin de toi, s'il te plaît, essayons.

Je m'étonne moi-même. Je suis en train de le supplier d'entamer une relation de couple avec moi. Décidément, depuis qu'il est dans ma vie, plus rien n'est pareil. Je vois bien qu'il hésite. Une part de lui voudrait être avec moi. J'en suis certaine.

– J'ai besoin de toi, je répète.

Je lâche ses poignets pour passer mes bras autour de sa taille. Je me blottis contre son torse chaud. Ses bras m'enlacent instinctivement.

Trois jours de séparation et il m'a manqué plus que je ne saurais le dire.

– S'il te plaît, reste avec moi. Tout va mieux depuis que tu es là.

– Oh, Constance.

Il enfouit son visage dans mes cheveux et prend de longues inspirations. J'en ai des frissons de plaisir.

– Moi aussi j'ai besoin de toi. Putain, Constance, j'ai tellement besoin de toi.

De lui-même, il rompt notre étreinte pour pouvoir à nouveau prendre mon visage dans ses mains.

– Tu es sûre de toi ? Pour rien au monde je ne voudrais te faire de mal.

– Tu ne m'en feras pas.

– Comment tu peux avoir confiance en moi à ce point ?

C'est vrai, ça, comment ça se fait ? Jusque-là, Sophia est la seule à avoir bénéficié du privilège de ma confiance aveugle. Mais Noah… Noah est un vrai gentil. S'il m'a repoussée il y a trois jours, c'était uniquement parce qu'il pensait agir pour mon bien. Et à qui accorder sa confiance si ce n'est à une personne qui fait passer votre intérêt avant le sien ?

– Tu es quelqu'un de bien, Noah Dumont. J'en suis sûre. Tu *as* et tu *es* une bonne âme.

Sa bouche s'entrouvre, il semble surpris de ce que j'affirme, puis, avec une fougue et une passion que je ne lui avais encore jamais connues, il plonge sur mes lèvres et me fait reculer contre le mur. Je suis tellement surprise que je ne réagis pas tout de suite, les mains accrochées à sa veste en cuir.

Il ne me faut pourtant pas longtemps pour me laisser porter par le baiser que nous échangeons. Est-ce parce que nous venons de nous avouer notre besoin l'un de l'autre ? Est-ce parce que notre relation vient de démarrer véritablement ? Toujours est-il que ce baiser n'a pas la même saveur que les autres. Il est plus profond, plus passionné, plus intense…

– OK, on va essayer. Toi et moi. Ensemble, souffle-t-il.

Et il capture de nouveau ma bouche dans un baiser brûlant.

Moi qui pensais encore il y a quelques minutes que je n'allais plus jamais le revoir, je suis aux anges.

Il me veut, je le veux.

24

NOAH

Une relation. Je viens de me lancer dans une relation. Comment je vais gérer ça ? Constance est dans mes bras, toujours accrochée à ma veste ; elle me rend mon baiser avec une passion déconcertante. Je ne sais pas lequel des deux a le plus besoin de l'autre, je sais juste que j'ai l'impression d'avoir trouvé la pièce maîtresse de mon existence. *Enfin.*

Trois semaines. C'est le temps qu'il m'aura fallu pour tomber sous le charme de cette fille, de cette femme, qui est l'exact opposé de moi. Je ne peux pas m'arrêter de l'embrasser. Ses lèvres sont devenues une obsession. La conversation que nous venons d'avoir m'a mis K-O. *Elle* m'a mis K-O.

Jolie Constance…

La porte d'entrée qui s'ouvre et claque nous fait sursauter et rompt immanquablement notre étreinte.

– Constance ?

Je reconnais la voix de Sophia. Merde, j'aurais aimé poursuivre ce que nous avions commencé. Constance semble paniquée. Alors que je m'apprête à lui demander ce qui se passe, la porte de la chambre s'ouvre, laissant apparaître Sophia derrière deux boîtes de pizza.

Son regard s'arrête sur moi, puis sur Constance. Cette dernière est toujours coincée entre le mur et moi. Sophia me donne l'impression de nous préparer l'engueulade du siècle.

– Tiens donc ! Qui voilà ?

Je tente un « Salut, Sophia... » aussi décontracté que possible.

– C'est ça, salut ! On peut savoir ce que tu fous là ? Tu es venu chercher un autre chèque ?

Ah. Apparemment Constance lui a tout raconté. Je ne lui en veux pas, mais je vais passer un sale quart d'heure.

– Laisse tomber, Sophia, intervient Constance en se dégageant.

– Comment ça, laisse tomber ? Ce mec t'a prise pour une conne, alors tu me le vires de là, sinon c'est moi qui m'en occupe !

– Mais non, je ne vais pas le virer.

Sophia nous dévisage à nouveau. Je ne comprends pas pourquoi Constance ne lui demande pas de nous laisser, j'aimerais me retrouver seul avec elle.

– Oh, j'y crois pas. Ne me dis pas qu'il t'a eue au sexe ?

– Quoi ? Mais non, enfin ! s'indigne ma jolie Constance en rougissant.

– Je suis venu m'excuser pour mon comportement et pour parler, interviens-je.

– Mais bien sûr. Et tu vas me faire croire que c'est en échangeant vos salives que vous communiquiez ?

– Sophia, stop. Noah te dit la vérité, il s'est excusé et ensuite on a parlé.

– Vu votre position, la discussion était close quand je suis arrivée.

Le ton qu'elle emploie m'énerve. Pour qui elle se prend ? Ce n'est pas sa mère, et Constance est majeure.

– Je ne vois pas en quoi ça te dérange. Constance et moi sommes ensemble.

Voilà, comme ça, c'est dit !

J'ai droit à un regard en biais de la part de ma… petite amie. Quoi ? Qu'est-ce que j'ai dit ?

– Ensemble. Et je dois vous féliciter ?

– Sophia, est-ce que je pourrais te parler un instant seule à seule ? demande Constance.

Son amie lève les yeux au ciel avant de poser les pizzas, dont la délicieuse odeur s'élève dans la pièce.

Constance me sourit avant de quitter la chambre en compagnie de sa meilleure amie. Je me retrouve seul, comme un con, au milieu de la pièce. L'espace d'un instant, je suis tenté d'écouter aux portes, mais je me ravise. À la place, je décide d'inspecter les lieux d'un peu plus près. Je fais le tour de la chambre, et je la trouve étonnamment peu décorée.

J'aimerais tellement en apprendre plus sur Constance. Ce qu'elle aime, ses passions, ses rêves, ses envies. J'ai besoin qu'elle se livre et qu'elle me parle. J'aimerais ouvrir les tiroirs de son bureau pour fouiller un peu, mais je m'en abstiens. C'est son intimité. J'attendrai qu'elle s'ouvre à moi.

Alors que je suis sur le point de sortir pour aller voir ce qui se passe, les filles reviennent. Sophia semble apaisée, elle me gratifie même d'un petit sourire.

– Bon, j'ai apporté assez de pizzas pour tout le monde. Tu te joins à nous ? propose-t-elle.

J'aurais aimé me retrouver avec Constance, et seulement avec elle, mais je ne peux décemment pas refuser.

– Avec plaisir.

Constance sort la première, et je m'apprête à lui emboîter le pas lorsque Sophia se plante devant moi.

– Je vais te dire clairement ce que je pense, déclare-t-elle en pointant un doigt dans ma direction. Constance est fragile, sensible, peu confiante, et j'en passe. Elle a un cœur plus gros que le monde et elle est tellement généreuse qu'elle donnerait tout ce qu'elle a dans la minute. Je me fiche de ce que tu fais de ta vie, je suis convaincue que tu es quelqu'un de bien. Mais je préfère te prévenir que c'est la première et la dernière fois que tu lui fais du mal, parce que la prochaine fois que ça arrive, je te broie les couilles. Et, crois-moi, j'ai de la force. C'est clair ?

– Comme de l'eau de roche.

Bon Dieu, cette fille est flippante. Je suis persuadé qu'elle plairait à Arthur, un collègue.

– Super. Maintenant on y va, j'ai la dalle.

Je la suis et nous retrouvons Constance qui a disposé assiettes et couverts sur la petite table du salon.

– Tu ne manges pas ? je demande quand je remarque qu'il n'y a que deux couverts.

– Je n'ai pas faim, dit-elle en secouant la tête.

– Tu es sûre ?

– Oui. J'avais prévenu Sophia, mais elle est têtue. Tu veux que je prenne ta veste ?

Je la retire et je vois le regard de Constance s'attarder sur les muscles de mes bras. Elle avale sa salive avant de se reprendre. Ses joues se teintent d'une jolie couleur rosée. J'adore voir l'effet que je lui fais.

Taquin, je m'approche d'elle et me penche vers son oreille.

– Moi aussi j'ai très faim, jolie Constance, mais je vais devoir combler mon appétit féroce avec une pizza… Oh, et j'adore quand tu rougis comme ça.

Je frôle sa joue de mes lèvres avant de l'embrasser. J'en meurs d'envie.

– Quand vous aurez fini de vous inspecter le gosier, on pourra peut-être passer à table ?

Gênée, Constance rompt notre étreinte et tire la langue à Sophia avant de me montrer le canapé du salon. Je m'y installe et elle s'assied à côté de moi. Comme elle l'avait annoncé, Constance ne mange pas, et cela m'inquiète. En fait, c'est comme si elle mourait d'envie de manger, et qu'elle faisait croire qu'elle ne se sent pas bien. Je ne la crois pas, mais qu'est-ce que je peux dire ? Tout ce que j'espère, c'est qu'elle ne s'affame pas. Je la trouve plus pâle qu'à l'accoutumée, et cela ne me rassure pas.

Des gestes rapides mais tendres, des regards et une attirance flagrante, voilà comment se déroule notre première soirée en tant que couple. Petit à petit, je découvre Constance sous un nouveau jour. Plus rieuse, détendue et drôle. J'adore cette Constance-là.

Le bruit de la porte d'entrée, suivi de deux voix, se fait entendre. Instantanément, Constance perd son sourire angélique. Ses traits trahissent l'angoisse et elle s'éloigne ostensiblement de moi.

Un homme et une femme arrivent. Ses parents.

– Qu'est-ce qu'ils foutent chez moi, ces deux-là ? lâche l'homme clairement mécontent.

Je vois l'inquiétude et… *la peur* de Constance envahir la pièce.

Et merde. L'engueulade du siècle est pour maintenant.

25

Mes parents. Je n'avais pas prévu qu'ils puissent rentrer si tôt, et, à en juger par le regard noir charbon que mon père lance à Sophia et Noah, un cyclone est sur le point de s'abattre au 35, boulevard Saint-Michel.

– Bonsoir, monsieur et madame Pradel, lance Sophia, guillerette.

Elle sait parfaitement que mon père ne l'apprécie pas, et elle agit en permanence comme si son ressentiment ne la touchait pas. Elle est toujours polie et souriante face à lui, le faisant passer pour, je la cite, un « vieux con grincheux ».

– Constance, de quel droit tu te permets d'inviter des gens en notre absence ? Et lui, c'est qui ?

Noah me jette un coup d'œil. Il semble surpris, si ce n'est désorienté, par l'attitude grossière et peu aimable de mon père.

Bienvenue dans mon monde…

– Papa, je te présente Noah. C'est un…

– Mon petit copain, me coupe Sophia en bondissant du canapé pour venir s'asseoir près de *mon* petit ami.

Malgré son incongruité, cette situation abracadabrante me fait rougir et sourire. Noah est mon petit ami. Il semble d'ailleurs perdu et je le comprends. Il ne sait pas encore dans quelle famille de fous il vient de tomber.

Ma mère s'approche et prend place sur le canapé d'en face.

– Enchantée. Je suis Anne, la maman de Constance.

– Enchanté, madame.

Madame… ma mère tique légèrement, mais garde son sourire plaqué sur le visage. Mon père se retire dans la cuisine en traînant les pieds.

– Alors, vous êtes à la fac de droit, comme les filles ?

– Pas du tout. Je travaille dans…

– Une banque. Il est banquier, je termine cette fois à la place de Noah.

– Banquier. C'est un emploi sûr, mais à mon sens il n'y a pas d'études aussi intéressantes que celles de droit. Il y a tellement de portes qui s'ouvrent une fois que l'on est diplômé en droit. D'ailleurs, Constance projette de devenir avocate.

– Encore faut-il qu'elle s'en donne les moyens.

Victor Pradel n'est jamais loin lorsqu'il s'agit de me rabaisser. Il prend place à côté de ma mère et détaille Noah sans gêne. À l'air qu'il a, je vois qu'il s'est déjà fait une opinion de lui.

– Tiens donc. De la pizza. Tu as écouté mes conseils et tu manges équilibré, me raille-t-il. Ça fait plaisir.

– Je n'en ai pas mangé, je me justifie.

– Ça m'étonne. D'habitude tu te rues sur ces cochonneries comme une affamée.

Mon Dieu… quelle honte ! Subir les remontrances de mon père devant Noah est insupportable.

– En même temps, Constance peut se permettre de manger tout ce qui lui plaît, elle est parfaite, intervient Noah.

Je le regarde, bouche bée, mais ce n'est rien à côté de la tête de mon père : c'est comme si Noah lui annonçait que je venais d'être élue miss France.

– Je suis d'accord, approuve Sophia en tapotant la joue de Noah, qui a le regard rivé sur mon père.

– Bon, vous devriez y aller. Je vais vous raccompagner, dis-je en me levant.

Je préfère couper court à cette discussion avant que les choses ne s'enveniment ou que mon père ne finisse par se montrer vraiment blessant. Je ne veux pas craquer devant tout le monde. Sophia se lève et j'apporte sa veste en cuir à Noah, dont le regard lourd et plein de questions pèse sur moi.

– À plus, monsieur et madame Pradel, lance jovialement ma déjantée de copine.

– À bientôt, Sophia, répond poliment ma mère.

Mon père se contente de l'ignorer, tout comme il ignore Noah, qui le salue. Ma mère lui sourit. Elle l'aime bien. Cette pensée me remplit de joie.

Nous sortons de l'appartement et nous rendons tous les trois jusqu'à l'ascenseur.

– Bon, les amoureux, je vous laisse, dit Sophia. Je ne veux pas être là lorsque vous échangerez des adieux larmoyants. Robert m'attend à la maison. À plus. Elle entre dans la cabine et m'envoie un baiser avant que les portes ne se referment.

– Robert ? demande Noah.

– Pattinson. C'est une longue histoire.

Ses bras passent autour de ma taille, m'attirant doucement contre lui.

– Tu m'expliques ce qui se passe ?

– Mes parents veulent que je me concentre sur mes études, et rien que sur ça. Un petit copain, pour se concentrer, c'est difficile. D'où le réflexe de Sophia.

– Ton père… il a l'air tellement…

– Froid? Sévère? Cassant? Je sais…

– Pourquoi?

– Est-ce qu'on peut changer de sujet? S'il te plaît.

Il acquiesce puis embrasse le bout de mon nez.

– Tu viens dormir chez moi? propose-t-il.

Quelle proposition alléchante! Nous ne ferons probablement pas que dormir, mais l'idée de passer une nuit dans ses bras provoque un envol de papillons dans mon corps.

– Je ne sais pas si ça va être possible.

– Pourquoi? Tu as besoin d'une permission? J'ai envie de passer la nuit avec toi et demain je t'accompagnerai à la fac. Qu'est-ce que tu en dis?

– D'accord.

Évidemment que je suis d'accord, j'étais d'accord dès qu'il a dit «passer la nuit avec toi». Comment refuser une proposition pareille?

– Je vais chercher mes affaires.

– Je t'attends.

Il dépose un baiser sur ma bouche puis me libère de la douce emprise de ses bras. Je rentre dans l'appartement et fonce dans ma chambre. Je ne sais pas encore comment je vais expliquer ça à mes parents, mais je vais le faire. Après avoir rassemblé toutes les affaires dont j'ai besoin et passé un jean ainsi qu'un pull, je tombe nez à nez avec mon père.

– Où tu vas?

– Dormir chez Sophia.

– Pourquoi?

– Parce que j'en ai envie.

– Tu prends tes décisions toute seule, maintenant? ricane-t-il.

Encore et toujours la même rengaine. Il est épuisant.

– Apparemment, certaines choses changent, je réplique.

Il hoche la tête avant de libérer le passage.

– Quand ce garçon se sera servi de toi et t'aura jetée, ce ne sera pas la peine de venir pleurer ! s'écrie-t-il au moment où je passe la porte.

Bien sûr il n'est pas tombé dans le panneau, il a bien compris que Noah n'avait rien avoir avec Sophia. Noah, appuyé contre le mur face à l'ascenseur, s'est tendu en entendant les paroles de mon père. Je claque la porte et me précipite vers lui.

– On y va ?

– C'est quoi son problème ? Il ne me connaît même pas.

– S'il te plaît, allons-y, dis-je en prenant sa main.

Il la serre dans la sienne et nous entrons tous les deux dans l'ascenseur.

26

Allongés l'un contre l'autre dans son lit, Noah et moi nous faisons face. Sa main monte et descend sur mon épaule dénudée. Ma tête repose sur son avant-bras.

– Parle-moi de toi.

– Qu'est-ce que tu veux savoir ?

– Tout. Ce que tu aimes, tes passions, tes envies, tes rêves. Dis-moi tout.

– Ma vie n'est pas transcendante, tu sais.

– Je m'en fiche. Je veux tout connaître de toi.

Son intérêt pour moi me dépasse. Qu'est-ce que je peux bien lui dire ? Lui avouer que ma plus grande passion est de dessiner, au risque qu'il trouve ça bien peu ambitieux ? Non, j'ai confiance en lui, je sais qu'il me comprendra.

– J'aime dessiner.

– Dessiner ?

J'acquiesce.

– J'ai toujours aimé ça, depuis toute petite. Je dessinais tout ce qui me passait par la tête. Avec le temps le dessin est devenu un véritable outil d'évasion, et Dieu sait que j'ai besoin de m'évader.

– Alors pourquoi tu ne fais pas une école d'art ? me demande-t-il en continuant de caresser mon bras.

– Je ne peux pas.

– Pourquoi ?

Je soupire de lassitude.

– Parce que mes parents ne seraient pas d'accord, ils ne savent même pas ce que j'aime faire, ils ne savent pas que je rêve de quitter cette ville pour recommencer ailleurs et pouvoir faire ce qui me passionne vraiment. Ils n'ont pas la moindre idée de ce à quoi j'aspire.

– Dis-moi, murmure-t-il en me rapprochant de lui. Quel est ton plus grand rêve, Constance ?

Sa main se perd dans le creux de mes reins. Le bout de ses doigts caresse ma peau, je ne peux retenir un frisson de plaisir.

J'inspire profondément avant de me décider à répondre :

– Je rêve d'être admise à la School of Visual Arts, à New York. Je rêve de New York et d'Amérique. Je rêve de pouvoir flâner dans Central Park et de dessiner la ville depuis le sommet de l'Empire State Building. Je rêve de me perfectionner dans l'art et de pouvoir transmettre mon savoir à d'autres. Je rêve d'être heureuse, oui, je crois que c'est ça, finalement, mon plus grand rêve. Être libre et heureuse.

Sa main quitte le bas de mon dos. Son pouce vient essuyer une larme solitaire que je n'ai pas senti couler.

– Qu'est-ce qui t'empêche de faire tout ça, Constance ? chuchote-t-il.

– J'ai peur. Peur de décevoir mes parents, peur de me lancer dans quelque chose d'irréalisable, peur d'échouer.

Et si je n'étais pas assez douée pour le dessin ? Qu'est-ce que je ferais de ma vie ? Je suis morte de trouille.

– La peur n'évite pas le danger, jolie Constance. En ayant peur, tu te freines. Et qu'est-ce que tu gagneras à t'empêcher de vivre ta vie, si ce n'est de regarder les années passer en ayant conscience que tu es en train de les gâcher ? Un jour tu te réveilleras en réalisant, trop tard, que tu as laissé passer ta chance. Les remords et les regrets tuent, Constance. Tu n'as pas le droit de te réfugier derrière la fatalité pour justifier ton manque de courage.

– Mon manque de courage ? je m'indigne en me redressant.

– Laisse-moi terminer. Ce que je voulais dire, c'est que la seule chose qui te retient de réaliser tes rêves c'est la peur. C'est normal, tout le monde a peur, mais ce n'est pas une raison pour ne pas essayer. Tu veux être heureuse ? Fais ce que tu aimes. Tes parents ont fait leur vie, et en t'imposant leurs choix ils gâchent la tienne. Ce n'est pas juste de leur part.

– Ils pensent bien faire…

– Et ils sont tellement obnubilés par ta réussite qu'ils ne voient même pas à quel point tu es malheureuse. Je les ai vus cinq minutes et j'ai compris, Constance.

– Tu as compris quoi ?

– Que tu subissais leurs désirs. Ose me dire que je me trompe.

J'ouvre la bouche pour répliquer, mais aucun son ne sort. Il dit vrai. Noah a raison du début à la fin. Je subis en permanence. Les envies de mes parents, les foudres de Mathilde et ses acolytes, ma propre vie. Les grandes mains robustes de Noah viennent encadrer mon visage.

– Tu dois vivre pour toi, Constance, et je vais veiller à ce qu'à partir d'aujourd'hui ce soit le cas. Je veux que tu sois heureuse.

– Avec toi, je murmure en détaillant ses yeux chocolat.

Il m'observe à son tour, semblant analyser ma phrase. Pourvu qu'il ne fasse pas machine arrière…

– Avec moi, je l'espère, finit-il enfin.

J'esquisse un sourire avant de l'embrasser tendrement. Aurais-je pu rêver meilleur petit ami ? Je ne pense pas. Tout en me rendant mon baiser, Noah se rallonge doucement, m'entraînant avec lui. Je sens ses mains se poser sur moi, dévaler le long de mes courbes de façon très sensuelle. Je sais très bien où il veut nous emmener, mais avant je dois savoir…

– Et toi, dis-moi, c'est quoi ton rêve ?

– Là, tout de suite, c'est de me perdre en toi.

Mon Dieu…

Il s'empare à nouveau de ma bouche et bascule sur le lit pour venir sur moi. Il n'y a pas à dire, Noah sait comment détourner la conversation. Mais maintenant que je me suis confiée, j'aimerais qu'il fasse de même, qu'il m'accorde sa confiance comme je lui ai accordé la mienne.

– Attends, stop, dis-je à bout de souffle.

– Quoi ?

– Réponds-moi. C'est quoi ton rêve ?

– Promets-moi de ne pas rire.

– Je te le promets.

Il s'installe sur ses avant-bras. Son visage recouvre son sérieux.

– Fonder une famille.

– Pardon ?

– Fonder une famille, répète-t-il. Me marier et avoir des enfants, deux de préférence.

Je reste coite face à cette révélation. C'est à ça qu'il aspire ?

– Dis-moi ce que tu penses.

– Non, mais… je trouve ça très bien, vraiment. C'est juste que… je pensais que tu aurais d'autres ambitions. Professionnelles, s'entend.

– Tu veux dire autres que celles de coucher à droite et à gauche pour de l'argent ?

– Noah, je…

– C'est bon, Constance, ce n'est rien. Ça fait trois ans que je fais ce métier, et me retrouver à papillonner, être pris pour un jouet m'a beaucoup fait réfléchir. Je gagne beaucoup d'argent, certes, mais j'ai besoin de stabilité, de voir autre chose. J'ai vingt-six ans et je commence à voir la vie autrement que lorsque j'ai commencé ce métier.

Mon Noah, un jouet pour d'autres femmes. Cette pensée me révolte.

– Donc je rêve de me marier, d'avoir un emploi stable et respectable. De rentrer le soir et de retrouver ma femme, chez nous. Je rêve d'un bonheur simple.

Et la femme qui sera sienne sera la plus heureuse. Je me surprends à espérer que ce soit moi, que notre histoire puisse durer assez longtemps pour que nous ayons un avenir aussi radieux qu'il le décrit.

– Et maintenant, jolie Constance…

Il se relève et retire son tee-shirt, qu'il envoie valdinguer à travers la pièce pour m'offrir en cadeau sa musculature parfaite.

– … assez parlé.

Son corps retrouve sa place sur le mien et ses lèvres reprennent les miennes d'assaut. Même avec toute la volonté du monde, je ne pourrais pas résister à Noah Dumont.

27

– Tu es sûre que tu ne veux rien avaler ?

– Je n'ai pas faim, Noah.

– Tu mens.

Il se pointe devant moi avec sa tasse de café.

– Dis-moi que tu ne t'affames pas pour je ne sais quelle raison à la con.

– Mais non…

– Alors mange ! Tu ne peux pas tenir une journée entière sans rien dans l'estomac.

– Qu'est-ce qui te prend ? Tu n'es pas mon père !

– Tu as raison.

Il pose sa tasse sur le comptoir, m'attrape la main et m'attire à lui d'un coup sec. Il s'installe sur un tabouret et me positionne sur ses genoux.

– Je peux donc me permettre de faire ça !

Il approche une assiette qui contient deux tartines beurrées. Il en prend une dans sa main et l'approche dangereusement de ma bouche.

– Non, Noah, je n'ai pas faim.

– Constance… j'entends ton estomac hurler depuis que nous nous sommes levés, et avec les calories que nous avons dépensées hier soir je crois que tu as besoin de reprendre des forces.

Je rougis en repensant à notre corps à corps enflammé. Je sens encore sa langue parcourir avidement mon corps. Je sens encore ses caresses, ses baisers, j'entends nos soupirs, notre plaisir s'exprimer sans gêne aucune… je le sens encore me…

– Mon ange ?

Noah, tout sourires, sa tartine encore en main, me sort de ma rêverie érotique.

– Petite coquine. L'évocation de notre sport intensif ne t'a pas laissée insensible, hein ?

Je m'esclaffe comme une collégienne prise la main dans le sac.

– Maintenant, fais-moi plaisir et mange.

Cinq jours aujourd'hui qu'aucune nourriture n'est entrée dans mon estomac, et j'en suis fière. Mais en voyant le visage plein d'espoir de Noah, je sens les barrières s'effondrer une à une. Quand le morceau de pain atteint enfin ma bouche, je ne peux pas me contrôler. Je croque. Et c'est comme si je mangeais pour la première fois. Je ferme même les yeux pour savourer le goût si élémentaire, mais ô combien délicieux, d'une simple tartine beurrée.

– Eh bien voilà ! murmure-t-il à mon oreille.

Je rouvre les yeux et m'empare du pain pour croquer à nouveau dedans.

– J'aime bien quand tu m'appelles mon ange, dis-je en lui jetant un coup d'œil.

– Moi aussi, susurre-t-il en m'embrassant derrière l'oreille.

Deux minutes plus tard, je m'attaque à la seconde tartine qui lui était destinée.

– Tu as bon appétit, s'esclaffe-t-il.

Sa phrase agit comme un électrochoc ; elle me coupe net. Qu'est-ce qu'il entend par là ? Que je m'empiffre ? Je savais que je n'aurais pas dû céder. Je repose ce que j'ai dans les mains. Je ne peux m'empêcher de rougir, encore une fois.

– Désolée.

– Non, mange, Constance. Je te taquinais.

– Non merci, je n'ai plus faim.

– Tu plaisantes, si je n'avais rien dit tu l'aurais mangée.

– Je vais être en retard à la fac, dis-je en me levant.

– Hé, attends un peu, dit-il en me rattrapant. Dis-moi que tu ne te prives pas de nourriture. S'il te plaît, Constance.

Je ne peux pas lui mentir, je n'y arrive pas. Il comprend vite ce qui se passe et je vois son visage si doux virer furieux.

– Bordel, mais pourquoi tu fais ça ? Pourquoi une telle obsession sur ton poids ? Tu es superbe, Constance.

– Je ne suis pas superbe et je n'ai pas envie de parler de ça.

Je fais volte-face et me dirige déjà vers la porte de la chambre. Je ne suis pas surprise d'entendre Noah me suivre, mais j'aurais préféré qu'il ne le fasse pas.

– Est-ce que c'est à cause des choses qu'il te dit ? Comme hier soir ?

– Qui ça ? je demande en prenant mon sac.

– Ton père, Constance.

L'évocation du mot « père » me fait monter les larmes aux yeux. Avons-nous déjà eu une relation père-fille ? J'en doute.

– Il pense que je ne suis pas assez mince, et que si je ne maigris pas personne ne s'intéressera à moi.

Je lui tourne le dos, je n'ai pas pu lui avouer cela en face. Pourtant je sais que Noah a pris un air désolé, et je n'ai pas envie d'affronter son regard rempli de pitié.

Je sens ses bras autour de ma taille. Son torse épouse mon dos, sa tête se niche au creux de mon cou.

– Ne l'écoute pas, mon ange. Tu ne dois rien changer en toi. J'aime ton corps, il me rend fou. J'aime tes grands yeux noisette, ta peau douce, ton parfum, ta personnalité, ton cœur. Qu'est-ce que tu veux de plus ? Tu es une perle rare, Constance Pradel, il va falloir que tu t'y fasses.

Et maintenant je pleure réellement. Jamais personne ne m'a parlé comme Noah le fait à cet instant.

– Merci, je couine.

– Ne sois pas triste, tu es bien trop jolie pour verser des larmes.

Je finis par me retourner et me blottir dans ses bras.

– J'avais raison depuis le début. Tu es une belle âme, Noah Dumont.

Nous restons quelques minutes ainsi, dans les bras l'un de l'autre, et je me sens bien. Je me sens à ma place.

– On y va ? propose-t-il finalement.

– Oui.

Noah décide de prendre sa voiture et de braver le trafic parisien. Le début du trajet se fait en silence, jusqu'à ce que je ne puisse plus retenir la question qui me trotte dans la tête depuis mon réveil.

– Est-ce que tu as des rendez-vous aujourd'hui ?

Il ne répond pas tout de suite, d'ailleurs il se contente d'acquiescer.

– Combien ?

– Un seul, répond-il, morose.

C'est déjà ça. Une boule se forme pourtant dans ma gorge lorsque je pense qu'une femme va poser les mains sur le corps de l'homme… que j'aime. Elle va probablement l'embrasser, le caresser, faire des choses que moi seule devrais être autorisée à faire.

– Ça va ? s'inquiète-t-il en posant sa main sur ma cuisse.

– Oui, oui tout va bien.

Lorsque nous arrivons devant l'université, tout ne va pourtant pas bien. Je n'ai pas envie de le quitter. Je n'ai pas envie d'affronter cette journée sans lui, je ne m'en sens pas capable.

– Tu veux que je t'accompagne jusqu'à l'intérieur ?

– Non, ça va aller.

Je me penche pour attraper mon sac et en sortir mon portefeuille.

– Je te dois combien ? je demande en le regardant.

Ses yeux s'écarquillent, sa bouche s'entrouvre et je crois qu'il est sur le point de se sentir mal.

– Combien je… COMBIEN JE VEUX ? Putain, Constance…

J'éclate de rire. Il comprend que je me moque de lui et il retrouve son si beau sourire.

– Comme ça on est quittes, dis-je en rangeant mon portefeuille.

– Tu vas me tuer.

– J'espère pas. J'ai besoin de toi.

Je m'étonne moi-même de la facilité avec laquelle je lui avoue mes sentiments. J'aimerais lui dire que je l'aime, qu'il comprenne à quel point il est important pour moi, mais je sais aussi que c'est trop tôt. La pire chose qui puisse m'arriver serait de le faire fuir avec un déballage de sentiments abusif.

Il se penche vers moi, picore mes lèvres avant de me donner un vrai, long baiser.

– Je passe te chercher ce soir.

– D'accord.

Je sors de la voiture et la contourne.

– Bonne journée, mon ange.

Je me retourne. Noah me regarde en souriant. Je me précipite vers la fenêtre ouverte, prends son visage entre mes mains et plaque mes lèvres sur son sourire.

– Tu vas me manquer.

– Toi aussi.

Il me fait un clin d'œil, puis il redémarre et s'éloigne de moi…

28

NOAH

Sans plus attendre, je me rends à l'agence. Alors que je pénètre dans l'immeuble, je croise Arthur qui en sort.

– Salut Nono.

– Ta gueule, ne m'appelle pas comme ça !

– Tu viens voir Coco ? ricane-t-il en me bousculant.

– Non, je viens chercher le planning. J'aimerais me dégager un peu de temps.

– Un peu de temps… Je vois… c'est une histoire de gonzesse, c'est ça ?

– T'es lourd, dis-je en me dirigeant vers la cage d'escalier.

– Ah, au fait. Ton rendez-vous de ce matin est annulé, et justement Coco voulait te voir pour le poser un autre jour.

– Génial.

Je soupire de soulagement. Martha, ma cliente, est une femme très gentille, mais terriblement bavarde. Elle parle tout le temps, de tout et n'importe quoi, que ce soit pendant les préliminaires ou en pleine action. Si encore ses sujets de conversation avaient un rapport avec ce que nous étions en train de faire… mais même pas. Et, franchement, essayer de me concentrer en l'écoutant parler de la crise d'adolescence carabinée de sa fille, ce n'est pas facile… Je crois tout simplement que cette femme manque de reconnaissance et ne se sent pas écoutée chez elle. En bon professionnel, je suis donc tout ouïe.

– T'as un rendez-vous ? je demande à Arthur avant qu'il ne s'en aille.

– Avec Margaux. On va s'éclater !

Et il part tout heureux. Arthur supporte plutôt bien sa double vie. Il n'est devenu escort que pour payer ses études de médecine, et ce train de vie semble lui convenir parfaitement. J'aimerais pouvoir en dire autant. Ma vie amoureuse est en train de prendre un tournant inédit, si je pouvais être fier de mon parcours professionnel ce serait parfait, mais j'en ai plutôt honte. Il faut que les choses changent. Au deuxième étage, je frappe à la porte du bureau de Coco.

– Entrez.

Sans surprise, je trouve Coco en train de grignoter derrière son bureau.

– Salut, mon chou, me dit-elle avec un grand sourire.

– Salut Coco.

Je m'installe face à elle. Son bureau est décoré avec des couleurs vives. Sur un mur bleu, dans son dos, sont accrochées plusieurs photos d'elle. Cette femme rondelette de cinquante-trois ans est une célibataire endurcie. Elle pense que mari et enfants sont de véritables fardeaux et que « la vie est trop courte pour s'emmerder avec des mioches et un mari râleur ».

– Arthur t'a fait passer le message ? me demande-t-elle.

– Oui, pas de problème, et justement je voulais te parler planning.

– Je veux bien te rajouter des rendez-vous, beauté, mais tu es l'un de mes garçons les plus demandés et je n'ai pas envie que tu y laisses ta santé.

– Non, non, je ne veux pas plus de rendez-vous. Au contraire.

Elle fronce les sourcils et pose le palet breton qu'elle s'apprêtait à engloutir en une bouchée.

– Je ne comprends pas.

– J'aimerais moins de rendez-vous, avoir plus de temps pour moi.

– Noah, c'est toi qui m'as toujours dit de ne pas hésiter à te charger le planning pour te faire un maximum d'argent, et tout à coup tu veux moins travailler ?

– J'ai rencontré quelqu'un et je veux que ça marche.

Coco sourit avant de reprendre le biscuit et de se caler confortablement dans son siège.

– Je comprends mieux. Et comment s'appelle l'heureuse élue ?

– C'est ma vie privée.

– OK, OK. Donc dis-moi comment tu comptes gérer ton planning.

– Je veux que tu m'enlèves les week-ends et le lundi.

– Mais enfin, c'est les week-ends qu'on a le plus de demandes !

– Je sais. Et je voulais aussi te demander… si je prends le statut d'accompagnateur, combien je perdrai par mois, en moyenne ?

Coco me regarde comme si j'étais fou.

– Noah, si tu passes en accompagnement simple, tu vas perdre plus de la moitié de ton salaire.

– C'est juste une question, j'aimerais savoir combien je perdrais en moyenne.

Elle soupire avant d'ouvrir le tiroir de son bureau laqué noir et d'en sortir une calculatrice.

– Alors, tu en es à environ cinq mille cinq cents euros par mois…

Elle s'empare du planning, chausse ses lunettes vintage et reprend ses comptes.

– Si on enlève les rendez-vous « plus », les week-ends et le lundi…

Ses petits doigts potelés martèlent les touches de la calculette.

– Tu retomberais à deux mille trois cents euros et des brouettes.

Deux mille trois cents euros. C'est sûr, je peux dire adieu à mon train de vie confortable. Mais en trois ans j'ai réussi à mettre une très belle somme d'argent de côté, alors je peux me permettre de gagner moins. Et puis, en réalité, ma décision est déjà prise. Je ne pourrai coucher avec d'autres femmes sans penser à Constance et au mal que ça peut lui faire. J'en souffrirais moi aussi, je ne pourrais plus me regarder dans une glace si je continuais comme si rien n'avait changé. Tout a changé. Constance est là, avec moi, et je dois prendre soin d'elle.

– Fais-moi passer accompagnateur.

– Oh, bon sang, Noah, réfléchis ! dit Coco en se levant et en venant se planter devant moi. Tu es prêt à renoncer à plus de trois mille euros par mois ?

– Je sais parfaitement ce que cette décision implique, mais c'est ce que je veux.

– Pour une simple fille ?

– Ce n'est pas une simple fille. Tu ne la connais pas, je ne te permets pas de la juger.

Ma réaction semble surprendre Coco, mais surtout la calmer. Je sais qu'elle a bon fond, et je comprends qu'elle puisse mal vivre la décision que je viens de prendre. Elle y voit son intérêt, elle aussi va perdre de l'argent.

– OK, j'abdique. J'espère juste que tu ne le regretteras pas.

– Il n'y a aucun risque.

Elle s'esclaffe avant de s'asseoir à côté de moi et de tapoter mon bras.

– Elle en vaut vraiment la peine ?

Je soupire avant de la regarder et d'esquisser un sourire résigné.

– Je crois qu'elle vaut toutes les peines du monde.

– Alors dans ce cas…

Elle se lève pour rejoindre sa chaise derrière sa table.

– Sois heureux, mon chou. Je fais les changements dans la journée, et comme ton rendez-vous a été annulé et que demain nous sommes samedi, tu es officiellement en week-end. Va retrouver ta dulcinée.

Je me lève en souriant et salue Coco avant de quitter son bureau. Lorsque je passe la porte de l'immeuble et que le vent fouette mon visage, je me sens bien. J'envoie un message à Constance pour l'informer que ce midi nous irons déjeuner tous les deux. J'ai l'impression que ma vie reprend un semblant de normalité, et j'en suis heureux. La sonnerie m'indiquant un message retentit et j'ai hâte de lire sa réponse. Malheureusement ce n'est pas elle.

J'ai besoin de te voir. Appelle-moi !

Émilie. Non, pas cette fois.

Aujourd'hui, je laisse une partie de mon passé derrière moi et je ne reviendrai pas en arrière.

29

Je viens te chercher ce midi. Une matinée sans toi et c'est déjà bien trop long. À tout à l'heure, jolie Constance.

C'est la troisième fois que je relis son message. Je jubile.

– Pourquoi tu souris niaisement ? me demande Sophia en tapant sur son ordinateur.

Nous sommes en cours de droit des affaires, l'un des préférés de ma meilleure amie.

– Je ne souris pas niaisement.

– Oh que si ! On dirait moi devant *Twilight*.

Je lève les yeux au ciel. L'obsession de Sophia pour Robert Pattinson et tout ce qui le concerne est terrifiante. Certes, c'est un bel homme, mais tout de même…

– J'ai reçu un message de Noah. Voilà.

– Qu'est-ce qu'il te dit ?

– Ça ne te regarde pas !

Ses doigts cessent de pianoter sur les touches et elle se tourne vers moi.

– Pardon ? Je te rappelle que sans moi tu ne l'aurais jamais rencontré.

– C'est vrai, c'est vrai, je l'avoue. Tu es la meilleure amie de l'univers entier.

Je l'embrasse discrètement sur la joue, puis reprends :

– Il vient me chercher pour déjeuner ce midi.

– Encore ? Ça fait je ne sais combien de temps que tu n'as pas mangé avec moi, se plaint-elle en reportant son attention sur son écran d'ordinateur.

– Je sais, ma Sophia, mais tu comprends, c'est Noah. Je ne peux pas lui dire non.

Sa langue claque contre son palais. Clairement, ce que je dis la contrarie.

– Les mecs il faut les tenir, Constance. S'ils sentent dès le début qu'ils ont le pouvoir, tu es foutue.

– Noah est différent.

– Il a bien un service trois pièces ?

– Euh… oui.

– Alors il est comme les autres. Moi, ce que j'en dis, c'est que parfois tu devrais te faire désirer, juste pour qu'il comprenne qu'il ne suffit pas qu'il claque des doigts pour que tu accoures.

– Tes conseils sont nuls, il risque de fuir si je fais ça.

Elle tourne la tête vers moi et me sourit.

– Je dois bien reconnaître qu'il tient à toi. Il te regarde comme si tu étais la neuvième merveille du monde.

– La neuvième ?

– Oui. La huitième, c'est moi, dit-elle le plus naturellement du monde.

Je pouffe avant d'étouffer mon rire dans mes mains. Sophia se met à rire aussi, mais avec beaucoup moins de discrétion.

– Vous ne voulez pas vous taire, pour changer ?

La voix haut perchée de Flavie, une élève de seconde année, résonne derrière nous. Sophia cesse immédiatement de rire et se tourne pour lui faire face.

– Je te conseille de te calmer avant que mes nerfs s'échauffent vraiment et que je te colle une raclée d'enfer.

Flavie ne répond rien. J'ai toujours admiré ça chez Sophia : la facilité avec laquelle elle cloue le bec des autres. J'aimerais tellement avoir sa repartie.

– Mesdemoiselles, si vous voulez papoter, allez le faire ailleurs que dans mon cours, c'est clair ?

Plus personne ne bronche jusqu'à la fin. Et c'est soulagée que je sors, en écoutant Sophia me raconter son dernier rendez-vous avec Thomas.

– Il m'a sorti le grand jeu, mais il était hors de question de lui montrer que j'étais sensible à son charme. Je vais attendre notre troisième rendez-vous.

Sophia me fait toujours rire. Sa vision de la vie de couple, de la vie en général, est atypique. J'aimerais être comme elle. Pendant notre cours de finance, là encore, je m'ennuie ferme. Notre professeur, Mme Cassaro, est une femme stricte, à l'écoute, mais surtout très attentive. C'est la seule qui ait remarqué l'isolement dont j'étais victime et qui ait tenté de m'aider, juste en me proposant son écoute. Rien que pour ça, je l'écoute moi aussi. Mais lorsqu'il ne reste plus que cinq minutes de cours, je trépigne. J'ai hâte de retrouver Noah, de pouvoir me blottir contre lui et de l'embrasser. Je me demande ce qu'il a bien pu faire de sa matinée. Avait-il rendez-vous avec une cliente qu'il connaissait ? Peut-être était-ce une nouvelle ? Et s'il craquait pour l'une ou l'autre ? S'il en trouvait une mieux que moi et qu'il se rendait compte que je ne suis pas la fille qu'il lui faut ? Mon imagination fonctionne à plein régime, cherchant une réponse à chacune de mes questions.

Le cours se termine enfin. Je dévale l'amphithéâtre et me dirige avec empressement vers la sortie.

– Mademoiselle Pradel ?

Je me stoppe net.

– Est-ce que je pourrais vous parler un instant ?

Je me tourne vers Mme Cassaro, tranquillement postée sur l'estrade en train de ranger ses affaires.

– Bien sûr, dis-je en me dirigeant vers elle.

Elle attend que le flot des élèves affamés s'éloigne pour se lancer.

– Est-ce que vous savez de quoi nous avons parlé aujourd'hui ?

– Oui, bien sûr, je vous ai écoutée attentivement.

Elle ne va tout de même pas me demander de lui montrer mes notes, comme au collège ? Je n'ai vraiment pas le temps. Mon cerveau ne pense qu'à une chose : Noah.

– Je pense au contraire que vous n'en avez aucune idée. Qu'est-ce que vous faites ici, mademoiselle ?

– Comment ça ?

Noah. Noah. Noah.

– Pourquoi vous êtes-vous inscrite en faculté de droit ?

Noah. Noah. Noah.

– Pour devenir avocate, réponds-je automatiquement.

Elle esquisse un sourire avant de prendre appui sur le bureau.

– Est-ce que le droit vous intéresse ? On ne se lance pas dans sept longues années d'études sans aimer un minimum ce que l'on fait. Je pense que vous êtes ici par contrainte, et non par choix. Vos notes sont très moyennes et vous êtes constamment dans la lune. Il me semble que le droit n'est pas fait pour vous, mademoiselle Pradel. Loin de moi l'idée de vous chasser de l'université, vous êtes une jeune femme charmante, seulement c'est votre avenir, et vous le gâchez en restant ici.

Je déglutis péniblement. Suis-je si transparente ?

– Est-ce que vous vous imaginez sérieusement pouvoir affronter certains requins du barreau ? Personnellement, je vous crois bien trop pure pour entrer dans ce genre d'arène.

Elle a raison ! Comment pourrais-je un jour aspirer à défendre les autres alors que je n'ai jamais su me défendre moi-même ? Je dois laisser ça à ceux qui savent le faire et surtout à ceux qui veulent le faire.

– Vous avez raison. Merci, dis-je en esquissant un sourire.

– Mais de rien.

Elle prend sa mallette et descend de l'estrade. Nous quittons ensemble l'amphithéâtre et, avant que je ne parte, elle me retient par le bras.

– Peu importe ce que vous déciderez de faire. J'espère que ça vous rendra heureuse.

– Merci, madame Cassaro.

Elle me sourit avant de s'en aller. Lorsque je sors de la fac, j'ai l'impression qu'un poids vient de délester mes épaules.

J'aperçois Noah adossé à sa voiture et me précipite vers lui pour me jeter dans ses bras. Il m'accueille en riant.

– Moi aussi je suis content de te voir.

– J'ai pris une décision, j'annonce, excitée.

– Moi aussi. Les dames d'abord.

Je souffle pour me donner du courage tandis que je m'apprête à prononcer la phrase que je rêve de dire depuis trois ans :

– J'arrête la fac.

Le sourire de Noah se fige avant de se faner.

– Tu quoi ?

– J'arrête. Tu avais raison, je n'avais pas assez de courage pour prendre une décision, mais c'est chose faite. J'arrête. Je ne veux plus m'encombrer d'un tel fardeau.

Et, alors que j'attends qu'il me félicite et qu'il soit aussi heureux que moi de ma décision, Noah reste de marbre.

Pire, après quelques secondes, il me repousse doucement.

30

Je ne comprends pas son brusque changement d'humeur. Adossé à la voiture il soupire… d'agacement ? Oui, j'ai l'impression que ma nouvelle, que je pensais joyeuse, l'agace.

– Noah ?

– Pourquoi tu arrêtes ?

– Mais parce que… je n'ai jamais aimé ça.

– Et c'est tout ?

– Non. Tu avais raison, je ne dois pas m'imposer quoi que ce soit.

– Et c'est donc pour me faire plaisir que tu as pris cette décision ?

Son ton est cassant. Bon sang, mais qu'est-ce qu'il a ?

– Tu peux m'expliquer pourquoi tu réagis de cette manière ?

– Mais enfin, Constance, tu ne comprends pas ? Hier je te parle de faire tes propres choix et aujourd'hui tu me dis que tu arrêtes la fac. C'est quand même normal que je me sente coupable, non ?

– Coupable ? Mais de quoi ? Je déteste cette fac et ces cours. J'ai toujours eu envie d'arrêter, et d'ailleurs je n'ai jamais eu envie de commencer, mais il me fallait un peu d'aide. Et tu m'as aidée.

– Mais tu ne peux pas arrêter du jour au lendemain ! Qu'est-ce que tu vas faire ? Je pensais que tu attendrais d'être acceptée dans une autre école avant de sauter le pas. Et tes parents ? Qu'est-ce que tu comptes leur dire ?

C'est quoi son problème ?

– Mais merde, j'en ai marre à la fin. Un jour tu me dis que je dois avancer et n'écouter que moi, et quand je le fais tu me le reproches. Et puis si je ne l'avais pas fait tu m'aurais poussée à le faire… je vais devenir dingue si ça continue !

– Alors arrête d'écouter les autres ! s'emporte-t-il. Tu es un être humain, tu peux réfléchir comme tout le monde, sers-toi un peu de ta matière grise.

Alors là… je m'attendais à tout sauf à ce genre de réaction de sa part. Je ne comprends pas la raison de sa colère, et là, tout de suite je n'ai pas envie d'essayer de comprendre.

– D'accord.

– Constance…

– Je vais passer mon tour pour le déjeuner.

– Non. S'il te plaît, on va en parler calmement.

– Honnêtement ? Je crois que tout a été dit, et j'ai envie de rentrer.

J'insiste bien sur le mot envie, et ça produit l'effet escompté.

– Oh. Très bien. Laisse-moi te raccompagner, au moins.

– Pas la peine. Je vais prendre le métro. On s'appelle.

Et je le laisse là, après un vague signe de la main.

Deux heures plus tard, je me sens terriblement seule. J'aurais dû aller déjeuner avec Noah, mais sa réplique acerbe n'est toujours pas passée. Moi qui espérais que ça lui ferait plaisir. Je reçois un message alors que je termine mon repas. Mon jeûne a officiellement pris fin ce matin, grâce ou à cause de la volonté de Noah.

Est-ce que tu es chez toi ?

C'est lui. Je suis contente qu'il fasse le premier pas.

Oui.

C'est beaucoup plus simple de lui en vouloir par message qu'en face.

Seule ?

Oui.

Je suis déjà tout excitée à l'idée qu'il vienne. J'espère qu'il le fera, même si je sais que dès qu'il aura passé la porte je ne pourrai plus lui en vouloir. Aucune réponse ne vient. Est-ce qu'il est en route ? Attendait-il que je lui propose de venir ? Je crois que je me pose vraiment trop de questions. Lorsque deux coups secs se font entendre à la porte, mon ventre se serre. C'est lui, j'en suis sûre. Je me dépêche de traverser le petit couloir et d'ouvrir la porte. Sans surprise, il est là, beau comme tout.

– Je peux entrer ?

– Bien sûr.

À peine a-t-il passé la porte qu'il la referme du talon et s'empresse de prendre mon visage dans ses mains en me plaquant contre le mur du hall.

– Je suis désolé.

– C'est pas grave.

– Si. Je ne voulais pas dire ce genre de chose. Je voulais juste te faire comprendre que je ne veux pas que tu prennes de décisions pour moi. Fais-le pour toi et juste pour toi.

– C'est le cas, Noah, cette université ne m'apporte rien, j'y ai perdu trois années de ma vie. C'est déjà beaucoup trop.

– D'accord. Alors je te soutiendrai dans ta décision.

– Merci.

Il embrasse mon front, le bout de mon nez, et effleure mes lèvres.

– Tu m'as manqué.

– Toi aussi, répond-il avant de m'embrasser.

Sans crier gare, il me soulève dans ses bras et je m'accroche à sa nuque tandis que mes jambes s'enroulent autour de sa taille et qu'il nous entraîne dans le salon. Il me dépose sur le canapé, et déjà sa merveilleuse bouche s'attaque à mon corps. Ses mains passent sous mon pull avant d'aller à la rencontre de mes seins. Son toucher me rend folle, le moindre effleurement. Noah a tellement d'expérience que je ne comprends pas encore comment il peut se satisfaire de ce que je lui donne. En parlant d'expérience… mon cerveau bloque soudain sur l'emploi du temps de Noah ce matin. Il avait un rendez-vous… il a dû coucher avec une femme et il s'apprête à faire de même avec moi.

J'ai presque la nausée en y pensant.

– Noah… attends…

Il poursuit ses caresses et ses baisers sans m'écouter. Il serait tentant de faire comme si de rien n'était et de profiter de l'instant présent, mais c'est plus fort que moi. Je dois savoir jusqu'où il est allé ce matin.

– Noah, s'il te plaît, attends.

– Qu'est-ce qui se passe ? demande-t-il en croisant mon regard.

– Est-ce que… Qu'est-ce que tu as fait aujourd'hui ?

Il fronce les sourcils et se redresse.

– Comment ça ?

– Eh bien, ton rendez-vous de ce matin… il s'est bien passé ?

Il soupire et s'assied sur le canapé avant de passer sa main dans ses cheveux. J'angoisse immédiatement. Je sais que je ne supporterai pas de l'entendre me dire qu'il a couché avec une cliente. Pourtant, je savais à quoi m'en tenir en acceptant une relation avec lui. Mais là, je réalise ce que sa profession implique réellement. Je dois le partager… et je ne suis pas prête à le faire. Je me découvre une possessivité que je ne pensais pas avoir. C'est simple : Noah est à moi, et je refuse de le partager. Mais comment aborder le sujet sans le braquer ? Il doit tenir à ce métier puisqu'il l'exerce depuis plus de trois ans. Et s'il refusait d'arrêter ? Ai-je seulement le droit de lui demander une telle chose ?

Je m'assieds à mon tour en tirant rapidement sur mon pull.

– Qu'est-ce que tu veux savoir ?

– Est-ce que… enfin, est-ce que vous…

– Est-ce que j'ai couché avec ma cliente ?

J'acquiesce tout en avalant ma salive, mais lorsque je le vois secouer négativement la tête, je ressens un immense soulagement.

– Non ? dis-je en grimpant à califourchon sur ses cuisses.

– Non. Le rendez-vous a été annulé.

Voilà ce que j'appelle l'ascenseur émotionnel. Annulé ? Est-ce que cela veut dire qu'il serait allé plus loin si elle n'avait pas décommandé ?

– Tu te souviens, tout à l'heure, quand je suis venu te chercher ? Je t'ai dit que moi aussi j'avais pris une décision.

– Je t'écoute.

– J'ai discuté avec Coco ce matin…

– Coco ?

– La gérante de l'agence. Laisse-moi parler jusqu'au bout.

Ses mains passent à nouveau sous mon pull pour caresser le bas de mon dos. J'adore quand il fait ça.

– Quand j'ai su que le rendez-vous était annulé, j'ai été soulagé. Je n'aurais pas pu te faire ça. Je ne pensais qu'à toi et au fait que même si tu disais le contraire tu vivrais mal de savoir ce que j'allais faire.

Il me prend par surprise en embrassant ma bouche avant de poursuivre.

– Je ne peux pas arrêter ce travail, Constance, j'ai besoin d'argent et je ne vais pas te mentir, il m'en rapporte beaucoup, vraiment beaucoup. Je vais continuer à être escort, mais je ne coucherai plus avec les clientes.

– Pardon ? Mais c'est possible de faire ça ?

– Tu ne te souviens pas de ce que je t'ai dit lors de nos premiers rendez-vous ? Il m'arrive d'être sollicité seulement pour un dîner ou une sortie. C'est ce que je vais faire. Je vais être ce qu'on appelle accompagnateur.

Ai-je bien entendu ?

– Attends… ça veut dire que tu ne feras rien d'autre que… les accompagner ?

– D'où le nom d'accompagnateur.

– Mais si tu refuses les extras, tu vas perdre beaucoup d'argent.

– Effectivement.

– Et ça ne t'ennuie pas ?

– Un peu… mais je préfère perdre beaucoup d'argent plutôt que de te perdre toi.

– Oh, Noah.

Je ne résiste pas à l'embrasser. Cet homme est tout simplement fabuleux.

– Attends, attends, me coupe-t-il à son tour. J'ai aussi demandé d'avoir mes week-ends et le lundi libres pour être avec toi.

Je suis sur le point de l'attaquer à nouveau, mais il m'arrête une fois encore.

– Cela dit, il faut que tu comprennes que le reste de la semaine je serai probablement pris. Alors, si un soir tu as envie qu'on se voie ou qu'on sorte… il se peut que ce soit impossible, parce que j'aurai un rendez-vous à assurer.

Est-il étrange de comprendre et d'accepter ce qu'il me dit ? Est-il étrange que mon petit ami puisse un jour ne pas être disponible parce qu'il sera occupé à sortir avec une autre ? Je suppose que c'est tout aussi atypique que notre relation.

– Je ne vais pas te demander de tout laisser tomber et je te promets de prendre sur moi et surtout de comprendre que, parfois, tu ne sois pas disponible pour moi.

– Je ferai toujours en sorte de l'être le plus possible. Je te le promets.

– Je sais.

– Maintenant, embrasse-moi.

Un frisson me parcourt la colonne vertébrale. Cet homme causera ma perte. Je ne me fais pas prier et je plonge immédiatement sur sa bouche. J'ai besoin de ça, depuis que je le connais, sa bouche a toujours été d'un grand réconfort pour moi. *Il* est d'un grand réconfort pour moi.

– Tu m'envoûtes, jolie Constance, souffle-t-il entre deux baisers.

– J'aime quand tu m'appelles jolie Constance.

– Tu sais ce que j'aime, moi ?

Ses dents glissent sur mon menton, descendent le long de ma gorge avant de s'arrêter à la lisière de mon décolleté.

– Quand tu gémis mon prénom, susurre-t-il avant de venir mordiller mon sein droit.

– Oh, mon Dieu, je soupire, autant pour ses mots que pour les sensations qu'il me procure.

– Malheureusement, jolie Constance, je n'ai pas ce qu'il faut sur moi.

J'ouvre les yeux que je ne me souviens pas d'avoir fermés. Pas ce qu'il faut ? Mais alors…

– Il y a d'autres moyens de se faire du bien, mon ange, s'esclaffe-t-il face à mon air ahuri.

Sa main glisse sur mes vêtements, le long de mon abdomen, puis sur mon ventre, et descendent jusqu'à se poser sur mon entrejambe. J'agrippe ses cheveux des deux mains et je commence à bouger sur lui, juste comme ça, vêtement contre vêtement, à défaut d'être peau contre peau.

– Constance, grogne-t-il. Tu sens l'effet que tu me fais ?

Je sens son érection grossir à travers le tissu de son pantalon. Au moment où il commence à retirer mon pull, la porte de l'entrée s'ouvre et se referme.

Prise dans le tourbillon de désirs et de sensations que m'offre Noah, j'ai à peine le temps de réaliser ce qui se passe. Victor Pradel, furieux, entre dans le salon à l'instant où Noah lâche un grognement de plaisir.

– Qu'est-ce que… QU'EST-CE QUE C'EST QUE CE BORDEL ?!

Mon père est rouge de colère. Noah et moi sautons du canapé. Ses cheveux sont décoiffés par ma faute, mes lèvres sont gonflées, mon souffle est court et Noah tente tant bien que mal de cacher de ses mains son désir plus que flagrant, même à travers son jean.

– C'est quoi, ça ? Qu'est-ce qu'il fait ici ? Et toi ? Tu n'es pas à la fac ?

Mon Dieu. Comment je vais me sortir de là ? Mon cerveau fonctionne à plein régime, mais, encore pris dans les brumes du désir, ne trouve aucune excuse valable à ma présence ici.

– Je… mes cours ont fini plus tôt…

– Plus tôt ? Dans une fac aussi prestigieuse ? Ne me prends pas pour un con, Constance.

– Je ne te prends pas pour un con.

– Monsieur, c'est ma faute, j'ai proposé à Constance de la ramener et…

– Je ne t'ai pas demandé ton avis, petit merdeux.

J'avale ma salive de travers. Petit merdeux ? Comment ose-t-il ? Mais alors que je m'apprête à prendre la défense de Noah, celui-ci me devance.

– Je vous interdis de me parler de cette manière.

– Tu m'interdis ? s'indigne mon père. Je suis chez moi ici et *je* décide qui y a sa place ou non. Ta place est dehors, alors je te conseille de t'en aller vite fait.

– Papa, mais arrête, il n'a rien fait !

– Tais-toi, espèce d'idiote.

Noah m'attire à lui dans un geste protecteur. La tension est à son comble dans le salon. Et lorsque Noah reprend la parole, le ton menaçant qu'a pris sa voix me fait frissonner.

31

NOAH

Idiote ? *Ma* Constance, idiote ? Cet homme est fou, je ne vois aucune autre explication. Comment un père peut-il se comporter de cette manière avec sa fille ?

– C'est vous l'idiot ! De quel droit lui parlez-vous sur ce ton ?

– J'ai tous les droits dans ma maison. Maintenant, pars d'ici avant que je te colle mon poing dans la figure.

– Non ! s'écrie Constance en s'agrippant à moi. Je ne veux pas qu'il s'en aille.

Sa voix est tremblotante. Cet homme lui fait peur. Est-ce qu'il la frappe ? Non, je n'ai jamais vu de traces sur le corps de ma belle. Il ne la frappe pas, mais il la blesse quand même. Les mots sont parfois aussi violents que les coups, et cet homme en a parfaitement conscience. Il sait quoi dire, où appuyer pour lui faire mal. Je repense à ce que Constance m'a confié ce matin au petit déjeuner.

« Il pense que je ne suis pas assez mince, et que si je ne maigris pas personne ne s'intéressera à moi. »

Si elle aime si peu son corps, c'est entièrement la faute de cet homme, son propre père, qui a passé son temps à lui bourrer le crâne de conneries au lieu de l'aimer. Je suis furieux, révolté, j'ai envie de le cogner d'avoir rendu si faible ma jolie Constance. Par-dessus tout, je meurs d'envie de dire à Constance de prendre ses affaires et de venir chez moi. J'ai envie de la libérer des griffes de cet ignoble personnage.

Mais je m'abstiens. Cela fait seulement vingt-quatre heures que nous avons décidé d'entamer une relation, je ne dois pas tout brusquer, notre problème numéro un pour l'instant étant de calmer ce père enragé.

– Je vais y aller, Constance, je t'appelle ce soir, d'accord ?

Elle acquiesce. Je vois bien dans ses yeux brillants qu'elle appréhende de se retrouver seule avec lui. J'aimerais rester, mais je ne peux pas, ma présence envenime la situation et c'est tout sauf ce dont elle a besoin.

– Tu me raccompagnes ? dis-je en lui souriant tendrement.

Elle hoche la tête. Son père reste là et nous regarde sortir de la pièce. Je ne le salue pas, hors de question. Sur le pas de la porte, je me demande comment je vais pouvoir partir en la sachant avec lui.

– Désolée pour ça, il n'avait pas à t'insulter comme il l'a fait.

– Je me fiche de ce qu'il pense et dit de moi, Constance. Ce qui m'importe, c'est ce qu'il te fait subir à toi.

– Il est énervé parce qu'il a compris que je n'étais pas allée à la fac cet après-midi.

– Ce n'est pas une raison. Il est tellement agressif que j'ai peur de ce qu'il pourrait te faire.

– Peur de… mais enfin c'est mon père, il ne me ferait pas de mal ! s'indigne-t-elle.

J'ai envie de la secouer. Comment fait-elle pour ne pas voir que son père est nocif, qu'il est la cause de son mal-être ?

– Il t'en fait déjà, mon ange, je chuchote.

Je l'attire contre moi et l'enlace en une étreinte protectrice.

– Est-ce que tu veux venir dormir chez moi ce soir ?

Je prie pour qu'elle dise oui. Je veux passer la nuit à la tenir dans mes bras, comme hier.

– Non, pas ce soir. C'est la goutte d'eau qui ferait déborder le vase. Je vais attendre que ma mère rentre et ensuite je leur dirai que je compte arrêter la fac.

– Tu es sûre ? Je peux rester le temps que tu le leur annonces, si tu veux.

– T'en fais pas, me dit-elle en me regardant. Ce sont mes parents, ils ne vont rien me faire.

Je l'espère, jolie Constance…

Je l'embrasse à pleine bouche.

– Tu m'appelles si tu as le moindre problème, d'accord ?

– D'accord.

– Je suis sérieux. Si tu as besoin de quoi que ce soit, surtout, passe-moi un coup de téléphone. J'arrive tout de suite.

– Promis.

J'embrasse ses lèvres une fois, puis deux, avant de les bombarder de baisers.

– À tout à l'heure.

Elle hoche la tête avant de me serrer rapidement dans ses bras et de rentrer dans l'appartement. Je ne peux pas m'empêcher de coller mon oreille à la porte pour écouter. Je dois savoir si elle va bien. Si jamais j'entends que la situation dégénère, cette fois j'interviens.

– Alors c'est ça que tu fais, maintenant ? Tu sèches la fac et tu viens te faire peloter chez moi ?

La peloter ? Bon, j'admets que trouver sa fille dans une position délicate avec un homme ne doit pas réjouir un père, mais quand même ! Il lui parle comme si elle était…

– Une traînée ! C'est ce que tu veux devenir ? C'est ce que tu veux qu'on pense de toi ?

Je suis scotché ! Une traînée ? Comment peut-il penser ça de Constance ? Elle est la plus pure créature qu'il m'ait été donné de rencontrer. J'aimerais l'entendre se défendre, mais elle ne répond rien. Je crois qu'elle est habituée à tant de mépris et ça me désole. Son père, si on peut l'appeler ainsi, me donne envie de vomir… Une porte claque, puis le silence se fait dans l'appartement. Je décide de partir, mais j'appellerai Constance dans une petite heure, juste pour m'assurer qu'elle va bien. Alors que je rejoins ma voiture, mon téléphone sonne. Je décroche sans même réfléchir.

– Tout va bien, mon ange ?

Le silence se fait au bout du fil avant qu'une voix familière ne me réponde :

– Non, Noah, tout ne va pas bien.

– Putain ! Émilie !!! Je t'ai dit de me lâcher.

– Tu vois quelqu'un ?

– Fous-moi la paix.

– Comment elle s'appelle ?

– Émilie, ça suffit maintenant. Je suis passé à autre chose, alors fais-en autant.

– Tu crois vraiment que je vais abandonner si facilement ? Tu m'aimes encore, Noah, et tu te voiles la face.

– C'est faux, je ne t'aime plus. Maintenant, pour la dernière fois, laisse-moi tranquille !

Je raccroche, énervé, et monte dans ma voiture avant de démarrer en trombe. Il ne manquait plus qu'elle pour venir compliquer l'équation. J'espère qu'Émilie aura compris le message et qu'elle renoncera, même si je sais que lorsqu'elle veut quelque chose elle fait tout pour l'obtenir.

32

Dès que la porte se referme derrière moi, je me sens vide. Tant que Noah était à mes côtés je me sentais forte, mais là il me semble que je ne pourrai pas affronter mon père seule. Sans surprise, il me descend en flèche, allant même jusqu'à me traiter de traînée. Les larmes montent, mais je les retiens le plus possible. Et puis lorsque son venin est craché et qu'il ne trouve plus rien à me dire, il part s'isoler dans son bureau en claquant la porte.

Ça y est, la tempête est passée.

Je me réfugie dans ma chambre. J'ai une furieuse envie d'appeler Noah, mais je ne le fais pas. Que pensera-t-il si je l'appelle à la rescousse quelques minutes seulement après son départ ?

Non, je dois être forte, je lui ai déjà bien assez montré mes faiblesses.

J'ouvre le tiroir de mon bureau et sors mon éternel compagnon : mon carnet à dessins. Armée de mon crayon à papier, je m'installe au milieu du lit et je commence à dessiner.

Deux heures plus tard, ma feuille est remplie de gratte-ciel, et au cœur de ce paysage se trouvent deux personnes. Un homme, une femme, main dans la main, regardent dans la même direction. J'en rêve. Une nouvelle vie dans la ville qui ne dort jamais, et, surtout, avec Noah.

Deux coups sont frappés à la porte et, sans attendre ma réponse, ma mère entre, l'air sévère. Inquiète, je referme immédiatement mon carnet.

– Qu'est-ce qui s'est encore passé entre vous ? Vous êtes pires que des enfants, je ne peux pas vous laisser seuls plus d'un après-midi.

– Papa ne te l'a pas dit ? je demande surprise.

– Il a parlé d'un garçon qu'il a trouvé ici en rentrant, mais je n'ai pas réussi à en savoir plus. J'attends des explications, Constance, ton père est furieux et cette situation me fatigue.

– Ça te fatigue ? Ce n'est pourtant pas toi qui subis ses remontrances à longueur de journée. Il me rabaisse et m'humilie sans arrêt. C'est moi que ça fatigue.

– Ne t'engage pas sur ce terrain et réponds-moi. Qu'est-ce qui s'est passé ?

Je n'aime pas mentir et je n'en ai pas envie. Je n'ai rien fait de mal.

– Papa est rentré et je n'étais pas seule. J'étais avec… un garçon.

Les yeux de ma mère s'écarquillent, si bien que j'ai peur qu'ils sortent de leurs orbites.

– Quoi ? Tu as ramené un garçon ici ? En plein après-midi ? Mais… pourquoi tu n'étais pas à la fac ?

Nous y voilà, le moment le plus délicat pour ma mère : apprendre que sa fille a séché les cours.

– Je n'y suis pas allée.

Cette fois elle manque s'étouffer.

– Tu as séché la fac ? En quel honneur ? Et puis qui est ce garçon ?

– Noah, dis-je d'une toute petite voix.

– Noah ? Le petit ami de ta meilleure amie ? Comment peux-tu faire ça ?

Pense-t-elle aussi que je suis une traînée ?

– Ce n'est pas le petit ami de Sophia, maman, c'est le mien, je réplique avec véhémence.

Elle cligne des yeux, reste interdite un instant, mais finit par comprendre.

– Le tien, dit-elle, plus calme… Pourquoi avoir menti ?

– Pourquoi ? Mais parce que tu me répètes sans cesse que je dois me concentrer sur mes études, qu'un petit ami ne ferait que me freiner dans ma progression…

– Et c'est vrai. Regarde ce qu'il te fait déjà faire, tu as séché les cours, Constance ! Comment espères-tu réussir si tu ne t'en donnes pas la peine ?

– Mais tu ne comprends pas que je déteste cette fac ?! Je me fiche du droit, je déteste ça et je ne veux pas devenir avocate ! j'explose.

Ma main se plaque sur ma bouche dès que j'ai terminé de cracher ces mots que je retiens depuis des années. Oh, bon sang ! Je l'ai dit. Je suis aussi soulagée qu'effrayée de la réaction de ma mère.

Elle me regarde. Ne bouge pas. Ne dit rien.

– Maman ?

– Tu détestes ? Comment ça tu détestes, qu'est-ce que c'est que ces âneries ? C'est ce garçon qui te met ces idées en tête ?

– Pas du tout. Je n'ai jamais voulu aller dans cette université, je l'ai fait pour te faire plaisir.

– Et alors qu'est-ce que tu aurais aimé faire, hein ?

Est-ce que je peux lui avouer ce que j'aime vraiment ? De toute façon qu'est-ce que je risque ?

– J'aurais voulu faire une école d'art, je murmure.

Elle ne relève pas. Je croise à nouveau son regard. Qui n'exprime rien.

– Une école d'art ? C'est ça, ton but ? Gribouiller sur des feuilles ? Vivre une vie de bohème ? Tu deviens folle, ma pauvre fille.

– Tu préfères que je gâche ma vie à faire quelque chose que je n'aime pas ?

– Arrête d'être aussi dramatique. Cette fac peut t'offrir des opportunités de rêve.

– Je ne m'y plais pas. Ça ne m'intéresse pas. Essaye de comprendre.

– Bon. Ça suffit maintenant, s'agace-t-elle. Qu'est-ce que tu nous fais, une crise d'adolescence tardive ? Je ne sais pas si c'est ce garçon qui a une mauvaise influence sur toi, mais si c'est le cas, je te conseille de mettre un terme à cette stupide amourette !

Sur ce, elle quitte ma chambre d'un pas énervé.

Encore une fois je ne suis pas comprise par mes propres parents. La seule personne qui puisse me comprendre n'est pas là. J'ai besoin de Noah, il me manque terriblement. Je m'empare de mon téléphone, deux tonalités retentissent et j'entends le doux son de sa voix.

– Constance ?

– Viens me chercher s'il te plaît.

Il raccroche. J'ouvre mon armoire et me prépare un petit sac avec le nécessaire pour la nuit. Comme à son habitude il me fera tout oublier, et c'est ce dont j'ai besoin.

33

– Tu veux me raconter ? demande-t-il lorsque nous entrons dans son appartement.

– Non.

Il pose mon sac sur le sol. Je m'approche de lui et fonce sur ses lèvres. Je me paie même l'audace de le faire reculer jusqu'au canapé et de m'asseoir à califourchon sur lui.

– Tu es sûre que tu ne veux pas en parler ?

– Je veux juste ne penser à rien. Fais-moi oublier, s'il te plaît.

– Je peux faire ça.

Et, comme si mon fou de père ne nous avait jamais interrompus, nous reprenons où nous nous étions arrêtés. De mon propre chef, je retire mon pull pour le jeter dans le salon, sous l'œil un peu surpris mais ravi de Noah.

– J'aime te voir prendre de l'assurance.

– C'est grâce à toi, dis-je en le déshabillant.

Je n'ai pas envie de prendre mon temps. Je ne sais pas quelle énergie s'empare de moi, mais ce soir j'ai envie de nous sentir unis. Noah est devenu le pilier de ma vie en un temps record. Je peux compter sur lui bien plus que je ne peux compter sur ma propre famille.

Nos vêtements sont retirés à la vitesse grand V, et Noah me semble dans la même optique que moi. Je laisse mon regard naviguer sur son corps nu, ses abdos dessinés et les muscles de ses bras. Ses lèvres charnues n'attendent que les miennes. Il m'attire de nouveau sur ses cuisses.

– Tu y as pris goût, à ce que je vois, me taquine-t-il en s'emparant de mes fesses.

– C'est l'effet Noah Dumont. Comment résister ?

Il sourit en secouant la tête. Ce sourire…

Je l'embrasse à perdre haleine, essayant de lui faire comprendre par ce baiser tout ce qu'il représente pour moi. Mes « je t'aime » ne rêvent que de sortir, mais comme pour à peu près tout j'ai la trouille. Je le sens grossir sous moi à mesure que nos baisers s'intensifient. Sa main descend jusque sur mon intimité et, déjà, ses doigts jouent habilement avec mon clitoris.

Sa bouche aspire mon gémissement de plaisir. J'ai l'impression que Noah connaît mon corps par cœur. Il a compris mon fonctionnement, j'aimerais aussi le connaître et savoir ce qu'il aime. Je laisse sa bouche et descends vers ses cuisses pour m'agenouiller doucement sur le parquet du salon.

– Constance ?

Je pose ma main sur son membre tendu et je le caresse, lentement. Il comprend rapidement mes intentions et pose sa main sur la mienne, arrêtant mon geste.

– Tu es sûre ?

– Je veux te faire plaisir.

Il prend ma main et la porte à ses lèvres pour y déposer un doux baiser avant de la relâcher. Je ne sais pas vraiment comment m'y prendre, mais je ne réfléchis pas plus longtemps et je saisis son sexe dans ma bouche. J'essaie de faire au mieux, et lorsque j'entends les soupirs de plaisir de Noah, je ressens un profond sentiment de fierté. Moi, Constance, j'arrive à lui procurer du plaisir.

– Putain. C'est bon…

Je prends ma tâche très à cœur. Je veux lui montrer que malgré mon manque d'expérience il a fait le bon choix. Moi aussi je peux le combler. Ce n'est pas évident. Ma bouche est trop petite pour son imposante érection, mais ses grognements de plaisir me laissent entendre que je m'en sors plutôt bien.

– Stop, stop. Ça suffit.

Il attrape mes mains et me ramène à nouveau sur lui.

– Tu n'as pas aimé ? je m'inquiète.

– Bien sûr que si, Constance, mais j'ai envie d'être en toi.

Accompagnant ses paroles, il se lève en me gardant dans ses bras et je m'enroule autour de lui. Il nous emporte dans la chambre et m'allonge sur le lit avant de sortir un préservatif de sa commode et de l'enfiler.

– Tu es si belle…

Il s'allonge sur moi, et nous faisons l'amour passionnément, intensément…

Je suis bien, là, la tête reposant sur son torse, bercée par sa respiration et les battements de son cœur.

– Ça va ? demande-t-il.

– Parfaitement bien, réponds-je, à moitié groggy.

– Tu sais quoi ? Tu vas aller prendre une bonne douche relaxante pendant que je nous prépare à manger.

Je relève la tête pour croiser ses beaux yeux marron.

– Tu viens la prendre avec moi, cette douche ?

Il s'esclaffe en caressant mes cheveux.

– Je vais te rendre insatiable.

Je ris à mon tour avant de déposer un baiser sur son torse.

– Va la prendre seule pour décompresser et je te prépare un délicieux repas.

– Tu sais cuisiner ? je m'étonne.

– Je vis seul, je te rappelle, je ne vais pas me laisser mourir de faim.

J'esquisse un sourire. En effet, il n'a pas besoin de se laisser mourir de faim, lui, il est parfait. Je dépose un autre baiser sur son torse et je me lève enfin pour me rendre dans la salle de bain. Noah avait raison, ça me fait du bien. J'ai l'impression que la journée désastreuse d'aujourd'hui s'échappe par le siphon en même temps que l'eau. Je décide de me laver en utilisant le gel douche de Noah. Sentir son odeur sur ma peau me revigore. En plus de dormir dans ses bras cette nuit, son odeur me tiendra compagnie.

Je sors de la douche et me sèche rapidement, j'enfile un legging avant de retourner dans la chambre et d'ouvrir la commode, à la recherche d'un tee-shirt lui appartenant.

Là, entre ses innombrables vêtements, je tombe sur une photo. La curiosité s'empare de moi et je ne peux m'empêcher de regarder qui est dessus.

Noah est en compagnie d'une femme, et ils sont tous les deux souriants face à l'objectif. La femme paraît un peu plus âgée que lui, elle a de longs cheveux bouclés roux, et de grands yeux verts. Elle est très belle.

Mon cœur se serre douloureusement. C'est avec peine que je retiens mes larmes lorsque je retourne la photo et découvre un « je t'aime » inscrit au crayon à papier. Je repose la photo à la hâte. Je suis sonnée. Qui est cette femme ? Et surtout qui est-elle pour Noah ? Ils n'ont pas de ressemblance, et puis il serait peu probable qu'il garde si précieusement une photo d'un membre de sa famille.

De deux choses l'une. Soit c'est une ancienne petite amie qu'il n'a pas réussi à oublier, soit elle n'a absolument rien d'ancien et il entretient toujours une relation avec. Mon cœur se serre. Quoi qu'il en soit, je n'arriverai pas à surmonter ça.

– Mon ange ?

– J'arrive.

Je sors de la chambre en essayant de paraître le plus naturelle possible. Je manque défaillir. Il est simplement vêtu d'un pantalon de survêtement gris, et son torse est nu. Il m'accueille d'un sourire avant de détailler ma tenue.

– Tu as bien fait de te servir. Ça te va bien.

– Merci. Qu'est-ce que tu as préparé ? Ça sent bon.

– Des croque-monsieur. Pas très original, je te l'accorde.

– Ça me va.

– Encore cinq petites minutes et ce sera prêt, dit-il en venant m'enlacer.

Il enfouit sa tête dans mon cou et me respire.

– Hum… Tu sens moi.

– Ça t'embête ?

– Pas du tout. Tu sens bon… ma jolie Constance.

Il dépose de doux baisers sur ma peau, qui frissonne déjà.

– Ça va mieux ? Est-ce que tu veux me dire ce qui s'est passé avec tes parents ? demande-t-il en s'emparant de mon visage.

– Non, je n'ai pas envie de gâcher la soirée.

– OK.

Il détaille mes yeux, à la recherche de je ne sais quelle réponse.

– Qu'est-ce qui se passe ?

– Tout va bien, je t'assure.

– Constance… est-ce que quelque chose t'a déplu ? Est-ce que tu… regrettes ?

– Je regrette ?

– Tout à l'heure, quand tu as utilisé ta délicieuse bouche sur moi.

Je rougis immédiatement.

– Tu as fait quelque chose qui t'était inconnu et je comprendrais que tu le regrettes ou que ça ne t'ait pas plu.

Oh, bon sang, Noah !

– Je te promets, tout va bien, je ne regrette rien.

Je me hisse sur la pointe des pieds pour souder nos lèvres. Nous nous perdons déjà dans la volupté de ce baiser lorsqu'une odeur de grillé se fait sentir.

– Merde, dit-il en se précipitant vers la gazinière.

Je ne peux m'empêcher de m'esclaffer et de le suivre. Je passe mes bras autour de sa taille et dépose un baiser entre ses omoplates.

– Tu vois ce que tu me fais faire ? J'ai failli faire brûler le dîner.

– On aurait bien trouvé quelque chose d'autre à manger.

– Je rêve ou tu m'allumes ?

– Pas du tout, je m'esclaffe contre lui.

J'essaie de me vider l'esprit, mais malheureusement la photo que j'ai trouvée occupe toutes mes pensées. Je dois savoir de qui il s'agit, mais sans le braquer.

– À table.

Nous nous asseyons autour de la petite table de la cuisine.

– C'est très bon.

– Je sais ! J'ai longtemps hésité à ouvrir mon restaurant, mais je ne voulais pas faire de concurrence aux chefs étoilés.

– C'est trop gentil de ta part.

Il sourit. Qu'il est beau quand il sourit. Y a-t-il un moment où il ne l'est pas ?

– Je peux te poser une question ?

– Je t'écoute, répond-il en acquiesçant.

– Est-ce que tu aimes ton métier ?

Ses yeux se plissent. Il essaie de comprendre où je veux en venir.

– Est-ce que tu aimes ou plutôt as-tu aimé coucher avec autant de femmes ?

J'ai conscience que je suis probablement en train de gâcher notre soirée qui avait si bien commencé, mais c'est plus fort que moi. Je dois savoir.

Il semble réfléchir à la meilleure manière de me répondre.

– Sois honnête, s'il te plaît.

– Oui. Oui, j'ai aimé plaire à ces femmes et coucher avec. J'ai aimé gagner autant d'argent aussi facilement, j'ai aimé ce train de vie-là, je l'avoue.

– Et maintenant ?

– Je ne l'aime plus.

– Pourquoi ?

– À ton avis… parce que tu es là. Je ne veux plus être l'homme de plusieurs femmes.

– Juste le mien, à moi.

Il sourit, se lève et vient m'embrasser.

– Juste le tien, à toi !

Il retourne s'asseoir et nous terminons notre repas en parlant d'un sujet beaucoup plus léger.

– J'ai une autre question, je reprends, alors que nous nous allongeons dans son lit.

– Tu es bien curieuse, ce soir.

Si tu savais…

– Si ça t'embête, tant pis…

– Pose-moi ta question, Constance.

Je me tourne face à lui et me redresse sur un coude.

– Est-ce que… est-ce que pendant que tu étais escort tu… tu as eu une relation ?

– Comment ça ?

– Est-ce que tu as eu une petite amie pendant que tu exerçais ce métier ?

– Oui. Elle est juste devant moi.

– Noah…

Il soupire et passe ses mains sur son visage.

– Pourquoi tu me demandes ça, Constance ?

– Réponds, s'il te plaît. Tu sais que je n'ai jamais eu personne avant toi alors j'aimerais juste savoir qui était là avant moi.

– Comment ça, qui était là avant toi ?! Constance, il n'y a aucun concours, aucune compétition, je ne comprends pas pourquoi tu veux savoir ça.

– C'est important pour moi. S'il te plaît.

Il soupire une nouvelle fois. Est-ce que je l'agace ? Peut-être, mais je dois savoir si cette femme est une menace ou pas.

– Oui, j'ai eu une aventure.

– Longue ?

– Qu'est-ce que tu appelles longue ?

– Je ne sais pas. Quelques mois et plus.

– Ça a duré cinq mois.

– Elle savait quel métier tu faisais ?

– Oui.

– Et elle était d'accord ?

– Oui.

– Est-ce que tu l'aimais ?

Il me regarde, mais ne dit rien. Son regard parle pour lui.

– Oui… finit-il enfin par dire.

J'avale ma salive avant de poursuivre.

– Et est-ce que tu l'aimes encore ?

– Non ! répond-il brusquement.

– Tu es encore en contact avec elle ?

– Mais non, enfin ! Comment tu peux croire que je pourrais être avec toi si j'étais déjà engagé avec une autre ? Je ne te ferais jamais ça. Le passé, c'est le passé, maintenant je me concentre sur toi et sur l'avenir. Crois-moi, s'il te plaît.

– D'accord, d'accord, je te crois. J'avais juste besoin de savoir.

– Je ne veux pas que mon passé puisse te faire douter. Cette période est derrière moi, Constance. Je continuerai d'accompagner celles qui le voudront en attendant de me trouver un autre job, plus sérieux.

– Tu feras ça ? je demande, pleine d'espoir.

– Évidemment. Je le ferai pour toi, et pour moi.

Je hoche la tête, mais au fond de moi je suis reconnaissante. Noah a répondu à toutes mes questions et il m'a prouvé aujourd'hui qu'il voulait que notre relation marche. Je le laisse me prendre dans ses bras et je m'y blottis.

– Dors, ma jolie Constance, tu as eu une dure journée. Ne pense à rien d'autre qu'à nous, il n'y a que ça qui compte.

J'embrasse plusieurs fois son torse avant de fermer les yeux et de respirer son odeur.

– Bonne nuit, mon Noah.

– Bonne nuit, mon ange.

34

NOAH

À demi conscient, perdu dans les brumes du sommeil, je réalise peu à peu où je me trouve. Dans ma chambre. D'instinct, je tends le bras, certain de sentir ma jolie Constance à mon côté. Rien. Seuls les draps froids accueillent ma main.

J'entrouvre les yeux : elle n'est pas là. Bizarre. Aucune odeur de café ou de nourriture n'indique qu'elle serait à la cuisine en train de nous préparer un petit déjeuner, et Dieu sait que j'en aurais envie.

– Constance ?

Ma voix est éraillée et encore tout ensommeillée. Je bâille et frotte mon visage pour me réveiller un peu plus.

– Constance ? Tu es où mon ange ?

Cette fois ma voix porte plus. Peut-être qu'elle est dans la salle de bain, qu'elle s'apprête à prendre une douche. Si c'est le cas, je me ferai un plaisir d'aller la retrouver. Mais, lorsque mes yeux sont enfin bien ouverts, je remarque un morceau de papier posé sur l'oreiller voisin. Je me redresse et m'en empare, voyant pour la première fois l'écriture fine et gracieuse de Constance.

Sophia avait besoin de moi, je ne voulais pas te réveiller, tu dormais si bien. Merci pour la soirée d'hier… et pour m'avoir hébergée. Tu me manques déjà. C.

Elle est partie ? Je suis seul dans mon lit un samedi matin ? C'est le premier week-end que j'ai de libre depuis trois ans, je me suis libéré pour elle et elle s'en va ? Quelle déception ! J'aurais aimé un réveil tout en douceur avec ma jolie Constance. Quelques caresses, une douche crapuleuse, un bon petit déjeuner et une journée entière passée au lit à refaire le monde et l'amour. Voilà le programme que j'avais en tête, mais apparemment le sien était tout autre.

Je me lève en pestant et me dirige vers la salle de bain. J'attends que l'eau de la douche me détende, mais ça ne marche pas. Je suis frustré. D'abord, Constance m'assaille de questions hier soir, et aujourd'hui elle n'est pas là à mon réveil. Merde ! Je voulais que ce soit notre premier réveil en tant que couple.

Je sors de la douche et me sèche, j'enfile un boxer propre et me rends dans la cuisine pour combler mon appétit matinal. J'aurais préféré me nourrir de Constance, de ses baisers, de ses sourires, de ses caresses, de ses soupirs, de ses gémissements de plaisir, de son orgasme… Un morceau de papier posé sur la table de la cuisine attire mon attention. À nouveau, la jolie écriture de Constance trône dessus et je souris en parcourant le mot.

La dosette de café est dans la machine, un verre de jus d'orange est au frigo et les tartines sont posées dans le grille-pain. Tu n'as plus qu'à te servir. Bon petit déjeuner mon beau Noah. Ta jolie Constance.

Je souris. Je souris comme un idiot en lisant ce mot qu'elle a griffonné juste avant de partir. Je fais le tour de la cuisine et constate qu'elle m'a réellement tout préparé. Les tartines sont prétoastées, j'appuie sur le bouton du grille-pain pour les réchauffer. J'appuie également sur celui de la Nespresso et le café coule dans la tasse déjà prête. Je récupère le verre de jus d'orange dans le frigo, ainsi que le beurre, et je pars m'installer au salon avec mon petit déjeuner. Elle a pensé à tout.

Elle a pensé à moi.

Constance est formidable, elle m'étonne un peu plus de jour en jour, comme hier lorsqu'elle s'est lâchée et qu'elle m'a fait une fellation du tonnerre. Tout est extraordinaire avec elle, ce petit bout de femme me rend plus vivant que je ne l'ai jamais été. Je me découvre un instinct protecteur presque animal, j'ai besoin de savoir qu'elle va bien et même si à l'évidence il est encore trop tôt je songe de plus en plus à lui proposer de venir vivre chez moi, pour que son putain de père cesse de la descendre comme il le fait. Je ressens un besoin impérieux de la sentir et de la serrer contre moi, elle est tellement douce et tendre dans ses gestes et ses paroles, elle est tellement belle que j'ai à la fois envie de la montrer au monde entier et de la garder jalousement pour moi.

En avalant une gorgée de café je soupire : je sais très bien ce que je ressens pour Constance, même si je refuse de me l'avouer. J'ai fait la bêtise de tomber amoureux une fois, si on pouvait vraiment appeler ça de l'amour, et je sais ce que je suis en train de ressentir, ce que ça signifie : je serais prêt à tout pour Constance. J'y suis jusqu'au cou.

Je l'aime.

Et merde !

Je voudrais trouver le courage de le lui dire et par-dessus tout qu'elle me réponde la même chose, mais qu'est-ce que j'espère ? Je suis un putain de gigolo, qu'est-ce que je peux lui apporter de bon dans la vie ? Pour le moment, je suis une échappatoire à sa vie morose. Mais lorsqu'elle aura appris à voler de ses propres ailes, elle trouvera quelqu'un qui lui correspondra vraiment, quelqu'un de respectable, qui la mérite. Et elle me quittera.

La sonnerie de mon téléphone me tire de ma semi-dépression. Je lève les yeux au ciel en voyant que l'appel provient de ma mère.

– Oui, maman !

– Bonjour à toi aussi, mon grand. Laisse-moi deviner, tu viens de te réveiller.

– Gagné.

– Tu ne travailles pas, ce matin ? hasarde-t-elle.

Ma mère est la seule personne de ma famille qui soit au courant du métier que j'exerce. Elle est évidemment malade de savoir que son fils vend son corps, mais elle n'y peut pas grand-chose. Elle est psychologue, donc un peu obligée d'essayer de me comprendre plutôt que de me juger.

– Je ne travaille plus les week-ends.

– Vraiment ? Mais c'est super !

– Tu m'appelais pour une raison précise, maman ?

– Toujours aussi pressé. Effectivement, je t'appelle premièrement parce que je suis ta mère, que je t'aime et que j'en ai le droit…

Je souris en secouant la tête. Elle est géniale, un poil surprotectrice, mais géniale.

– … mais je t'appelle surtout pour te dire que le week-end prochain nous fêtons l'anniversaire de ton père en famille. Je veux que tu sois là.

– Bien sûr, je comptais venir, j'ai même déjà acheté son cadeau.

C'est un pur mensonge, mais elle n'a pas besoin de le savoir.

– Super ! Ça fait longtemps que tu n'es pas venu nous voir, tu nous manques, mon chéri.

– Vous aussi, maman, vous me manquez.

– J'ai hâte de te voir, tu resteras quelques jours avec nous, n'est-ce pas ?

– On verra.

Et, alors qu'elle s'apprête à raccrocher, je m'entends clairement lui dire :

– Attends, maman.

– Oui ?

Je lui demande ou pas ? Est-ce que j'en ai vraiment envie ? Bordel, bien sûr que j'en ai envie.

– Je ne viendrai pas seul…

Le silence s'installe à l'autre bout de la ligne.

– J'aimerais vous présenter ma petite amie.

Lorsque j'entends les exclamations de joie de ma mère, je ne peux m'empêcher de sourire comme un idiot.

C'est officiel, je suis un idiot amoureux.

35

– Il garde la photo d'une ex ?

– Je ne sais pas si c'est une ex, j'ai essayé d'en savoir plus, mais il est resté évasif.

– Pourquoi tu ne lui as pas carrément demandé ?

– Parce qu'il m'aurait prise pour une fouineuse et ce n'est pas ce que je veux.

Nous passons la porte d'un tatoueur. Aujourd'hui, Sophia a décidé de se faire faire un tatouage. Un homme d'une cinquantaine d'années nous accueille. Le tee-shirt qu'il porte laisse apparaître ses bras intégralement tatoués. Il est plutôt mince, son sourire est chaleureux, bref, il est bien loin de l'idée que je me faisais d'un tatoueur.

– Salut, les filles.

– Salut. J'ai rendez-vous avec Freddy pour un tatouage.

– C'est pour toi que j'ai préparé les deux licornes ? demande-t-il en souriant.

– C'est pour moi, répond mon amie, enjouée.

– OK, alors on va passer dans la pièce d'à côté. Toi aussi tu veux te faire tatouer ? demande-t-il en me regardant.

– Euh, non… Non non, je l'accompagne, c'est tout.

Freddy nous guide vers une autre pièce, fermée par un rideau noir. Alors que je m'attends à un lieu sale, plein d'outils de torture, je découvre un endroit propre et très bien rangé.

Je suis dans un salon de tatouage. Qui l'eût cru il y a encore un mois ? Tout comme je n'aurais jamais imaginé être en couple aujourd'hui, avec un escort qui plus est. En un mois, ma vie a basculé du tout au tout… et j'adore ça.

Je prends place sur un tabouret et me concentre sur l'échange entre Sophia et Freddy.

– Alors, où est-ce que tu les veux ?

– Sur la cheville droite.

J'observe, fascinée, le tatoueur déposer puis retirer le stencil. Sophia va regarder si le positionnement lui plaît devant un grand miroir en pied.

– J'adore, dit-elle en tapant dans ses mains, avant de retourner s'allonger sur la table.

Lorsque je vois le tatoueur enfiler ses gants noirs, mon ventre se tord pour elle, mais Sophia semble détendue, et je ne comprends pas comment elle fait. La dernière fois que j'ai fait une prise de sang, j'ai fait un malaise, alors je ne me verrais pas du tout passer plus d'une heure sous la torture des aiguilles.

– Surtout, tu ne bouges pas, d'accord ?

– Vas-y, Freddy !

Le tatoueur sourit et je ne peux m'empêcher d'esquisser un sourire à mon tour. Sophia est une véritable pile électrique, un petit rayon de soleil qui laisse rarement les autres indifférents. Elle ne dit rien lorsque Freddy commence à la tatouer. Le bruit des aiguilles me surprend.

– Tu crois qu'il est amoureux d'une autre ?

La question de Sophia me tire de ma contemplation. Mon regard lâche le mouvement sûr et précis de l'aiguille pour venir se poser sur ma copine.

– J'espère bien que non, dis-je en repensant à la photo.

– Tu l'aimes !

À quoi bon le nier ?

– Comment je pourrais ne pas l'aimer ?

– Tu penses que c'est le bon ?

– Je le voudrais tellement…

– Oh, Constance, c'est trop bien ! Tu imagines ? C'est peut-être l'homme de ta vie. Tu serais une sacrée chanceuse. Le premier ! Le bon !

– Ne t'emballe pas, Sophia, ça fait à peine un mois qu'on se connaît, et deux jours qu'on est officiellement ensemble.

Je remarque le sourire amusé de Freddy, mais il n'intervient pas.

– Et alors ? Un mois, un an ou dix ans ça ne veut rien dire. Tu le sens quand c'est le bon. Regarde-moi par exemple, le premier mec que j'ai eu, j'avais seize ans. Fabien… Il n'avait pas fini de me prendre ma virginité que je savais que ça n'irait pas plus loin.

– Sophia ! je la reprends, gênée.

– Non, mais attends que je te raconte comment ça s'est passé. C'était terrible.

– Sans façon, et ce n'est pas le moment d'en parler, dis-je en faisant un signe de tête en direction de Freddy.

– Faites comme chez vous, les filles, lance le tatoueur en riant.

– Tu sais très bien que j'ai besoin de parler quand je suis stressée, alors laisse-moi m'exprimer, Constance-Je-Suis-Trop-Sérieuse-Pradel.

Épuisante. Cette fille est épuisante !

– Il avait dix-neuf ans, et comme il avait de l'expérience je me suis dit que ça allait rouler… Quelle connerie ! On aurait dit qu'il s'était transformé en guide du sexe pour les nuls.

Elle s'éclaircit la gorge et reprend en imitant une voix masculine :

– « Je vais te déshabiller. » « Tu avais déjà vu une érection ? C'est parce que tu m'excites. » « Je vais mettre le préservatif. » « Maintenant je vais te pénétrer… » Putain… après ça, il s'est endormi comme une masse et moi je me suis sauvée comme une voleuse. Je ne l'ai pas revu. Tant mieux.

Je suis écarlate, mais je ne peux m'empêcher d'éclater de rire. Sophia dit tout ce qu'elle pense, et avec elle les situations tragiques deviennent toujours comiques. C'est la meilleure des meilleures amies.

– Alors que toi t'as eu une première fois du tonnerre…

– Stop ! On s'arrête là.

Cette fois je ne ris plus du tout. Et d'ailleurs je reçois un message que je m'empresse de lire. C'est Noah.

Réveil solitaire. Où es-tu, ma jolie Constance ? Merci pour le petit déjeuner, tu es une perle. Tu me manques, dis-moi où tu es que je vienne te retrouver.

Je ris, je souris niaisement et j'étouffe même un gloussement. Mais qu'est-ce qu'il fait de moi ? Je l'aime, bon sang, je l'aime tellement.

Je tape une réponse rapide en espérant que Sophia n'ait bientôt plus besoin de moi pour que je puisse le retrouver.

Ta jolie Constance se trouve actuellement dans un salon de tatouage. Quelle partie de mon corps tu préfères ?

Je suis en train de flirter avec lui. Fichtre ! Je flirte par message. Où est donc passée la Constance si timide qui avait du mal à regarder quiconque dans les yeux ?

Ton corps tout entier.

Je mords ma lèvre.

Donc tu es d'accord pour que je me tatoue ton prénom sur… le corps entier ?

Sa réponse ne se fait pas attendre.

Donne-moi le nom du salon, j'arrive !!!

Je m'esclaffe tout en lui donnant l'adresse du Black Bird, puis je reporte mon attention sur Sophia, qui commence à grimacer. Son tatouage est relativement petit, et Freddy avance plutôt vite. Au bout de longues minutes, je reçois enfin le message qui m'indique que *mon* petit ami m'attend devant le salon. J'informe Sophia que Noah m'attend. Elle grogne pour la forme, mais je sais qu'elle est heureuse de me voir heureuse.

Il est là, adossé à sa voiture, vêtu d'un jean bleu brut, d'un pull blanc et de ses baskets bleu marine Fred Perry… mon Dieu !

Je ne vois que lui, il emplit le paysage, tout mon paysage. Je m'approche, et sans attendre je me pends à son cou. Il m'offre un baiser à couper le souffle. Sa langue joue habilement avec la mienne, ses mains parcourent déjà mon dos et il me serre contre lui jusqu'à me soulever. Les jambes dans le vide, je ris avant de l'embrasser à nouveau.

– Bonjour, mon ange.

– Tu es beau…

Il embrasse mon menton, puis mes lèvres, et me repose par terre.

– Allez, monte, aujourd'hui c'est rien que nous deux.

36

– Où est-ce qu'on va ?

– Tu verras.

Il conduit, une main posée sur ma cuisse, et avec son pouce il trace des cercles lents.

– Je voulais me réveiller avec toi ce matin.

– Désolée. J'avais complètement oublié que Sophia voulait se faire tatouer aujourd'hui.

– Et elle avait vraiment besoin de toi ?

– Je lui avais promis que je l'accompagnerais.

Il hoche la tête en esquissant un sourire.

– Tu es fâché ? je demande en caressant sa joue.

– Non, mais je mourais d'envie de me réveiller auprès de toi.

– Moi aussi j'aurais aimé.

– Promets-moi une grasse matinée demain, alors.

– Demain ? Mais…

– Je veux que tu passes encore cette nuit avec moi.

Que répondre ? J'en meurs d'envie. Je souris et me penche pour embrasser sa joue.

– Avec plaisir.

Plus nous arpentons les rues parisiennes, plus je comprends où nous allons. Lorsque Noah se gare sur un parking, je demande, surprise :

– Montmartre ?

– Montmartre !

– Pourquoi ?

Il descend de la voiture et je l'imite. Il ouvre le coffre et en sort une glacière avant de le refermer et de verrouiller les portes, puis il passe un bras autour de ma taille et m'attire contre lui.

– Arrête de poser des questions.

Il écrase ses lèvres sur les miennes, puis il prend ma main dans la sienne et lie nos doigts. Il nous conduit derrière le Sacré-Cœur. Nous descendons quelques marches puis traversons la pelouse avant que Noah ne s'arrête, décidant qu'il a trouvé le bon endroit pour nous installer.

Il est bientôt midi, et quelques rayons de soleil parviennent à percer la grisaille qui s'est installée depuis quelque temps. La chaleur printanière des premiers jours d'avril commence à se faire sentir.

Souriant comme un enfant heureux, mon Noah ouvre la glacière alors que je m'installe sur le sol à côté de lui.

– Tu nous as préparé un pique-nique ?

– Hum hum. Bon, ce n'est pas de la cuisine de chef étoilé, mais…

Il sort des sachets en papier de La Brioche dorée.

– Je ne savais pas ce que tu aimais. Alors j'en ai un au poulet et l'autre au bacon. Choisis.

– Prends ce qui te plaît, je m'en fiche, j'aime les deux.

– Constance ! soupire-t-il. Choisis !

– Poulet.

Il me tend le sandwich en souriant. Il prend deux flûtes en plastique et m'en donne une avant de sortir une bouteille de champagne de la glacière.

– Qu'est-ce qu'on fête ? je demande en riant.

– Nous. Il faut une raison pour boire du champagne ?

Je secoue la tête en souriant et trinque avec lui lorsque nos coupes sont remplies. Je sens des regards posés sur nous, des touristes et des Parisiens qui prennent du bon temps. Certains sont avenants, mais je remarque un peu plus loin deux filles qui regardent mon Noah comme une friandise.

– À nous, dit ce dernier, qui n'a rien remarqué.

J'avale une longue gorgée du délicieux nectar.

– J'avoue que les sandwiches ne collent pas avec le champagne, mais…

– C'est parfait.

Je me penche vers lui et je colle ma bouche contre la sienne. Il passe sa main libre derrière ma tête pour souder nos visages plus fermement. Comme chaque fois que nous nous embrassons, je suis transportée dans un autre monde, un monde où Noah règne.

– Merci, je chuchote contre ses lèvres.

Il me fait un clin d'œil et je reprends ma place. Je jette un rapide coup d'œil en direction des pimbêches. J'espère que le message est passé : chasse gardée !

– Quand est-ce que tu as décidé ça ?

– Juste après mon petit déjeuner. J'avais envie de te rendre la pareille, mais promets-moi que demain on se fera un petit déjeuner au lit.

– Le risque c'est que je ne veuille plus jamais partir de chez toi, si tu me fais des propositions comme ça.

Son sourire se fige.

– Je plaisante, je te taquine, dis-je rapidement, jamais je ne m'imposerais, je sais bien que…

– Ça ne me dérangerait pas. Enfin, si tu en avais envie…

Je me fige à mon tour. Est-ce qu'il me propose de vivre avec lui ?

– Noah, qu'est-ce que tu dis ?

– Je dis juste que chaque fois que tu auras envie de venir, tu pourras. Pour passer plusieurs jours ou juste pour quelques heures.

Je hoche la tête, reconnaissante.

– Merci.

– Maintenant, mange ! Tu as avalé quelque chose ce matin ?

– Oui, je grogne en croquant dans mon sandwich.

Pendant quelques secondes, nous ne disons rien, puis Noah reprend :

– Je dois rentrer chez moi le week-end prochain. C'est l'anniversaire de mon père.

– Oh… tu pars tout le week-end ?

Il acquiesce.

– Et comme maintenant j'ai mon lundi de libre, je pense prolonger un peu.

– Donc tu partirais trois jours.

Il acquiesce une nouvelle fois avant de boire une gorgée de champagne.

Je suis déçue. Je suis triste. Savoir que pendant trois longs jours je ne pourrai pas profiter de son sourire charmeur, de ses bras protecteurs et de ses lèvres délicieuses me donne envie de pleurer. Trois jours sans le voir. Impossible. Et pourtant je n'ai pas le choix.

– Super, dis-je en souriant.

Il lève un sourcil qui signifie : je ne suis pas idiot.

– Est-ce que tu aimerais venir avec moi ?

Second choc de la journée. Après m'avoir dit en gros que sa maison est la mienne, il me propose maintenant d'aller à l'anniversaire de son père, et donc de rencontrer sa famille.

– Si tu ne veux pas, je le comprendrai, ajoute-t-il en voyant mon air abasourdi.

– Mais si je viens ça veut dire que je vais rencontrer tes parents.

– C'est l'idée, oui, dit-il en riant.

– Et… c'est ce que tu veux ? Je veux dire, déjà ? Si tôt ?

– Je me fiche du temps qu'on a passé ensemble, Constance, tu es très importante pour moi et je veux que ma famille puisse faire ta connaissance.

Après le choc, l'émotion. Il veut me présenter à sa famille, je suis très importante pour lui. Je meurs d'envie de lui dire que je l'aime, mais ma pudeur m'en empêche.

– OK.

– Vraiment ?

– Oui, je viens. Je ne pourrai pas passer trois jours loin de toi, de toute façon.

Il sourit avant de se pencher et de m'embrasser tendrement.

– J'espérais que tu dises oui parce que j'ai déjà confirmé ta présence ce matin à ma mère.

J'écarquille les yeux. Alors que je suis sur le point de protester, il reprend.

– Moi non plus je ne voulais pas passer trois jours loin de toi.

Ma main se pose sur sa joue pour la caresser. On se sourit comme deux idiots, mais je m'en fiche, je suis bien. Je suis importante pour lui et c'est tout ce qui compte. Nous finissons de manger en parlant du tatouage de Sophia. Nous remettons tout notre bazar dans la glacière, puis Noah se lève. Je m'apprête à l'imiter lorsqu'il m'arrête d'un geste de la main.

– Reste là, je vais chercher quelque chose.

Je le détaille sans gêne de la tête aux pieds tandis qu'il s'éloigne. Mais qu'est-ce qu'il est beau ! Même de dos, c'est fou !

En attendant qu'il revienne, j'envoie un message à Sophia pour qu'elle me montre son tatouage terminé. J'espère qu'elle ne m'en voudra pas de l'avoir lâchée pour Noah.

– Salut.

Je relève la tête lorsque j'entends une voix masculine tout près de mon oreille.

– Excuse-moi, est-ce que tu aurais du feu ? me demande un homme d'une trentaine d'années, plutôt grand, avec un piercing à l'arcade sourcilière.

– Je ne fume pas.

À mon grand étonnement, il s'installe face à moi. Bordel !

– En fait, je cherchais une excuse pour t'aborder.

– M'aborder ?

En vingt et un ans d'existence, aucun homme ne m'a jamais abordée, je ne vois pas pourquoi ça commencerait maintenant.

– Je te trouve super-mignonne. Tu me donnes ton numéro ? On pourrait se voir un de ces soirs.

Je regarde autour de moi, espérant voir revenir Noah.

– J'ai un petit ami, dis-je en triturant la fermeture de ma veste.

– Oh, vraiment ? C'est dommage, mais tu sais je ne fais pas dans l'exclusif, alors…

Je suis outrée. Non, mais pour qui il me prend ?

– Ça va pas ?! je m'indigne.

– Calme-toi, poupée.

– Un problème ?

Je relève la tête et je vois avec soulagement Noah debout derrière le pot de colle, raide comme un piquet. L'homme relève la tête avant de se remettre debout et de faire face à Noah.

– T'emmerdes ma copine ?

– Je savais pas que c'était ta copine, mec, je pensais qu'elle était libre.

– Je lui ai dit que non, j'interviens, désireuse de montrer à Noah que je n'ai laissé aucun espoir à ce parasite.

– Elle est avec moi, alors barre-toi, assène mon petit ami.

C'est la première fois que je le vois en colère. Ses yeux lancent des éclairs et ses muscles sont contractés. Bizarrement, je le trouve encore plus attirant comme ça. L'homme n'insiste pas et repart, les mains dans les poches, probablement à la recherche d'une nouvelle proie. Noah s'installe face à moi et caresse mon visage.

– Ça va ?

– Oui oui, ne t'inquiète pas.

– Qu'est-ce qu'il te voulait ?

– Rien, n'en parlons pas.

Il fouille mes yeux, je ne sais pas ce qu'il y cherche, mais il ne semble pas le trouver. Il picore mes lèvres avant de m'embrasser plus profondément, mêlant langoureusement sa langue à la mienne.

– Il te voulait.

– N'importe quoi.

– Il te voulait, mais il ne pourra pas t'avoir, parce que tu es *ma* petite amie, *ma* jolie Constance.

Jésus Marie Joseph ! Être sienne, quel bonheur !

– Je suis rien qu'à toi, lui dis-je en plongeant au fond de ses yeux.

Il soude à nouveau nos lèvres avant de rompre le baiser et de retrouver son regard d'enfant.

– J'ai quelque chose pour toi, fait-il en passant une main derrière son dos.

Il en sort un carnet à croquis qu'il me tend en souriant, ainsi qu'un crayon. Je m'empare de son cadeau en lui lançant un regard interrogateur.

– J'aimerais que tu dessines pour moi.

– Oh, Noah… je n'ai jamais montré mes dessins à personne.

– Justement. Je veux que tu dessines pour moi. N'importe quoi, ce que tu veux, ce qui t'inspire, mais j'aimerais que tu me montres à quel point tu es talentueuse.

– Mais peut-être que je ne le suis pas.

– Constance, arrête. Aie confiance en toi s'il te plaît, moi j'ai confiance en toi.

Les larmes me montent aux yeux sans que je puisse rien y faire. Honteuse, je baisse la tête.

– Hé, mon ange… tout va bien ?

– Oui.

Sa main s'enroule autour de mon poignet et il m'attire sur lui. Dès que mes doigts se posent autour de sa nuque, je lâche les vannes.

– Constance, qu'est-ce qui se passe ? demande-t-il en frottant mon dos.

J'enfouis ma tête dans son cou pour le sentir.

– Personne n'a jamais été aussi gentil et compréhensif avec moi.

– Calme-toi, mon ange, souffle-t-il à mon oreille. Tu mérites tellement de bonheur et de douceur, ne doute jamais de toi.

– Ne me laisse jamais, Noah, je suis si bien avec toi, je t'en prie, ne me laisse jamais tomber.

– Je n'en ai pas l'intention.

Je continue de sangloter dans son cou. Il caresse maintenant mes cheveux en nous berçant de gauche à droite.

Il attend patiemment que ma crise passe, puis, lorsque enfin mes larmes se tarissent, il plonge son regard dans le mien.

– Constance, il faut te libérer de tout ça, il faut que tu vives.

– Aide-moi, je murmure dans un dernier sanglot.

Il m'embrasse à en perdre haleine. Sa langue ne laisse aucun répit à la mienne, il m'embrasse comme s'il voulait me dévorer. J'agrippe ses cheveux pour lui rendre ce qu'il me donne avec tout autant de fougue.

– Je ne pourrai jamais te laisser, j'ai trop besoin de toi, chuchote-t-il. Tellement, tellement besoin de toi.

Et il m'embrasse à nouveau, plus tendrement cette fois. Lorsque je suis sur le point de manquer de souffle et surtout de perdre le contrôle, je me détache doucement de lui.

Nous finissons par nous décoller pour de bon et il me montre le carnet ainsi que le crayon, échoués dans l'herbe. Je soupire avant de passer ma main dans mes cheveux. Ce que me demande Noah est énorme. Il me demande de me mettre à nu, de lui montrer cette passion que je garde jalousement pour moi depuis des années. J'angoisse, mais je sais déjà que je vais le faire. Je ferais n'importe quoi pour lui et j'ai envie de lui faire partager mes dessins.

– D'accord. Alors, sers-moi de modèle.

– Tu veux me dessiner ? s'étonne-t-il.

– Oui.

– OK.

J'ouvre le carnet. Comme chaque fois que je suis face à une feuille blanche, je la caresse du plat de la main.

– Est-ce que je dois prendre une pause spéciale ? demande-t-il en redressant les épaules.

– Non, dis-je en riant. Reste comme tu es.

– Est-ce que tu veux qu'on rejoue la scène de *Titanic* ? me taquine-t-il en haussant les sourcils.

J'éclate de rire.

– Peut-être ce soir, je réponds, mutine.

– Constance…, me gronde-t-il.

Je reporte mon attention sur le carnet et trace le premier trait. Ça y est, je suis lancée. Je n'ai presque pas besoin de regarder Noah pour dessiner ses traits. Plongée dans la réalisation de mon œuvre, je perds toute notion du temps. J'en oublierais presque mon modèle. Lorsque je jette un œil dans sa direction, je constate qu'il est maintenant allongé, les bras derrière la tête, les yeux fermés. Mon Noah…

Je pose mon carnet de croquis ainsi que le crayon et je rampe jusqu'à lui. Mes cheveux tombent sur son visage et il esquisse un sourire.

– Je n'ai pas le bon profil ?

– Tu es parfait.

Il ouvre les yeux, passe un bras autour de moi, me faisant tomber contre lui.

– J'ai terminé, chef.

Je frotte mon nez contre le sien.

– Montre-moi.

J'attrape mon dessin et j'expire avant de le lui montrer. Il fixe d'abord la feuille, sans réaction aucune. Je le savais, je suis aussi douée qu'un manche à balai. La honte. Je crie partout que je veux faire une école d'art et je n'ai aucun talent.

– Constance… commence-t-il en se redressant.

Je me retrouve à genoux. Ses yeux montent et descendent sur la feuille, mais je n'arrive toujours pas à déchiffrer son expression.

– C'est superbe. C'est magnifique…

Il aime. Noah aime mon dessin.

Peu importe si personne ne s'intéresse jamais à ce que je fais ou si je n'entre jamais dans une école d'art. Noah aime ce que je fais. J'ai tout gagné.

37

– Je peux le garder ?

– Si tu veux.

Noah détache la feuille sur laquelle trône son portait. Nous sommes dans sa chambre, plus précisément affalés sur son lit. Je suis allongée sur lui, la tête posée sur son torse. Je suis bien. Vraiment bien.

– Je vais peut-être l'encadrer.

– N'importe quoi.

– Tu ne m'en crois pas capable ?

– Si tu savais combien de portraits de toi j'ai déjà faits.

Je rougis en réalisant ce que je viens d'avouer. Il va me prendre pour une folle.

– Tu m'as déjà dessiné ? Quand ça ? demande-t-il en passant un bras derrière sa tête.

– Quand tu me manquais.

Il passe son pouce sur ma joue, le long de ma mâchoire, et termine sur ma lèvre inférieure.

– Je te manque souvent ?

– Trop souvent.

Il attire mon visage vers le sien.

– Ma jolie Constance, souffle-t-il avant de m'embrasser.

Son téléphone sonne, nous coupant dans notre élan. Noah lui jette un coup d'œil avant de l'ignorer et de reporter son attention sur moi.

– Pourquoi tu ne réponds pas ? je demande en lui rendant ses baisers.

– Ce n'est pas important.

La sonnerie s'arrête. Il bascule sur le lit, me surplombant de sa carrure athlétique.

– J'ai envie de m'occuper de toi.

Ses doigts défont lentement les boutons de mon chemisier. Sa langue balaie déjà mon ventre, elle remonte jusqu'à mon soutien-gorge. Son téléphone sonne à nouveau. Noah l'ignore encore une fois.

– C'est peut-être urgent, dis-je en haletant.

– Non, ça ne l'est pas.

Ses lèvres trouvent les miennes. J'essaie de me concentrer, mais le bruit incessant de la sonnerie m'en empêche.

– Noah, tu devrais décrocher.

Il se redresse et soupire, exaspéré. Il prend son téléphone pour le mettre en mode silencieux avant de revenir sur le lit.

– Pourquoi tu ne veux pas décrocher ?

– Constance, est-ce qu'on pourrait se concentrer sur autre chose, s'il te plaît ? En l'occurrence sur nous.

Je détaille ses yeux chocolat. Il semble contrarié sans que je ne comprenne pourquoi.

– Qui essaie de te joindre, Noah ? je demande en m'asseyant et en refermant les pans de mon chemisier.

– Comment ça, qui essaie de me joindre ?! Personne d'important.

– Est-ce que c'est la fille dont tu gardes la photo dans le tiroir de ta commode ?

Ma pique cinglante est sortie toute seule. L'attitude de Noah me pousse à croire qu'il me cache quelque chose. L'idée que cela puisse avoir un rapport avec cette femme me rend folle de jalousie.

– Une femme ? De quelle femme tu parles ?

– La photo que tu gardes précieusement dans ce tiroir.

Je pointe la commode du doigt. Comme il fait l'étonné, je me lève et ouvre le tiroir. Là, sous quelques vêtements, je la trouve et j'évite soigneusement de croiser leurs regards heureux.

– Mais qu'est-ce que… tu as fouillé dans mes affaires ? s'écrie-t-il en se levant.

– Je n'ai pas fouillé. Je voulais un tee-shirt à toi et je suis tombée dessus.

– Je ne sais pas ce que cette photo fait là, dit-il en s'approchant de moi.

– Ne mens pas, Noah. Il y a écrit je t'aime juste derrière, ne me fais pas croire que tu ne sais pas ce que cette foutue photo fait là.

Il me prend la photo des mains et sort de la chambre. Je le suis en reboutonnant ma chemise. J'ai peur de ce qu'il peut me dire, mais je dois savoir ce que représente cette femme pour lui.

– Noah, dis-moi qui c'est !

– Personne.

Il déchire la photo en petits morceaux et la jette dans la poubelle de la cuisine, sous mes yeux ébahis.

– Problème résolu.

Je n'arrive pas à le croire. Problème résolu ? Juste comme ça ?

– C'est elle.

– Qui, elle ?

– Arrête de nier, je m'agace. C'est elle, celle avec qui tu as eu une aventure, celle que tu as aimée.

– Constance…

– Réponds-moi. Est-ce que c'est elle, oui ou non ?

– OUI ! Tu es contente ? En quoi ça t'avance ?

Je hoche la tête et passe mes bras autour de moi comme pour me protéger.

– Est-ce que tu l'aimes encore ?

– Je te l'ai déjà dit. Je ne ressens plus rien pour elle, s'énerve-t-il.

– Alors pourquoi ?

– Mais je ne sais pas, moi ! J'ai dû l'oublier lorsque j'ai fait le tri. Tu crois vraiment que je m'amuserais à garder la photo d'une autre alors que tu es là ? C'est absurde, Constance.

Il s'approche pour me prendre dans ses bras, mais je recule d'un pas.

– Est-ce que c'est elle qui t'a appelé ? Dis-moi la vérité.

– Oui, répond-il sèchement.

Coup au cœur.

– Je croyais que vous n'étiez plus en contact.

– Je ne lui ai pas répondu.

– Parce que j'étais là ?

– Mais merde à la fin, en quelle langue il faut que je te le dise ?

– Tu as gardé une photo de ton ex, elle t'appelle encore alors c'est normal que je me sente en concurrence, non ? je balbutie.

– En concurrence ? Arrête, Constance, ton manque de confiance en toi me gonfle.

Coup au cœur.

Je le savais. Je savais qu'il finirait par se lasser de mes doutes, de mes faiblesses, de ma sensibilité exacerbée, je le savais, mais ça fait mal quand même.

– Si je pouvais être une fille sûre d'elle je le serais, Noah.

– Constance.

– Qu'est-ce que tu veux ? Que je m'excuse ? Parfait, je suis désolée. Je voudrais tellement pouvoir être jolie, ou même rien que me sentir jolie. Je rêve d'être une autre et non pas la potiche geignarde que je suis actuellement. Je suis comme ça, Noah, je pleure pour un rien, j'ai du mal à regarder les autres dans les yeux, j'ai toujours peur qu'on me prenne à partie et j'en passe. Je suis bourrée de défauts et si je pouvais changer je le ferais. J'aimerais avoir confiance en moi, mais c'est impossible parce que chaque fois que j'essaie quelqu'un me rappelle à quel point je suis nulle.

– Constance, arrête…

– Je t'aime, Noah. Tu ne le vois pas ? Je suis folle amoureuse de toi et j'essaie d'être quelqu'un de bien pour toi, quelqu'un dont tu n'aurais pas honte, j'essaie de te mériter, mais si tu en aimes une autre… dis-le-moi maintenant, s'il te plaît, ne me laisse pas espérer pour rien.

Je suis en pleurs, évidemment. Je viens de cracher tout mon mal-être, mes doutes, mais surtout mes sentiments… et j'attends. J'attends qu'il dise quelque chose, qu'il réagisse, mais il ne fait rien, il reste là, les bras ballants, à me fixer comme si j'étais une bête curieuse.

Comprenant qu'il ne dira rien, j'essuie mes larmes du revers de la main avant de m'éclaircir la gorge.

– Tu ne dis rien ?

Il cligne des yeux, mais reste toujours sans réaction.

– Je ne t'embête pas plus longtemps.

Je fais volte-face et retourne dans la chambre. Mes larmes coulent toutes seules alors que je me baisse pour attraper le sac qui contient mes affaires. Je rapatrie les quelques petites choses que j'ai laissées dans sa chambre et je les range, seule, en silence.

Je referme mon sac. La porte de la chambre claque. Il est là, derrière moi. J'ai besoin de lui, de ses bras, mais je me sens trop humiliée pour l'approcher ou même le regarder.

– Regarde-moi !

Sa voix claque dans l'air. Je me retourne, surprise de le sentir en colère.

– Tu essaies d'être quelqu'un dont je n'aurais pas honte ? Qu'est-ce que c'est que ces conneries ?

Je suis estomaquée.

– C'est tout ce que tu retiens ? De tout ce que je t'ai dit, c'est ça que tu as retenu ?

– Est-ce que tu te rends compte de ce que tu viens de dire ? C'est ridicule, jamais je ne voudrais que tu sois une autre personne que toi-même.

Il s'approche de moi à grands pas, prend le sac que j'ai dans les mains et le jette à travers la pièce.

– Noah !

– Ne dis plus jamais que tu n'en vaux pas la peine, tu m'entends ?!

– Tu m'en veux ? je m'étrangle.

– Bien sûr que je t'en veux. Est-ce que tu te rends compte qu'en l'espace de quelques minutes tu t'es rabaissée plus bas que terre ? Je suis furieux, putain ! Comment tu peux penser ça de toi ? Ça me bouffe de te voir comme ça.

Il passe une main derrière ma nuque et me rapproche de lui.

– Je suis fier de toi, fier d'être *avec* toi. Tu n'es pas bourrée de défauts, Constance, et tu n'as pas le droit de le penser. Regarde-toi dans une glace, aie conscience de la femme magnifique, douce et intelligente que tu es, s'il te plaît. Je n'ai personne d'autre dans ma vie que toi, tu comprends ? Cette femme fait partie de mon passé. Je ne veux pas que tu te compares à elle ni à personne d'autre. Tu es parfaite comme tu es… et je t'aime comme tu es.

Je retiens mon souffle. Est-ce qu'il l'a dit ?

– Bien sûr que je t'aime, Constance, comment tu peux en douter ?

– Pourquoi tu ne me l'as jamais dit ?

– Parce que je n'ai rien à t'offrir. Regarde-toi, regarde-nous. Nous sommes deux exacts opposés. La vie que je mène n'est pas bonne pour toi.

– *Tu* es bon pour moi.

– Qu'est-ce que tu es têtue… je ne veux pas qu'un jour tu réalises que cette relation est absurde et que tu veux autre chose.

– Absurde ? Noah, tu es tout sauf absurde, et cette relation est la chose la plus précieuse que j'aie !

– Viens là, murmure-t-il en m'attirant contre lui. Calme-toi.

– Mais je suis calme, dis-je en le repoussant. J'en ai juste marre, tu comprends ? Tout le monde m'a toujours dit ce que je devais faire, mais pas toi.

– Je ne te dirai jamais ce que tu dois faire, Constance.

– J'ai le droit d'être en colère d'avoir trouvé la photo d'une ex-petite amie dans ta commode.

– Tu as le droit.

– Et j'ai le droit de douter de moi parce que c'est ce que j'ai toujours fait.

– Tu n'en as aucune raison.

– Et j'ai le droit de te dire je t'aime même si tu ne veux pas l'entendre.

– Tu as le droit et je veux l'entendre.

– Et toi aussi tu as le droit de m'aimer et tu as surtout le droit de me le dire.

– Je te le dis, Constance… je t'aime.

– Bien.

J'expire bruyamment et je tente de me calmer.

– Et est-ce que j'ai le droit de t'embrasser, maintenant ? demande-t-il avec un sourire dans la voix.

Il a juste à tendre la main pour attraper la mienne et me ramener à nouveau contre lui.

– Ne doute plus, tu es parfaite pour moi, est-ce que ce n'est pas le principal ?

– Si.

À peine lui ai-je répondu qu'il m'embrasse avec force et détermination. Il me soulève dans ses bras et je m'accroche à lui comme s'il était le fil qui me retenait à la vie. Je crois qu'inconsciemment c'est exactement ce qu'il est.

– Tu allais partir ? souffle-t-il.

Il passe ses bras sous mes fesses pour me soutenir.

– Tu voulais t'en aller ?

– Je croyais que tu ne voulais plus de moi, je chuchote en lui rendant baiser pour baiser.

Il marche à travers la chambre et pousse mon sac du pied.

– Je te veux, Constance, tu n'imagines pas à quel point je te veux.

Il ouvre la porte de la salle de bain en me gardant dans ses bras.

– Je t'aime, lui dis-je.

Maintenant que le premier est sorti, je ne peux plus retenir les autres je t'aime que j'aimerais crier.

– Je t'aime aussi.

– Dis-le encore.

Il me repose en continuant de dévorer mes lèvres.

– Je t'aime, Constance Pradel.

Ma peau se couvre de chair de poule lorsque je l'entends me dire ces mots. Il m'aime. Noah est amoureux de moi. J'ai envie de rire, de pleurer, de hurler ma joie et tout ça en même temps.

Ses doigts défont les boutons de ma chemise avant de la jeter au sol.

– Tu es belle, mon ange, j'aimerais que tu te voies avec mes yeux.

Ses dents râpent mon menton, descendent sur mon cou en mordillant ma peau.

– Mon Noah, je gémis en passant les mains sous son pull.

Il tend son bras derrière moi et ouvre le robinet de la douche.

– Viens prendre une douche avec moi.

C'est un ordre. J'obéis avec plaisir, je suis incapable de lui refuser quoi que ce soit.

Je m'attaque déjà au bouton de son pantalon lorsque la sonnette de l'appartement retentit. Nous nous figeons tous les deux avant qu'il ne reprenne sa divine torture en passant ses mains dans mon jean pour aller caresser mes fesses.

– Noah… tu devrais y aller.

– Ils finiront bien par partir.

La sonnette retentit à nouveau et il soupire dans mon cou.

– Est-ce qu'on va finir par nous foutre la paix ?

Il passe sa main dans ses cheveux et me sert un regard déterminé.

– J'expédie le problème en cinq minutes et je suis à toi.

Il m'embrasse avant de quitter la salle de bain.

Je tremble d'impatience de le voir revenir pour continuer ce qu'il a commencé. Je me déshabille entièrement pour lui faciliter la tâche, mais après de longues minutes passées seule, je décide d'aller voir ce qu'il fait.

Je m'enroule dans une grande serviette, j'arrête l'eau de la douche et passe la tête dans l'encadrement de la porte de la salle de bain.

– Noah ?

J'entends deux voix, dont celle de Noah. Je n'arrive pas à identifier la seconde, mais c'est une voix de femme.

Je me déplace sur la pointe des pieds jusqu'à la porte d'entrée.

Mon corps se fige, ma respiration se coupe.

Noah se retourne en m'entendant arriver, mais je ne le regarde pas. Mon regard est rivé sur la femme qui se tient, en larmes, sur le palier de la porte.

C'est elle. La femme de la photo.

38

Qu'est-ce qu'elle fait là ? Bon sang, mais qu'est-ce qu'elle fait là ? Et pourquoi elle est en larmes ? Elle me dévisage de la tête aux pieds et, l'espace d'un instant, j'ai l'impression qu'elle va se jeter sur moi pour m'étrangler. Noah s'approche de moi, passe son bras autour de ma taille et me murmure à l'oreille :

– Je ne savais pas qu'elle viendrait, je ne sais même pas comment elle a trouvé mon adresse.

Je prends soudain conscience de ma nudité et je resserre la serviette pour me protéger.

– Je pensais que Noah était seul, dit-elle sèchement.

– Émilie, va-t'en !

Émilie. C'est donc le prénom de mon ennemie, parce qu'en voyant son regard je comprends que nous sommes ennemies. Elle veut Noah, mais elle ne le voudra jamais autant que moi.

– Je dois te parler, Noah.

– Pour la dernière fois, je n'ai rien à te dire.

– Mais tu ne peux pas me laisser comme ça, s'écrie-t-elle en se remettant à pleurer.

J'ai l'impression de me retrouver au milieu d'une dispute de couple, je me sens mal à l'aise, pas à ma place.

– Je vais m'habiller.

Je me dirige vers la salle de bain et m'habille à toute vitesse. Je dois l'avouer, j'ai peur de les savoir seuls, j'ai peur qu'il ait encore des sentiments pour elle même s'il m'a assuré le contraire. Lorsque je sors de la salle de bain, ils sont au milieu de la cuisine. Noah se pince l'arête du nez, quant à elle, elle semble encore plus désespérée que tout à l'heure. Mais ce qui me révolte c'est de voir sa main parfaitement manucurée sur l'avant-bras de Noah. De *mon* Noah.

Je m'approche de lui et passe un bras autour de sa taille pour bien signifier à l'ennemie qu'il m'appartient. Noah m'entoure de ses bras et me serre contre lui.

– Sors d'ici, Émilie, et ne reviens plus.

– Je n'ai nulle part où aller, Noah, tu vas me jeter à la rue ? chouine-t-elle.

– Prends-toi un hôtel, tu en as les moyens, il me semble.

– Oscar m'a coupé les vivres, je n'ai plus rien.

Je ne comprends pas très bien. Noah est agacé, mais je vois que les paroles de cette mante religieuse l'atteignent.

– Rien qu'une nuit…

Je me tends immédiatement. Une nuit… ? Ne me dites pas qu'elle lui demande de…

– Son mari a appris que… qu'elle utilisait les services des gars de l'agence et il l'a mise dehors.

Et merde ! Je comprends mieux, maintenant. Je me surprends à éprouver de la peine pour elle tout en me disant que ma bonté me perdra.

– Tes services, Noah, je n'ai utilisé que *tes* services, clame-t-elle en esquissant un sourire à faire froid dans le dos.

– Tu la fermes ! assène mon petit ami.

Le silence s'installe. L'atmosphère est oppressante dans la cuisine. Noah prend soudainement ma main et nous entraîne au pas de course dans la chambre. Je suis déconcertée lorsqu'il claque la porte et enserre fermement ma taille.

– Est-ce que ça t'embête ?

Je cligne des yeux, complètement perdue.

– Qu'est-ce qui m'embête ?

– Ce ne serait que pour une nuit juste parce qu'elle ne sait pas où aller.

Mon cerveau met de longues minutes avant d'emmagasiner ce qu'il me dit. Il veut qu'elle reste ? Ici ? Cette nuit ?

– Tu… tu veux qu'elle dorme ici ? je demande en ouvrant de grands yeux.

– Elle dormira sur le canapé et partira aux aurores.

– Tu es sérieux ?

– Je te demande ce que tu en penses, Constance, si tu ne veux pas je la renvoie sur-le-champ.

Je suis estomaquée, déçue, dégoûtée. Après la dispute que nous avons eue tout à l'heure, il pense sérieusement que j'ai envie de voir son ex passer la nuit ici, sous *notre* toit ? Un terrible sentiment m'assaille lorsque je réalise qu'il éprouve toujours quelque chose pour elle. À présent c'est clair, il me promet monts et merveilles, mais dès qu'elle rapplique il fait tout pour l'aider. Je ne suis qu'un jouet pour lui, qu'une passade, rien de plus.

– Fais comme tu veux, Noah, je n'ai pas à te dire ce que tu dois faire. Tu es chez toi, m'entends-je lui dire d'une voix étonnament calme.

Il inspire en fermant les yeux avant de les rouvrir et de m'embrasser.

– Tu es vraiment parfaite, Constance, je suis tellement chanceux de t'avoir.

Et il sort de la chambre, comme ça, comme un courant d'air.

Je n'ose plus bouger tellement je suis sous le choc. Il est chez lui, bien sûr qu'il a le droit d'y faire ce qu'il veut, mais pas ça ! Tout sauf ça !

Inconsciemment, je lui ai laissé le choix. Dire non et me choisir, dire oui et la choisir elle. Il l'a choisie, évidemment. Je me retrouve comme une idiote au milieu de la chambre. Je n'ai pas à supporter une humiliation de plus. Je ramasse mon sac qui gît encore sur le sol et le passe sur mon épaule. Je quitte la pièce et sans me préoccuper de ce qu'ils font, je fonce vers la porte d'entrée.

– Constance ? Constance où tu…

Je n'entends pas la fin de sa phrase, je claque la porte et me dirige d'un pas décidé vers l'ascenseur.

– CONSTANCE ! Bordel, mais attends, où tu vas ? demande Noah en me rattrapant.

– Je rentre chez moi, je réponds en appuyant sur le bouton et en évitant soigneusement de croiser son regard.

– Chez toi ? Putain je ne comprends rien, qu'est-ce qui se passe ?

– Vraiment ? Tu ne vois pas ? j'explose en me tournant vers lui. Il est hors de question que je me retrouve dans la même pièce qu'elle. Et encore moins que je dorme sous le même toit qu'elle avec toi.

– Mais je viens de te demander si tu y voyais un inconvénient et tu as dit non !

– Ce n'est pas ce que j'ai dit, Noah, je t'ai dit de décider par toi-même et tu l'as fait. Tu l'as choisie !

– Je l'ai choisie ? Mais de quoi tu parles ? C'est faux, je ne l'ai pas choisie, enfin, Constance, qu'est-ce que tu me fais, là ?

– Qu'est-ce que je te fais ? Et toi, alors, qu'est-ce que tu me fais, à part m'humilier sans arrêt ?

Il recule comme si je l'avais giflé.

– Je t'humilie ? répète-t-il, dégoûté.

– C'est la troisième fois. La première c'est quand tu m'as demandé de l'argent après m'avoir fait l'amour, la seconde c'est tout à l'heure lorsque tu m'as regardée comme si j'étais une demeurée alors que je t'avouais que je t'aimais, et la troisième… c'est tout de suite, en laissant cette femme dormir chez toi en sachant pertinemment à quel point je vais en être blessée.

Je ravale un sanglot.

– C'est trop pour moi.

Les portes de l'ascenseur s'ouvrent enfin.

– C'est ce que tu penses de moi ? Que je t'humilie ? rugit-il. Je t'aime, putain, tu comprends ça ? Je. T'aime ! Je me fiche d'elle, je vais la mettre dehors.

– Ton invitée t'attend.

J'entre dans la cabine et appuie sur le bouton du rez-de-chaussée. Je tiens bon, je me bats contre moi-même, contre l'envie de me réfugier dans ses bras.

Je me bats aussi contre mes larmes, que je n'autorise à couler que lorsque les portes de l'ascenseur se referment.

39

Je suis assise dans le métro, les écouteurs vissés dans les oreilles. Je me laisse bercer par la voix de Sia et m'imprègne des paroles de *Fire meet gasoline*.

Nous sommes lundi, une nouvelle semaine commence, la routine se réinstalle. Bizarrement, ce trajet quotidien ne m'angoisse plus autant qu'avant, parce que dans quelques jours je ne le ferai plus. J'ai décidé d'arrêter la fac dans deux semaines. Ce qui m'angoisse, c'est de l'annoncer à Sophia, elle ne le sait pas encore et j'ai peur qu'elle se sente abandonnée.

Nous sommes lundi et je n'ai pas eu de nouvelles de Noah, ou plutôt, je n'ai pas répondu à ses appels et ses messages depuis que je suis partie de chez lui samedi soir. Je n'arrive pas à passer au-dessus de ce qu'il m'a fait, je n'arrive pas à dédramatiser. J'ai besoin qu'il me choisisse, je ne veux pas passer au second plan, et s'il n'arrive pas à le comprendre notre relation est vouée à l'échec.

Je sais qu'aujourd'hui il ne travaille pas. J'ai l'estomac noué rien que de penser qu'il passe peut-être sa journée avec elle.

Le métro s'arrête et je me faufile entre les portes pour sortir plus vite. Juste avant que je ne pose un pied sur le quai, je sens une main glisser sur mes fesses. Cette fois, ça suffit. Je me retourne, furieuse, prête à en découdre. Cela fait des semaines qu'un foutu pervers se permet de me peloter quand je prends le métro seule. Jusqu'à maintenant je n'ai jamais réussi à lui mettre la main dessus. Mais cette fois c'est différent. J'en ai marre d'être une victime, j'en ai marre d'encaisser sans rien dire. L'homme qui se tient devant moi est petit, trapu, et tourne autour de la cinquantaine. Il écarquille les yeux lorsqu'il comprend que je l'ai pris sur le fait. Je suis furieuse. Je le gifle si fort que je m'en étonne moi-même.

– Espèce de pervers ! Je pourrais être votre fille, gros dégueulasse.

Mes éclats de voix alertent des passagers sur le quai.

– Vous allez bien ? me demande une femme en fixant l'homme d'un air suspect.

Ce dernier se tient la joue, immobile, tétanisé. Puis il file hors du métro et s'éloigne sur le quai à vive allure. L'adrénaline court dans mes veines. J'ai tenu tête à quelqu'un. Je me suis défendue. Je suis fière de moi. Lorsque j'ai rassuré la femme à mon sujet, je quitte à mon tour le métro et pars en direction de la fac.

Je remets mes écouteurs et cherche une musique apaisante pour calmer mes nerfs à vif. Les premières notes de *Amen Omen* de Ben Harper retentissent, et je sens l'émotion me gagner. Je repère Sophia sur les marches devant la fac. Cette dernière rit en agitant ses cheveux face à Thomas, en admiration.

Je les salue et nous nous rendons tous les trois en cours. Je sens le regard de Sophia sur moi, elle sait que quelque chose ne va pas. Il nous reste quelques minutes avant que le cours d'anglais ne commence. Je la vois sur le point d'attaquer son interrogatoire, mais je la devance.

– J'ai giflé quelqu'un ce matin.

Ma pauvre Sophia ne s'attendait tellement pas à cette révélation qu'elle en reste bouche bée.

– Tu quoi ?

– Tu sais que ça fait quelque temps que je me fais peloter dans le métro. Chaque fois que je descends sur le quai, je sens une main qui frôle mes fesses.

Elle acquiesce, suspendue à mes lèvres.

– Eh bien, ce matin, ça a recommencé. J'étais furieuse, je veux dire, je ne suis pas un objet, on ne peut pas tout se permettre avec moi.

– Et donc ?

– Je me suis retourné à temps pour le prendre en flagrant délit. Et je l'ai giflé.

– La vache ! Comme ça ?

– Oui, comme ça. Et je l'ai traité de pervers et de gros dégueulasse.

En expliquant ma mésaventure à Sophia, je réalise que j'aurais pu tomber sur un fou furieux. Qu'il aurait pu me faire du mal. Je n'ai pas réfléchi, pour la première fois de ma vie, je n'ai pas contrôlé mes réactions. Mais je ne regrette pas, loin de là.

– Putain ! Tu ne m'avais pas dit que tu menais une double vie. Constance Pradel toute mignonne et timide le jour et Rambo à tes heures perdues ?

Je ris en cachant mon visage dans mes mains.

– Je suis fière de toi.

– Merci, ma Sophia.

Je l'embrasse sur la joue, j'ouvre mon sac et en sors mon ordinateur portable. Ma meilleure amie continue de me fixer.

– Et avec Noah, tout va bien ?

– Bien sûr.

Je ne développe pas plus. Elle me connaît par cœur, elle lit si facilement en moi que c'en est terrifiant. Je sais qu'elle ne croit pas un mot de ce que je lui dis. J'attends qu'elle attaque, je n'y couperai pas.

– Qu'est-ce qu'il a fait ?!

– Sophia…

– Constance !

– Je n'ai pas envie d'en parler, s'il te plaît, j'ai envie de calme.

– Comme tu veux, dit-elle en se calant contre le dossier de son siège.

Je reçois un message au moment où je sors le carnet de croquis que Noah m'a donné il y a deux jours.

Je ne comprends pas pourquoi tu ne donnes aucun signe de vie. Donne-moi au moins une explication, ne me laisse pas comme ça.

J'ai mal. J'ai mal de le savoir mal, mais je n'arrive pas à oublier qu'il voulait l'aider. Comment pourrais-je ne pas me sentir en concurrence avec cette femme qu'il a aimée ? Je jette un coup d'œil à ma meilleure amie, qui semble contrariée. Je soupire avant de poser ma tête sur son épaule.

– Ma Sophia, dis-je tout bas.

– Dis-moi si je peux t'aider, Constance. Il t'a fait de la peine ? Tu veux que j'aille lui casser la gueule ?

Je ris et secoue la tête. C'est elle, Rambo. Je regarde ma précieuse Sophia et décide que c'est le bon moment pour lui annoncer ma décision. J'inspire profondément pour me donner du courage.

– J'arrête, Sophia.

– Tu arrêtes ? Mais tu arrêtes quoi ? Ta relation avec lui ?

Je me redresse pour pouvoir lui faire face. Je secoue tristement la tête et je vois qu'elle comprend avant que je n'aie pu parler.

– J'arrête la fac dans deux semaines.

Elle qui est si souvent souriante, cette fois, elle ne sourit plus. Ses yeux sont écarquillés. Son visage pâlit même un peu.

– Tu plaisantes, j'espère ?! Tu ne peux pas arrêter comme ça. Pourquoi ? Pour lui ? C'est lui qui t'y oblige ?

– Quoi ? Non ! C'est ma décision, tu sais très bien que je n'ai jamais eu ma place ici.

– Mais, Constance, qu'est-ce que tu vas faire ?

Je dois avouer que je n'ai pas la réponse à cette question, je sais juste que j'en ai fait plus que je ne pouvais le supporter et que je dois mettre fin à cette mascarade le plus rapidement possible.

– Je ne sais pas, mais je ne veux plus me forcer à faire quelque chose qui me rend malade.

– Et moi ? Tu vas me laisser comme ça ?

– Sophia…

– J'ai toujours été là pour toi, Constance, et toi tu décides sur un coup de tête que la fac ne te plaît plus et que tu t'en vas ?

– Ce n'est pas une décision irréfléchie. Tu vois bien que mes notes ne suivent pas, que j'y vais à reculons… Je veux faire autre chose de ma vie.

– Je vois que quoi que je te dise, tu ne changeras pas d'avis.

Je secoue lentement la tête. Elle se détourne de moi pour allumer son ordinateur portable.

– Sophia.

M. Miles, notre professeur, arrive, et je ne peux malheureusement pas expliquer à ma meilleure amie que je prends cette décision pour moi, pour mon bien, qu'il est question de ma survie.

Je passe l'heure de cours à dessiner, je n'ai pas besoin de me concentrer sur ce que dit le prof, je parle parfaitement l'anglais. Je me suis préparée depuis longtemps à exaucer mon rêve américain, et ça a commencé par l'apprentissage de la langue. Je me suis forcée à regarder mes séries préférées en VO, j'ai regardé des films américains, lu des livres, écouté des chansons, bref, j'ai tout fait pour parler couramment anglais.

Sophia m'ignore royalement pendant une heure. Je comprends sa réaction, mais je ne regrette pas ma décision. Je sais qu'elle finira par comprendre. Ce choix me réconcilie avec moi-même, et je compte bien persévérer dans cette voie.

40

NOAH

Toujours pas de réponse à mon message. Décidément, les femmes sont bien complexes. Je ne vois pas ce que j'ai fait de mal. Si seulement elle était restée au lieu de se braquer comme ça et de me fuir. Dès que l'ascenseur l'a emmenée, je suis retourné dans mon appartement, furieux, et j'ai jeté Émilie dehors. J'ai rappelé Constance, je l'ai inondée de messages, mais rien.

Je l'aime, putain, je le lui ai dit, comment peut-elle ne pas l'avoir compris ? Je sais qu'elle a du mal à faire confiance aux autres, mais merde, elle devrait savoir qu'elle peut avoir confiance en moi !

J'ai l'impression de ne pas faire ce qu'il faut avec elle, elle est tellement émotive, j'ai peur de la blesser sans le vouloir. Je meurs d'envie de la voir et de la serrer contre moi. J'aime la façon dont son corps se blottit contre le mien, j'aime la sentir près de moi, la protéger de mes bras. Elle me manque. J'ai envie d'aller l'attendre devant la fac, mais je ne sais même pas si elle y est. J'ai pensé à passer chez elle, mais si je tombe sur son père ça ne fera que lui apporter des ennuis. Oh, et puis merde ! J'ai envie de la voir, alors je la verrai. J'enfile rapidement des vêtements, je prends les clés de ma voiture et décide de commencer par la fac.

Ma Constance. Ma douce, ma jolie Constance.

J'arrive enfin à bon port. J'entre sans me poser de questions à l'intérieur de l'université. Je ne sais pas comment je vais la trouver, mais si elle est encore ici elle ne m'échappera pas.

Je déambule à la recherche du secrétariat, et après quelques détours je le trouve. Une femme est à l'accueil. Mes chances d'avoir l'information que je veux viennent d'augmenter.

– Bonjour, dis-je en lui servant mon sourire charmeur.

Elle me lance un regard par-dessus ses lunettes avant de poser les enveloppes qu'elle tient.

– Est-ce que vous pourriez me dire dans quelle salle se trouve Constance Pradel, s'il vous plaît ?

– Vous êtes inscrit dans cette université ?

– Non.

– Et qu'est-ce que vous lui voulez, à cette jeune fille ?

– Lui parler. C'est personnel.

La femme pose une main sur sa hanche et plisse les yeux.

– Vous croyez vraiment que je vais vous livrer des informations sur une étudiante alors que je ne vous connais ni d'Adam ni d'Ève et qu'elle ne vous connaît probablement pas non plus ?!

– Je suis son frère.

Je débite la première connerie qui me vient à l'esprit. Son frère. On ne se ressemble absolument pas, mais notre couleur de cheveux ainsi que celle de nos yeux peut peut-être aider à le faire croire. Il en faut parfois peu pour trouver des airs de famille.

– Son frère ?

– Oui, son frère. J'étudie à New York, et ça fait plus d'un an que je n'étais pas revenu, mais comme c'est bientôt l'anniversaire de notre père… enfin bref, j'aimerais faire une surprise… à ma petite sœur.

Je m'impressionne moi-même de la rapidité avec laquelle j'ai mêlé ma vie à celle de Constance pour inventer une excuse valable. Après un autre sourire charmeur, elle finit par abdiquer puis par se tourner vers son ordinateur.

– Quelle année ?

– Deuxième année.

Elle pianote sur son ordinateur puis se tourne vers moi, le sourire aux lèvres.

– Deuxième étage, amphithéâtre 3. Le cours se termine dans dix minutes.

– Merci, dis-je en courant presque hors du secrétariat.

Je monte l'escalier et cherche l'amphi n° 3, que je trouve rapidement.

Dix minutes. Dix minutes à attendre que Constance sorte de là. Je suis tellement impatient de la voir et de m'expliquer avec elle que je tiens difficilement en place.

J'ai l'impression d'attendre depuis des heures lorsque enfin un premier étudiant sort, bientôt suivi par Sophia, visiblement furieuse, que je salue mais qui ne me lance pas le moindre regard.

Et puis elle sort à son tour, elle est là et elle semble courir après son amie. Ma Constance. Lorsqu'elle me voit, elle stoppe net et ses yeux s'écarquillent.

– Noah ? Mais qu'est-ce que tu fais là ?!

– Tu ne veux peut-être pas me parler, mais moi j'ai des choses à te dire.

Sans lui laisser le temps de réfléchir, j'attrape sa main et je l'entraîne à travers les couloirs.

– Attends, ralentis !

Je ne l'écoute pas. Je veux sortir d'ici avec elle le plus rapidement possible.

– Noah, attends, dit-elle en trottinant derrière moi. J'ai besoin de parler avec Sophia.

Je m'arrête et me retourne brusquement. Constance s'écrase contre mon torse. Je m'empresse de passer mes bras autour d'elle. Elle ne doit pas m'échapper.

– Non, je n'attends pas, Constance. Ça fait deux putains de jours que tu fais la morte et il est hors de question qu'on passe une heure de plus dans cette situation. J'ai besoin de te parler, de mettre les choses au clair, alors tu vas venir avec moi, même si je dois te porter pour sortir d'ici.

Je détaille ses prunelles noisette pendant qu'elle détaille les miennes. Bon sang, qu'elle est belle ! J'espère qu'elle ne va pas faire de difficultés parce que j'ai besoin de régler cette histoire au plus vite. Je veux retrouver ma jolie Constance.

Elle avale sa salive, ses yeux descendent sur mes lèvres et je sais qu'elle a autant envie que moi qu'on s'embrasse.

– D'accord, souffle-t-elle.

Je retire une main de ses hanches pour la passer dans ses cheveux avant de caresser son nez avec le mien et de capturer ses lèvres. J'ai l'impression d'avoir été un junkie en sevrage pendant quarante-huit heures et de pouvoir enfin profiter de shoots à volonté. Si seulement elle pouvait comprendre à quel point elle m'est précieuse.

– Tiens tiens… mais c'est Constance la ringarde et son crapaud charmant.

Une voix désagréable se fait entendre à côté de nous, ainsi que des ricanements. Je n'ai pas besoin de relever la tête pour comprendre que c'est cette peste de Mathilde qui vient encore tester ma patience. À contrecœur, je me détache de mon ange, dont le corps s'est déjà tendu au son de la voix désagréablement haut perchée de Mathilde.

– Tu ne veux pas aller jouer plus loin et laisser les grandes personnes tranquilles ? je lance à la peste en lui souriant.

J'aimerais que Constance réponde, qu'elle lui ordonne de lui foutre la paix, mais elle est tout simplement figée. Les deux cruches à côté de Mathilde ricanent comme des bécasses. Quelle équipe…

– Vous devriez aller vous galocher ailleurs, ça me donne la nausée, lance-t-elle en détaillant Constance de la tête aux pieds.

Je ricane en secouant la tête puis passe mon bras au-dessus des épaules de Constance, qui se détend à mon contact.

– Allez, viens, mon ange, laissons-la envier ce qu'elle n'aura jamais.

41

On ne dit rien. Je croyais qu'il voulait parler, mais il reste muet. Nous sommes dans sa voiture, qui nous conduit chez lui dans un silence insupportable.

– Qu'est-ce que tu voulais me dire ? j'attaque en regardant par la fenêtre.

– Pas maintenant.

– Pourquoi ?

– Est-ce qu'on peut au moins attendre de se retrouver chez moi, s'il te plaît ?

– Je ne veux pas aller chez toi, je ne veux pas passer après elle.

– Tu ne passes pas après elle, Constance, arrête avec cette histoire, soupire-t-il.

– Je sais... mon manque de confiance te gonfle, je chuchote.

Le silence retombe dans l'habitacle. Cette situation m'attriste, mais ce n'est pas moi qui suis à blâmer. Noah donne un brusque coup de volant, et nous nous déportons sur le côté, nous faisant au passage furieusement klaxonner par des voitures, avant que la nôtre ne s'arrête sur une place réservée aux livraisons.

– Qu'est-ce que tu fais ?

Il coupe le contact et se tourne vers moi.

– Excuse-moi. Je te l'accorde, j'ai été maladroit dans mes paroles, et j'ai été complètement con de te demander si tu étais d'accord pour qu'Émilie reste une nuit. J'aurais dû savoir que tu te sentirais blessée et je te demande pardon. Je ne veux pas que cette histoire nous éloigne.

Ses mains passent dans mes cheveux avant de s'arrêter sur ma nuque pour me rapprocher de lui.

– Est-ce qu'elle est restée quand même ?

S'il me dit oui, je crois que je m'effondre. Si j'apprends qu'elle a passé la nuit chez lui, il ne me fera pas croire qu'il l'a fait dormir sur le canapé.

– Bien sûr que non, je lui ai demandé de partir à la minute où tu t'en es allée.

– Pourquoi tu voulais qu'elle reste ?

– Je ne le voulais pas, je me sentais juste coupable de savoir qu'elle était sans argent et à la rue.

– Comment elle a su où tu habitais ?

– Elle a demandé à Arthur, un collègue. Elle lui a fait un chèque et il a cédé.

Je ferme brièvement les yeux et je prends conscience du danger que représente cette femme pour notre relation. Je ne veux pas qu'elle nous sépare. Je ne la laisserai pas faire.

– Comment tu as réussi à rentrer dans la fac ? Et à savoir dans quel cours j'étais ?

– J'ai demandé à l'accueil.

– Et ils t'ont donné ce genre d'information sans poser de questions ?

Un sourire naît sur ses lèvres. Sa fossette apparaît. J'ai envie de la lui embrasser.

– Je leur ai dit que j'étais ton frère.

– Mon frère ?

– Apparemment on se ressemble assez pour que ce soit crédible, s'amuse-t-il.

Je souris à mon tour, mais je n'oublie pas qu'il m'a blessée.

– Je ne veux pas que tu m'ignores, Constance. Je ne veux pas que tu me laisses sans nouvelles pendant si longtemps, tu n'imagines pas ce que j'ai vécu, j'étais comme un lion en cage.

– Tu m'as fait du mal, Noah.

– J'ai compris. Mais tu aurais dû m'en parler, tu aurais dû me dire que ce que je te demandais était déplacé.

– Pardon, je réponds en réalisant que je l'ai blessé à mon tour.

Je pose mes mains sur les siennes et je l'embrasse. Je n'en reviens pas d'avoir passé deux jours sans lui.

– Ne refais plus jamais ça.

– Toi non plus.

Il acquiesce.

– Je t'aime, Constance. Tu veux que je te dise ? C'est moi qui suis bourré de défauts, mais je vais faire tout ce que je peux pour te rendre heureuse, et si je te blesse ou si je suis parfois maladroit je veux que tu me le dises. Mais je refuse que tu me fuies de cette manière.

Noah Dumont ? Bourré de défauts ? Il est l'être le plus parfait que je connaisse.

– J'ai eu peur que tu l'aimes encore et moi je t'aime tellement, Noah... Je ne veux pas te perdre.

– Écoute-moi et écoute-moi bien. Ça n'arrivera pas. S'il te plaît, fais-moi confiance.

– Je te fais confiance.

Je souris en voyant son visage s'éclairer. Il est heureux, je le suis aussi.

– On peut aller chez moi, maintenant ? propose-t-il, enjôleur.

– Est-ce que tu essaies de m'attirer dans ton lit ?

Je souris.

– Je ne vais pas faire qu'essayer, crois-moi.

– C'est dégoûtant, Noah. Tu es mon frère.

Il s'esclaffe puis m'embrasse tendrement.

– Tu as raison, c'est dégoûtant, murmure-t-il.

– Vraiment dégoûtant.

Je l'embrasse plus fort, il caresse mes cheveux. C'est si bon de le retrouver.

– Je vais devoir passer chercher des affaires chez mes parents.

– Quand est-ce que je vais enfin ne t'avoir que pour moi, Constance Pradel ? ronchonne-t-il.

– Bientôt, mon Noah impatient.

Il picore furieusement mes lèvres, me faisant oublier où nous nous trouvons jusqu'à ce que plusieurs coups de klaxon furieux se fassent entendre. Un chauffeur à bord de son camion s'impatiente derrière nous.

Noah démarre et c'est en riant comme deux collégiens que nous nous insérons à nouveau dans le trafic parisien. Le trajet jusque chez moi se fait plus sereinement. Noah insiste pour monter avec moi, mais je préfère qu'il m'attende dans la voiture. Ces derniers temps, mon père est à la maison aux moments où je m'y attends le moins, et je ne voudrais pas qu'une énième dispute éclate s'il me voit avec Noah.

Lorsque j'entre dans l'appartement, je sais que j'ai eu raison de me méfier. Le bruit de la télé résonne. Il est là.

J'essaie de me faire la plus discrète possible et je me faufile dans ma chambre. Depuis que mon père nous a surpris Noah et moi et depuis la dispute qui s'est ensuivie, je l'évite le plus possible.

Je prépare mon sac en souriant. Cette toute nouvelle routine me donne des ailes. Je prépare des affaires pour passer la nuit, voire quelques jours chez mon petit ami… je crois que je n'arriverai jamais à assimiler le fait que je suis en couple, avec Noah qui plus est. Cela me semble encore incroyable. Il m'aime. Il me veut. Je l'aime. Je le veux. Et peu importe à quel point ce sera difficile, je ferai tout pour ne pas le perdre.

La porte de ma chambre s'ouvre et mon père apparaît. L'angoisse me tord immédiatement les tripes, mais je continue d'empiler quelques affaires dans un sac sans lui prêter attention.

– Tu découches encore ?

Je me contente d'acquiescer.

– Pourquoi tu ne vas pas vivre chez lui, puisque tu sembles préférer sa compagnie à celle de ta famille ?

Une famille ? Je ne crois pas que nous en ayons déjà eu l'étoffe.

– Tu es fière de toi, Constance ? Tu es fière de ce que tu fais ? Tomber dans les bras du premier clown qui te fait un peu de charme… je te pensais plus intelligente que ça.

Chacun de ses mots me blesse et je sais que c'est exactement ce qu'il veut.

– Vraiment ? Tu me pensais plus intelligente que ça ? C'est le plus beau compliment que tu m'aies fait depuis longtemps, papa, je réponds sans le regarder.

Je l'entends rire derrière moi. Je suis au bord des larmes, j'aimerais qu'il s'en aille avant que je ne me mette à pleurer.

– Je vois qu'il a réussi son lavage de cerveau… quelqu'un comme lui ne peut pas s'intéresser à quelqu'un comme toi sans attendre quelque chose en retour… et comme apparemment il a déjà eu ce qu'il voulait, attends-toi à te faire bientôt lourder en beauté, ma pauvre fille.

J'entends ses pas qui s'éloignent et, comme d'habitude, j'encaisse ses paroles assassines.

Quelques larmes dévalent mes joues alors que je ferme mon sac.

Je fais tout pour me calmer avant de quitter l'appartement et je rejoins Noah, qui m'attend.

42

– On se fait livrer ?

– Avec plaisir.

– Pizza ? propose-t-il en s'emparant du téléphone.

– Mexicaine pour moi.

Je m'installe sur le canapé. Nous sommes jeudi soir. Cela fait quatre jours que je ne suis pas rentrée chez moi, j'y suis juste passée en coup de vent en sortant de la fac pour aller chercher d'autres affaires. Ma mère le prend étonnamment bien. Sa principale inquiétude étant l'université, elle ne se préoccupe pas de me voir passer plus de temps chez Noah que chez nous. Pour ce qui est de mon père, c'est une autre histoire. J'ai l'habitude qu'il soit mesquin et méprisant, mais depuis qu'il est au courant de ma relation avec Noah, il m'ignore complètement. Notre dernière « discussion » date du jour où Noah et moi nous sommes réconciliés, et depuis, silence radio. Je ne sais pas si c'est mieux ou pire. Mieux parce que je ne subis plus ses foudres, et pire parce que maintenant c'est comme si nous étions invisibles l'un pour l'autre.

Avec Sophia, tout va mieux. Dès le lendemain de notre dispute, je suis allée la retrouver chez elle pour en discuter calmement. Il lui a fallu du temps pour digérer la nouvelle, mais elle comprend et elle sait surtout que je fais ça pour mon bien.

Quant à Noah, fidèle à lui-même, il est parfait… lorsque nous sommes ensemble. Je n'arrive toujours pas à me faire à l'idée qu'il sorte avec d'autres femmes. Hier soir, pendant quatre longues heures, il était en rendez-vous, enchaînant opéra et dîner avec une cliente. J'étais verte lorsqu'il me l'a appris, je le suis toujours, d'ailleurs, et lorsqu'il est rentré à 23 heures et qu'il s'est faufilé dans le lit avant de me prendre dans ses bras, j'ai eu un mouvement de recul. Il venait de passer la soirée avec une autre femme, et même si je sais qu'il n'est pas allé plus loin je me suis sentie trompée.

– Livraison dans trente minutes minimum, dit-il en s'approchant.

Il tend sa main, que je prends avec plaisir, et il m'attire dans ses bras.

– Tu es belle.

Je le détaille sans gêne aucune. Il porte le pantalon de survêtement gris que j'adore et il est torse nu.

– Je sais.

– Ah oui ?

– Je suis ta jolie Constance, non ? dis-je passant mes bras autour de sa nuque.

– Tu es ma jolie Constance, ma superbe et magnifique jolie Constance.

Il me soulève dans ses bras, me pose sur la petite table de la cuisine, prend mes jambes et les crochète autour de sa taille.

– Tu sens bon.

Il enfouit sa tête dans mon cou pour me sentir. Je dépose des baisers sur son épaule pendant qu'une de mes mains se perd dans ses cheveux. Ses doigts agrippent l'élastique de mon éternel legging. Il me soulève légèrement pour le faire descendre plus rapidement.

– Noah…

– Constance…

– Si le livreur arrive ?

Mais déjà mes mains le parcourent avidement.

– Il ne sera pas là avant au moins quarante-cinq minutes, ça nous laisse une marge.

Il sort un préservatif de sa poche.

– Tu avais prévu le coup ? je demande en souriant.

– Pas vraiment. Mais j'ai tellement envie de toi, tout le temps, que je préfère être prêt, au cas où…

Il me cambre brusquement, je m'accroche plus fort à lui. Ma main glisse sur son pantalon de survêtement pour le lui enlever.

– Effectivement, tu es toujours prêt.

La bosse qui déforme son caleçon le confirme.

– C'est l'effet Constance Pradel.

Il dépose tendrement ses lèvres sur les miennes, avant de m'embrasser plus fougueusement.

– Mon amour, je lâche entre deux baisers.

– Mon amour, répète-t-il. J'aime beaucoup.

– C'est toi que j'aime, je souffle à son oreille.

Il reprend mes lèvres d'assaut. Je fais glisser son boxer et il s'empare déjà du préservatif.

Je ne peux m'empêcher de rougir lorsque mon regard se pose sur son érection impressionnante. Mes rougeurs l'amusent beaucoup.

– Il faudra t'y habituer, ma jolie Constance. Tu veux le faire ? demande-t-il en montrant l'emballage argenté.

Je secoue la tête. Je suis tellement gauche de mes mains que je risque de ne pas bien m'y prendre et je ne veux pas me couvrir de ridicule.

Il me fait un clin d'œil avant de se protéger. Il m'entoure à nouveau de ses bras et je resserre mes jambes autour de sa taille, l'emprisonnant un peu plus.

Il unit nos corps et enfin nous ne faisons qu'un. Je m'accroche à ses épaules lorsqu'il commence à bouger en moi.

– Embrasse-moi.

Il s'exécute tout en s'agrippant plus fort à mes hanches.

Ses coups de reins augmentent, mon souffle se fait court, sa respiration s'accélère. Je me perds dans le tourbillon de sensations que me procure Noah. Je me perds toujours lorsqu'il s'agit de lui. Je le laisse souvent, pour ne pas dire toujours, prendre les rênes de nos ébats amoureux, tout simplement parce qu'il a beaucoup plus d'expérience. Pourtant, je sais aussi qu'il aime lorsque je prends des initiatives. Noah me met doucement en confiance, j'arrive à me libérer un peu plus et, même si cela prendra du temps, je sais que j'arriverai à faire tomber tous les murs que j'ai érigés pour me protéger.

Il me fait allonger sur la table avant d'agripper mes cuisses et de prendre un rythme plus soutenu. Mes yeux voyagent sur son corps, sur ses abdos qui se contractent au rythme de ses va-et-vient, sur ses biceps tendus, son visage concentré, sur ses yeux remplis de plaisir rivés sur moi. Je gémis à la fois de bonheur et d'exaltation. Je suis à lui.

– Laisse-toi aller, mon ange, dit-il d'une voix remplie de désir.

– Oh, Noah…

– T'es tellement belle, je te veux, je ne veux que toi.

Je ferme les yeux et mords ma lèvre.

– Dis-moi que tu me veux, que tu ne veux que moi.

– Je ne veux que toi, Noah, je t'aime.

Après encore quelques puissants coups de reins, nous explosons tous les deux et exprimons notre plaisir bruyamment. Noah s'écroule sur moi, haletant. Je passe ma main dans ses cheveux pour le cajoler tout en essayant de reprendre moi aussi une respiration normale.

– Je t'aime, chuchote-t-il en enfouissant son visage dans mon cou.

Je ne sais combien de temps nous restons ainsi, tout ce que je sais c'est que le poids de son corps qui écrase le mien me rassure. Je me sens protégée, sereine, aimée.

La sonnette de l'appartement qui retentit fait éclater notre bulle de bien-être et nous mettons quelques secondes à réagir avant de nous lever comme un seul homme, réalisant que le livreur attend derrière la porte.

Dans ma hâte, j'enfile son caleçon et il passe son pantalon de survêtement à même la peau après avoir retiré le préservatif et l'avoir jeté à la poubelle. Je ris lorsqu'il prend une démarche décontractée pour se diriger vers la porte. Je ris encore plus lorsqu'il revient avec les cartons à pizzas.

– Qu'est-ce qui te fait rire ?

– Nous, dis-je en haussant les épaules.

Ses yeux s'arrêtent sur mes jambes nues, remontent jusqu'à son caleçon.

– Tu es très sexy.

Sexy… moi, sexy ? Vraiment ?

– Allez, à table, je meurs de faim.

Nous nous dirigeons vers le salon. Il installe les cartons à pizzas et ouvre les canettes de Coca. Je dévore une première part avant de lui poser la question qui trotte dans ma tête depuis ce matin.

– Tu ne trouves pas que c'est un peu trop précipité, ce week-end chez tes parents ?

– Pourquoi ? Tu ne veux plus venir ?

– Si, bien sûr que si, c'est juste que… ça fait à peine un mois qu'on se connaît. C'est peut-être un peu rapide, non ?

– Rapide pour qui ?

Je hausse les épaules. Il pose sa part de pizza et se tourne vers moi.

– Il faut vraiment que tu arrêtes de penser au qu'en-dira-t-on. J'ai envie de te présenter à mes parents, qui va m'en empêcher ? Pourquoi cela changerait-il quelque chose qu'on se connaisse depuis trois jours ou trois ans ? La vie est courte, tu sais, bien trop courte pour la gâcher à essayer de plaire à tout le monde. Tu veux que je te dise ? Je plains ceux qui font leur vie en fonction de ce qui est « normal » et de ce qui ne l'est pas. Tu es ma petite amie, je t'aime et je veux que ma famille te rencontre. Fin de la discussion.

– Mais s'ils me détestent ?

– Mais enfin pourquoi veux-tu qu'ils te détestent ? Tu es adorable, Constance, ma mère sera ravie de te rencontrer, je crois d'ailleurs qu'elle t'aime déjà sans te connaître, juste parce que tu as le statut de petite amie.

– J'aime ce statut.

– Moi aussi je l'aime, répond-il en me faisant un clin d'œil.

Il reprend son repas et j'enchaîne avec une autre question.

– Est-ce que tu travailles, demain ?

– Ouais. J'ai un rendez-vous en début d'après-midi, 14 heures, je crois. J'aurai terminé vers 17 heures.

Un rendez-vous de trois heures, ce n'est pas si terrible, je peux m'en accommoder.

– Au fait, samedi on prend la route vers 9 heures, donc si tu veux repasser chez toi prendre des affaires on ira demain soir, quand je rentrerai de mon rendez-vous.

– Je peux y aller seule, tu sais.

– J'ai envie de t'accompagner. Et puis si tu es chargée, tu ne vas quand même pas prendre le métro.

– Tu es sûr que c'est pour cette raison ?

Il avale une gorgée de soda avant de reposer bruyamment la canette sur la table.

– Je ne veux pas que tu sois seule avec lui.

– C'est mon père.

Il secoue la tête pour montrer son désaccord, mais continue son repas sans répliquer. Je n'insiste pas non plus, je ne veux surtout pas créer de dispute.

– Demain je vais faire un peu de shopping avec Sophia.

– Bonne idée.

– Est-ce qu'il faut que j'achète une tenue spéciale pour rencontrer tes parents ?

Il me regarde comme si je devenais dingue.

– Une tenue spéciale ? Pour quoi faire ?

– Bonne impression. Je ne voudrais pas qu'ils aient une mauvaise image de moi.

– Oh, bordel, Constance. Tu n'as pas besoin de tenue spéciale, habille-toi comme tu veux. Ils se ficheront de ce que tu portes, moi aussi, d'ailleurs, je veux juste que tu sois là, avec moi.

– D'accord.

– Mais le shopping reste une très bonne idée, ça ne peut vous faire que du bien de vous retrouver toutes les deux, Sophia et toi. Tu veux de l'argent ?

À mon tour de le regarder comme s'il était fou.

– De l'argent ? J'en ai, de l'argent.

– Mais je peux t'en donner, si tu veux, ça me ferait plaisir.

– Je n'ai pas besoin que tu me donnes d'argent, Noah, je peux m'acheter ce que je veux.

– OK !

Je termine ma part de pizza puis m'approche de lui. J'écarte son bras disponible pour me blottir contre son torse.

– Merci.

– De quoi ?

– De prendre soin de moi comme tu le fais. J'ai vraiment beaucoup de chance de t'avoir, Noah Dumont.

– Je sais, répond-il en riant.

Il me serre contre lui et dépose un baiser sur mon front.

– Je crois que j'ai hâte que tu termines la fac.

– Pourquoi ?

– Comme ça je t'aurai tous les jours avec moi. Je ne me demanderai pas ce que tu fais, où tu es et avec qui. Je sais qu'en rentrant je te trouverai là.

Je me fige dans ses bras. Il resserre un peu plus son étreinte.

– Noah, tu ne me trouveras pas tous les jours chez toi, je te rappelle que j'ai un chez-moi avec des parents qui m'attendent.

– Je sais, je sais. Mais est-ce que tu ne pourrais pas, disons, diviser la semaine en deux ? Cinq jours chez moi, deux jours chez eux ?

Je m'esclaffe en secouant la tête.

– Tu es nul en math à ce que je vois.

Il rit à son tour avant d'embrasser le bout de mon nez.

– C'est parce que je ne te veux que pour moi, tout le temps.

J'embrasse ses lèvres puis je hausse les épaules.

– On verra, réponds-je timidement.

– Les « on verra » ce sont des oui pour moi, Constance Pradel.

– Mais tu es exigeant, Noah Dumont.

– Tu ne me connais pas encore véritablement.

– J'ai hâte de tout connaître de toi.

Son sourire se fige l'espace d'une seconde avant de revenir et d'éclairer son visage. Il m'embrasse presque brutalement et je me laisse faire.

J'aime tous les baisers de Noah, je l'aime tout entier.

43

– Bon, je récapitule. Il faut que je me trouve une tenue pour être présentée aux parents de Noah, et de nouvelles chaussures. Tout ça, en respectant mon budget, qui s'élève à cent cinquante euros.

– Tu te crois dans *Les Reines du shopping* ou quoi ? Et puis cent cinquante euros pour une tenue complète, avec les chaussures ? Si Cristina t'entendait, elle en ferait une crise cardiaque.

– Je m'en doute, sauf que là je suis bientôt à sec, alors je n'ai pas le choix.

– Bon, alors on va faire au mieux.

Ma pile électrique de meilleure amie m'entraîne de boutique en boutique et, clairement, lui demander de m'aider était une mauvaise idée.

– Montre tes jambes, Constance. Les beaux jours vont bientôt arriver. Pourquoi tu ne te laisses pas tenter par des shorts et des jupes ? Sans collants, évidemment.

– Parce que je ne suis pas encore prête à me balader les jambes à l'air, et puis ce n'est pas le sujet du jour.

Il me faut une tenue pour rencontrer les parents de mon petit ami.

– Je vais te trouver ça, dit-elle en parcourant les rayons de chez H&M.

Une heure plus tard, Sophia me pousse dans une cabine d'essayage. Je suis ensevelie sous une montagne de vêtements.

– Tu n'en sors pas avant d'avoir tout essayé et de m'avoir montré.

Un dictateur, cette fille était dictateur dans une autre vie ! Je passe un temps infini à enlever et remettre des vêtements, il y en a certains que je ne prends même pas la peine d'essayer, je rougis rien qu'à les regarder. Finalement, mon choix s'arrête sur un jean slim bleu clair, un débardeur noir moulant, rentré dans mon jean sous les ordres de Sophia, et une veste en cuir noir.

– J'en ai une presque pareille, dis-je en montrant la veste.

– C'est faux ! Et puis on n'a jamais assez de vêtements.

– Sophia, je n'aurai pas assez pour m'acheter des chaussures.

– Mais si, tu verras, je suis la reine de la négociation. Tu veux faire un tour du côté des sous-vêtements ?

– Non, non, je n'en ai pas besoin.

– Tu es sûre ? Tu ne veux pas un peu de lingerie pour affoler ton homme ?

Je rougis.

– Tu veux qu'on aille chez RougeGorge ? Moi, c'est là-bas que j'achète ma lingerie.

– Je n'aurai pas assez d'argent, Sophia.

– Fais-moi confiance.

Elle m'entraîne jusqu'à la caisse. J'avale difficilement ma salive lorsque le prix s'affiche : 82,55 €. Je paie et déjà Sophia m'entraîne hors du magasin pour entrer dans un autre. Nous nous retrouvons chez Eram, et je pâlis d'envie en voyant toutes ces chaussures.

Sophia me quitte pour aller de son côté. Je prends le temps d'arpenter les rayons. Je choisis deux paires, et alors que je m'apprête à les essayer, la tornade Sophia me saute dessus.

– Regarde ce que j'ai trouvé !

Elle ouvre la boîte et en sort de magnifiques bottines noires à talons épais avec un petit plateau sur le devant et une fermeture argentée sur le côté. Elles sont magnifiques.

– Le talon est immense ! je lui fais remarquer.

– Dix centimètres et demi. Essaie-les.

– Je n'arriverai jamais à marcher avec ça. Je vais me casser la cheville ou marcher comme une autruche.

– Arrête de tout dramatiser, Constance. Je les ai essayées. Elles sont super-confortables. Crois-moi.

Je m'exécute puis me lève et me dirige vers un miroir. Il faut avouer qu'elles sont belles, elles me donnent de l'allure, Sophia a raison. Et elles sont confortables.

– Je les adore, dis-je en tapant dans mes mains.

– Vendu ! répond mon amie en m'imitant.

Je regarde tout de même le prix avant de passer en caisse. 69,99 €. Trop cher, beaucoup trop cher. À contrecœur, je les repose discrètement, mais c'est sans compter sur l'œil de lynx de Sophia Delacroix.

– Qu'est-ce que tu fais ? Prends-les !

– Finalement, je pense qu'elles ne sont pas adaptées, et puis j'en ai déjà, des chaussures, je n'ai pas besoin d'en racheter.

– C'est quoi le problème ? demande-t-elle.

Je soupire et m'assieds sur le petit banc d'essayage.

– Elles sont beaucoup trop chères, Sophia.

Elle s'assied près de moi, pose sa main sur mon bras.

– Tu peux te faire plaisir, Constance, tu ne le fais jamais.

– Mais j'ai déjà énormément dépensé à cause de Noah… je veux dire pour Noah…

– Oui, je vois. Mais c'était un bon investissement, non ? Surtout quand on voit ce que tu y as gagné.

Je ne peux m'empêcher de sourire.

– Bon, alors, ça ne t'embête pas si je me les achète ? demande Sophia. J'ai craqué dessus.

– Pas du tout. Fais-toi plaisir, je t'attends dehors.

Je sors du magasin et j'attends que ma copine ait terminé son achat. Tant pis pour les chaussures, je trouverai bien quelque chose qui fera l'affaire chez moi.

– CADEAU !

Pour la seconde fois de la journée, la tornade Sophia me prend de court. Elle me tend le paquet qui contient la boîte de chaussures.

– Sophia ?

– Elles te vont tellement bien, tu fais femme fatale, là-dedans, alors… CADEAU !

– Oh, non, mais non, enfin, elles coûtent bien trop cher !

– C'est mon argent et j'en fais ce que je veux, maintenant prends-les avant que je m'énerve.

Je prends le sac et saute au cou de ma meilleure amie.

– Merci, t'es la meilleure, dis-je, émue.

– Ouais, ouais. Bon, allez, maintenant qu'il te reste encore de l'argent à gaspiller, direction… la lingerie ! piaille-t-elle, excitée.

Elle m'entraîne à nouveau dans un autre magasin. Cela fait seulement deux heures que nous avons commencé notre shopping et mes pieds me font déjà souffrir. Sophia, elle, est inépuisable.

Une demi-heure plus tard, je ressors de la boutique avec un ensemble shorty, soutien-gorge en dentelle rouge passion, et une nuisette bleu nuit en satin. Jamais je n'aurais fait ce genre d'achat si j'avais été seule, mais je me suis laissé convaincre par Sophia. Et puis je veux que Noah me désire, me trouve femme, belle, sexy et attirante. J'espère que mes achats lui plairont.

– On va se manger une glace ? propose Sophia.

– Je n'…

– Je te la paie.

Je ronchonne encore, mais je sais que je n'obtiendrai pas gain de cause.

Assises à une terrasse en train de déguster une glace à la framboise pour moi et chocolat-pistache pour Sophia, je profite de ce moment de calme avant que le stress ne m'envahisse. C'est la première fois que je vais rencontrer les parents de mon petit ami, qui plus est, je vais rester trois longs jours chez eux. Et si ça ne se passait pas bien ? Et s'ils ne m'aimaient pas ? S'ils demandaient à Noah de choisir entre sa famille et moi ? Et si Noah les choisit ? Qu'est-ce que je vais devenir ?

Je prends une profonde inspiration pour me calmer. Tant que Noah est avec moi, tout va bien.

C'est au moment où je pense à lui que je le vois soudain apparaître, là, devant mes yeux. Est-ce que c'est une hallucination ? Sûrement pas. Je comprends que c'est bel et bien la réalité lorsqu'une jolie brune se matérialise à côté de lui. Il est souriant, il semble heureux, mais ce qui me gêne le plus, c'est la façon dont la fille lui agrippe le bras en riant.

La jalousie s'empare de moi. C'est *mon* petit ami qui est en train de rire et de flirter avec une autre, c'est *mon* petit ami qui devrait être en train d'en profiter avec moi. Je suis furieuse et sans vraiment réaliser ce que je fais, je me lève d'un bond.

– Constance ?

Sophia tourne la tête en me voyant regarder droit devant moi.

– Oh, non !

44

Il est là, juste devant moi, mais mes jambes refusent de s'approcher de lui.

– C'est son métier, Constance, me rappelle calmement Sophia pour m'apaiser.

– Et moi je suis sa petite amie.

– OK, calme-toi. De toute façon il ne fait rien de déplacé, il te l'a dit.

Je me rassois sans pour autant les lâcher des yeux.

– Mais s'il m'avait menti ? Si finalement il ne faisait pas que les accompagner ?

– Constance, Noah t'aime, il ne te mentirait pas.

Je sais qu'elle dit vrai, mais ma partie rationnelle ne répond plus. Je me mets même à paniquer lorsque je les vois s'éloigner. Où vont-ils ? Pour faire quoi ?

– Tu sais quoi ? On va les suivre.

– Quoi ? je m'écrie en reportant mon regard sur mon amie l'espace d'un instant.

– On va les suivre discrètement, comme ça tu pourras constater par toi-même qu'il ne fait rien de mal.

– Mais s'il nous voit ? Il sera furieux !

– Qu'est-ce que tu n'as pas compris dans : « on va les suivre discrètement », Constance ? m'apostrophe Sophia. Allez, lève-toi.

J'obéis sans demander mon reste. Sophia règle nos glaces puis nous arpentons le trottoir tout en veillant à nous faire discrètes et à respecter une bonne distance de sécurité.

– Regarde, c'est elle qui est accrochée à lui, pas l'inverse.

– Mais elle le tient quand même.

Je me hisse sur la pointe des pieds en levant la tête pour mieux les apercevoir à travers la foule.

– Constance, il ne t'a jamais caché ce qu'il faisait. Il t'a même dit qu'il avait rendez-vous aujourd'hui. Il est honnête avec toi.

– Je sais, mais quand tu vois une greluche pendue au bras de ton copain, ça fait mal.

– Regarde. Ils entrent dans une pâtisserie.

Nous nous approchons le plus discrètement possible, à moitié courbées, et nous récoltons des regards curieux de la part des passants.

– C'est vrai. Il ne fait que l'accompagner. Il passe quelques heures avec elle comme le ferait…

– Comme le ferait un couple, je termine.

– Oh, Constance, arrête de voir le verre à moitié vide, tu veux ?

– Elle est plus jolie que moi. Beaucoup plus jolie.

Je soupire avant de bousculer ma meilleure amie.

– Va voir ce qu'ils font.

– Quoi ? Mais ça va pas ! Je vais me faire repérer.

– S'il te plaît, Sophia, j'ai besoin de savoir ce qu'ils font.

– Qu'est-ce que tu veux qu'ils fassent entre les tartelettes aux fraises et les choux à la crème ?

Les bras chargés de mes achats, je la pousse encore une fois pour la faire avancer. Je fais tout pour la faire céder.

– Tu es chiante, Constance.

Elle s'approche encore un peu plus, le dos plaqué contre la vitrine d'une boutique. Nous y sommes presque. Sophia n'a qu'à pencher la tête pour apercevoir ce qui se passe à l'intérieur.

– Je ne vois rien.

– Penche-toi plus.

– Si je le fais je…

Je la pousse encore une fois, mais il faut croire que je ne sens pas ma force. Sophia perd l'équilibre et se rattrape in extremis à la première personne qui sort de la pâtisserie.

Malheureusement, cette personne est Noah.

Voilà ma Sophia agrippée à sa veste, à genoux par terre. Je plaque ma main devant ma bouche lorsque je vois la scène, et j'aimerais me terrer dans un trou de souris lorsque les yeux de Noah s'écarquillent.

– Sophia ? Mais…

Comme s'il sentait que j'étais là, il relève la tête. Nos regards se croisent. D'abord surpris, il semble heureux une seconde avant de se montrer clairement contrarié lorsqu'il comprend que nous ne sommes pas là par hasard.

– Hé, salut, Noah, lance ma meilleure amie en se relevant.

– Noah ? Un problème ?

La greluche arrive derrière lui. J'ai envie de la bousculer pour lui dire : « Non, tout va bien, je vais m'occuper de lui. » Elle tient une petite boîte qui, je suppose, contient des pâtisseries. Pour qui sont-elles ? Pour tous les deux ?

– Oui, non, tout va bien. Mais je vais devoir écourter notre rendez-vous, Cécilia, dit-il en cessant de me regarder.

– Tu es sûr ?

– Je t'offre le rendez-vous.

– Sûrement pas.

Elle farfouille dans son sac et en sort quelques billets qu'elle fourre dans la poche de pantalon de Noah. Tout ça sous mon regard médusé et celui de Sophia, gêné.

Lorsqu'il s'approche de moi d'un pas décidé j'ai un mouvement de recul.

– On te dépose, Sophia ? lance-t-il sans me quitter des yeux.

– Non merci, je vais… j'ai rendez-vous avec Thomas. À plus, ma belle !

Elle m'embrasse sur la joue avant de filer comme un courant d'air, me laissant seule avec Noah. Je n'arrive pas à comprendre s'il est fâché… ou extrêmement fâché.

– Noah…

– Pas ici. On rentre.

Je le suis sans broncher, je suis bien trop heureuse de savoir qu'il rentre avec moi et non pas avec un mannequin à son bras.

Je dépose mes achats dans le coffre puis m'installe docilement sur le siège passager. J'attends qu'il démarre, et lorsqu'il démarre j'attends, qu'il réagisse, qu'il parle. Et lorsqu'il parle, je le regrette presque.

– Putain, Constance, qu'est-ce qui t'a pris ?

– Pardon.

– Tu m'as suivi ? Tu me suis depuis le début ?

– Non. On était à une terrasse avec Sophia et c'est là que je t'ai vu.

– Alors tu as décidé de me suivre parce que tu ne me fais pas confiance !

– Je te fais confiance.

– La preuve que non.

J'ai ma réponse. Il est extrêmement furieux, et après coup je le comprends.

– Pardon, Noah, je suis désolée. Je n'arrive pas encore à gérer tout ça. Que tu sois en rendez-vous, d'accord. Mais que je tombe sur toi par hasard pendant que tu es avec une cliente… je ne m'étais pas préparée à l'éventualité que ça arrive et je n'ai pas réfléchi.

– Constance, on n'avancera pas si tu t'imagines des choses chaque fois que je mets un pied dehors.

– Essaie de me comprendre, je vous ai vus tous les deux et vous ressembliez à un couple.

– Mais ce n'est pas le cas. Toi et moi on est un couple, point final.

– Justement. Ce n'est pas normal d'être en couple et de sortir avec d'autres filles, et c'est encore moins normal pour une petite amie d'accepter de partager l'homme qu'elle aime. J'essaie de m'adapter, Noah, de trouver mes marques.

– Constance, toi et moi nous n'avons pas une relation normale, et si c'est ce que tu recherches, alors je crains de ne pas être celui qu'il te faut.

Sa tirade me fait l'effet d'une gifle.

– Tu me quittes ? je demande, paniquée.

– Non, je ne te quitte pas, j'essaie juste de te faire comprendre que notre relation sera complexe, mais si tu m'aimes tu dois l'accepter.

– Et toi, tu m'aimes ?

– Bien sûr.

– Alors essaie de comprendre à quel point ça me fait mal de te savoir au bras d'une autre, même juste pour quelques heures, même si tu me dis que ce n'est que professionnel, ça me fait mal. Qu'est-ce que tu dirais si je passais mes journées avec d'autres hommes à rire, à aller au restaurant ou à l'opéra ? Comment tu le vivrais, Noah ?

Ses mains se crispent autour du volant avant qu'il ne réponde :

– Je serais fou de jalousie.

– Voilà… c'est exactement ça : je suis folle de jalousie.

Je continue de le fixer en attendant une réponse, et lorsqu'elle vient ce n'est pas ce à quoi je m'attendais.

– Alors on a un problème.

45

NOAH

Je regrette immédiatement mes dires lorsque je la sens se tendre à mes côtés.

– Un problème ? Non, on n'a pas de problème ! s'écrie-t-elle.

– C'est mon métier. Je ne sais pas quoi faire pour que tu le comprennes. Je n'ai ni diplômes ni qualification. J'ai besoin de ce travail, parce que j'ai besoin d'argent pour vivre.

– Je sais.

– Non, justement, tu ne sais pas. Je me suis dégagé un maximum de temps pour toi, je ne fais rien de plus qu'accompagner ces femmes, tu comprends ? Je les AC-COM-PAGNE. Qu'est-ce que je dois faire d'autre ? Dis-moi ! Dis-moi ce que tu veux. Constance.

Je n'aime pas élever la voix avec elle, mais il faut dire que je suis exaspéré. J'essaie de bien faire, tout le temps, je commets des erreurs, mais évidemment elles ne sont pas calculées. J'essaie de faire au mieux, mais je n'ai pas l'impression que ce soit assez.

– Je ne veux rien de plus, je veux juste être avec toi, c'est tout. Je n'ai jamais eu de relation avant toi, je ne sais pas comment ça fonctionne. Pour toi, tout ça, c'est normal, tu sors avec plein de filles depuis des années, mais pour moi ça n'a rien d'ordinaire. J'essaie de m'adapter à toi, à nous, à ma nouvelle vie. Je ne te demande rien, Noah, juste de comprendre que voir une autre avec toi ou te toucher est difficile à encaisser.

Sa voix est douce et calme, mais j'entends la douleur que lui procure la situation. Et puis je fais ce qu'elle me dit, je me mets à sa place. Supporterais-je de la savoir à droite et à gauche au bras d'autres hommes ? Accepterais-je de passer une soirée à attendre qu'elle rentre d'un rendez-vous ? Supporterais-je de la partager ? De laisser d'autres hommes poser leurs mains sur elle ? Jamais ! Jamais je ne pourrais accepter cela.

Constance est à moi, je me fiche que ma possessivité soit mal perçue ou incomprise. Elle est mienne et je suis sien.

– Je te comprends, mon ange.

– Je suis désolée, dit-elle en posant sa tête sur mon épaule. C'était idiot et puéril de te suivre comme ça, mais je n'ai pas réfléchi. Je voulais être à sa place.

J'embrasse plusieurs fois son front tout en gardant un œil sur la route. Constance a besoin de tellement d'amour et d'affection. Elle a besoin d'être rassurée, choyée et surtout protégée. Est-ce que je suis prêt à lui donner tout ça ? Est-ce que je m'en sens capable ?

La réponse est évidente : je lui donnerai tout ce qu'elle voudra bien prendre de moi.

– Tu sais ce qu'on va faire ? On va passer chez toi prendre tes affaires pour ce week-end, et ensuite on va rentrer, prendre une bonne douche et profiter l'un de l'autre. Qu'est-ce que tu en dis ?

Elle acquiesce, dépose un baiser sur ma joue et repose sa tête sur mon épaule. Dieu que je l'aime…

Lorsque je me gare près de son immeuble, mon ventre se tord. À cette heure-ci, ses parents sont forcément rentrés. Mon intuition me dit que me voir avec Constance risque de créer des étincelles. Mais ce qu'ils pensent m'importe peu. Je veux être avec elle pour remettre son père à sa place s'il émet la moindre remarque.

– Viens avec moi

Elle prend ma main.

– Je ne voyais pas cela autrement.

Nous sortons de la voiture et entrons dans l'immeuble. Je la sens tendue, stressée, angoissée. Ce n'est pas normal. Qui craint de se retrouver dans la même pièce que ses parents ? Je prends son menton dans ma main puis pose mes lèvres sur les siennes.

– Je suis là, dis-je pour la rassurer en lui faisant un clin d'œil.

Elle se hisse sur la pointe des pieds et m'embrasse. Ses mains se posent sur mon torse, sa langue vient chercher la mienne, elle se colle contre moi. Je sais qu'elle a besoin de ma proximité autant que j'ai besoin de la sienne, et aussi qu'elle se donne du courage pour affronter le moins-que-rien qui lui sert de père.

Je la serre dans mes bras. J'ai hâte de pouvoir la ramener chez moi, de la cajoler en prenant une bonne douche relaxante et bien plus puisqu'affinités.

Elle met fin au baiser, et sans plus attendre pénètre dans l'appartement. Le bruit d'une télé allumée résonne, et l'odeur de la nourriture qui cuit flotte dans l'air. Anne, la mère de Constance, sort de la cuisine en entendant claquer la porte d'entrée.

– Ah, Constance, on pensait ne jamais te revoir. Bonjour, Noah.

– Bonjour, madame Pradel, je réponds poliment.

– Je viens juste chercher d'autres affaires pour le week-end, prévient ma jolie Constance.

– Tu découches encore ? demande sa mère en me regardant.

Pourtant elle me sert un mince sourire. Je crois qu'au fond d'elle elle est heureuse de voir sa fille avec quelqu'un. Avait-elle peur que Constance finisse ses jours seule ? Impossible ! Si je la veux si fort, d'autres la veulent forcément au moins autant. Mais jamais personne ne l'aimera autant que moi.

Nous entrons dans sa petite chambre. Elle sort une valise de son armoire pour la remplir de vêtements.

– Tu déménages définitivement ? je la taquine.

– Tu aimerais bien, hein ?

Je m'approche d'elle, prends sa taille et plaque son dos contre mon torse.

– Tu sens bon, je lui souffle en faisant glisser mon nez le long de sa joue.

Elle tourne la tête pour m'embrasser. Je lui rends son baiser avec grand plaisir.

– Constance !!

La voix de son père claque à travers l'appartement. Constance et moi nous séparons, mais je reste près d'elle, prêt à faire face.

Son père entre dans la chambre, l'air furieux. Immédiatement, mon instinct de protection resurgit et je me mets devant elle.

– Où tu vas encore ?! attaque-t-il.

– Elle vient chez moi, je réponds.

– Je m'adresse à ma fille ! s'écrie-t-il.

– Votre fille ? Vous avez vu comme vous la traitez ?

– Noah, stop, dit doucement Constance derrière moi.

– Tu te caches derrière lui ? ricane son père.

– Je ne me cache pas, répond-elle en recommençant à remplir sa valise. Je m'en vais pour le week-end et je suis venue chercher des affaires, c'est tout.

– Tu crois que c'est un hôtel, ici ? Tu crois que tu entres et sors comme tu veux ?

– Elle est bien mieux chez moi que chez vous.

– Pour qui tu te prends, petit con ? dit-il en s'approchant.

Par réflexe je le repousse lorsqu'il est si près de moi qu'il pourrait me frapper.

– Arrêtez ! s'écrie Constance.

– Ta place est ici, chez nous, martèle le père en pointant un doigt menaçant sur elle.

– Sa place est avec quelqu'un qui l'aime et qui prend soin d'elle. Elle vient avec moi, dis-je en attirant Constance contre moi au moment où elle ferme sa valise.

– Mais enfin, qu'est-ce qui se passe, ici ? Victor, calme-toi, intervient Anne Pradel en entrant dans la chambre.

– Que je me calme ? Vous êtes tous devenus fous dans cette maison ?

– C'est vous qui êtes complètement fou. Viens, mon ange, on s'en va.

– Noah, je…

Elle semble hésiter. Putain ! Je ne laisserai pas cet homme abject lui retourner le cerveau encore une fois. Je lui fais face, formant un mur entre son père et elle. Je veux qu'elle m'écoute, qu'elle ne se concentre que sur moi.

– Constance. S'il te plaît, viens avec moi.

Elle se perd dans mes yeux. Si elle me dit non, je la sortirai d'ici de force. À mon grand soulagement, elle hoche la tête avant de se précipiter vers son bureau. Elle ouvre un tiroir et en sort trois de ses carnets de croquis. Je ne peux m'empêcher de sourire en la voyant faire.

Alors qu'elle revient vers moi, son père l'intercepte en lui agrippant le bras. Je vois rouge.

– Lâchez-la !

– Ne me dis pas ce que je dois faire avec ma fille ! beugle-t-il en se retournant.

Son regard est noir de colère, et avant que je ne comprenne ce qui se passe, il m'envoie son poing dans la mâchoire.

Je vacille et bascule, mais je me retiens in extremis à l'armoire derrière moi.

– NOAH ! hurle Constance en se jetant sur moi.

– VICTOR ! s'écrie sa mère.

Je sens les petits doigts fragiles de Constance parcourir mon visage. Le sien est baigné de larmes.

– Mais ça va pas, non ?! Tu es complètement fou, papa !

– Ça va, dis-je pour la rassurer.

Je frotte ma mâchoire et reprends mon souffle. J'ai envie de lui cogner dessus, mais je ne m'abaisserai pas à son niveau, je ne voudrais pas que Constance puisse m'en vouloir d'avoir frappé son père. Je préfère qu'elle garde en mémoire le geste qu'il vient d'avoir.

– On s'en va, dit-elle en prenant ma main et en séchant ses larmes de l'autre.

Je prends sa valise et passe à côté du connard qu'elle appelle papa, en le bousculant de l'épaule. Nous sortons de sa chambre, Constance garde ses carnets de croquis bien serrés contre elle.

– CONSTANCE !

Cette fois c'est moi qui me retourne avant qu'il n'ait le temps de comprendre ce qui lui arrive. Je l'empoigne par le col et le cogne contre le mur.

– Ne l'approchez pas ! je crache à quelques centimètres de son visage.

Il se dégage de ma prise et pointe à nouveau son stupide doigt menaçant en direction de sa fille.

– Si tu passes cette porte, ce n'est plus la peine de revenir, assène-t-il.

– Victor, non ! Tu n'as pas le droit de dire ça, intervient sa mère.

– J'ai tous les droits. Si elle passe cette porte… elle n'est plus ma fille.

Le silence s'abat sur l'appartement. Constance est sous le choc. Je le suis tout autant. Cet homme n'a pas une once d'amour paternel, il est prêt à rejeter sa fille, comme ça, juste parce qu'il ne supporte pas de la voir heureuse.

Je ne ressens soudain plus de colère, mais un dégoût profond et une peine immense pour cet homme, qui ne saura jamais quelle chance il a d'avoir une fille comme Constance.

– Je crois que cela fait bien longtemps que tu ne me considères plus comme ta fille, papa, répond Constance, la voix tremblante.

Elle tourne les talons et sort de l'appartement.

Je lui emboîte le pas en claquant la porte, espérant laisser ce démon derrière nous.

46

– Tu veux aller te coucher ? me demande Noah en déposant ma valise sur son lit.

Après un repas grignotage, je n'ai envie de rien d'autre que de profiter de lui et d'oublier à quel point ma vie est compliquée.

– Non. Je veux une douche relaxante avec toi, comme tu me l'avais promis.

– Bien sûr, mon ange.

Il nous entraîne dans la salle de bain et fait couler l'eau pendant que nous nous déshabillons. Je retire mes vêtements avec beaucoup moins de gêne qu'au début. Il m'attire sous le jet de la douche en me gardant dans ses bras et je me blottis contre lui. Mes larmes se mettent alors à couler. C'est trop.

– Il est ignoble, je ne comprends pas pourquoi il ne m'aime pas, je sanglote.

Noah resserre ses bras autour de moi.

– Toutes ces choses qu'il me dit pour me blesser. Je ne mérite pas ça.

C'est vrai, je ne le mérite pas, personne ne mérite d'être traité ainsi par son propre père.

– Encore, si j'avais été une fille à problèmes… mais je ne bois pas, je ne me drogue pas, je ne suis presque jamais sortie, je ne leur ai jamais répondu, j'ai toujours fait ce qu'ils attendaient de moi… alors je ne comprends pas.

– Tu n'as rien à te reprocher, mon cœur, ses réactions sont incompréhensibles et disproportionnées. Ne rejette pas la faute sur toi, s'il te plaît.

– Mais j'ai bien dû faire quelque chose à un moment donné. J'ai bien dû le décevoir ou lui faire honte…

– N'importe quoi. Tu ne fais honte à personne, Constance. Calme-toi, s'il te plaît.

Je suis parcourue de sanglots. Mes larmes se mêlent à l'eau de la douche. Blottie contre Noah, peau contre peau, je me sens déjà mieux.

– Il va se reprendre, il est allé trop loin et je suis sûr qu'il va s'en vouloir. Laisse-lui le temps de se calmer. Tu verras.

– Tu crois ?

– J'en suis certain.

Mes yeux s'arrêtent sur sa mâchoire et sur la marque rouge qui ne manquera pas de bleuir dans les jours qui viennent.

– Et toi, comment tu vas ? Tu as mal ? Je suis désolée, Noah, je n'aurais jamais imaginé qu'il puisse en arriver là, je débite en passant ma main sur sa blessure.

– Tout va bien, je ne sens rien.

– Je suis sûre que c'est faux. Laisse-moi prendre soin de toi.

Il porte ma main à ses lèvres, y déposant un baiser.

– Lavons-nous d'abord, ensuite je te laisserai me chouchouter.

J'acquiesce tout en capturant sa bouche. Je le sens tendre un bras derrière lui puis je l'entends ouvrir un flacon de gel douche. Il rompt notre baiser et me fait un clin d'œil avant d'en verser un peu dans sa main et de l'appliquer sur mes bras.

– J'aime sentir mon odeur sur ta peau.

Il frictionne mes bras, puis il passe à mon ventre. Il se concentre sur sa tâche et lorsque ses mains remontent sur ma poitrine, je ne peux m'empêcher de frissonner.

– J'aime l'effet que je te fais, susurre-t-il.

Il continue de laver mon corps, n'oubliant aucun endroit. Et, si je suis un peu gênée au début, je le laisse finalement faire. Parce que c'est Noah, parce que je lui fais confiance et parce qu'il me fait sentir plus vivante que je ne l'ai jamais été. Je le lave à mon tour, j'y prends un plaisir fou. Plus je le touche, plus je prends conscience qu'il est à moi. Nous coupons l'eau, Noah m'enroule dans une grande serviette avant de me sécher. Il embrasse le bout de mon nez en riant.

– On dirait un chaton en colère, dit-il en ébouriffant mes cheveux avec la serviette.

J'enfile mon pyjama pendant qu'il passe son pantalon de survêtement. Je cours à la cuisine chercher des glaçons que je mets dans un torchon et reviens dans la chambre. Noah m'attend, allongé dans le lit, les yeux fermés. Je grimpe à côté de lui et pose le plus délicatement possible la poche de froid contre sa mâchoire.

– Je suis désolée.

– Arrête de t'excuser. Ce n'est pas toi qui m'as frappé.

J'enlève la glace pour déposer une farandole de baisers sur sa blessure.

– Ça va déjà mieux, murmure-t-il.

– Je t'aime, Noah.

– Je t'aime tellement plus.

Il m'arrache le torchon des mains pour le jeter au sol, puis me fait basculer sur le lit et s'allonge sur moi.

– Tellement, tellement plus, reprend-il.

– Tu ne sais pas à quel point je t'aime, je réponds.

Il enfouit sa tête dans mon cou et je pose mes mains sur son dos, où je fais lentement glisser le bout de mes ongles.

– Alors, dis-le-moi.

Lui dire ? Comment lui expliquer ce qu'il représente pour moi ? Comment lui dire qu'il est mon repère, mon pilier, mon point d'ancrage sur cette Terre ? Comment lui faire comprendre que j'étouffe dès que je ne suis plus dans la même pièce que lui, ou que je crève de trouille qu'il me laisse tomber parce que sans lui je ne serais plus rien. Comment lui dire sans qu'il prenne peur ?

– Tu es tout mon monde, Noah Dumont. Et si un jour je te perds… je n'y survivrai pas.

Il resserre son étreinte, faisant peser le poids de son corps sur le mien. Plus il m'étouffe, mieux je respire. Il embrasse mon cou avant de redresser la tête et de plonger ses yeux chocolat dans les miens.

– Je n'aurais jamais pensé qu'une femme comme toi existait, je n'aurais jamais pensé que tu me serais destinée. Je ferais n'importe quoi pour toi, Constance, je donnerais tout ce que j'ai pour te voir heureuse.

– Tu m'as appelée mon cœur tout à l'heure, dis-je d'une voix chevrotante.

– Mon ange, mon cœur, ma jolie Constance, mon amour… tu es tout à la fois.

– Oh, Noah.

Je prends son visage entre mes mains et le parcours de baisers. Je n'oublie rien. Son menton, son nez, ses joues, son front, ses paupières, ses lèvres, tout y passe ; aucun recoin de son visage n'échappe à mes lèvres.

– Doucement, grimace-t-il alors que je m'attaque à sa mâchoire.

– Pardon. Je n'y pensais plus.

Je dépose sur sa blessure un baiser plus léger. Nous nous allongeons sous les couvertures, en cuillère.

La chaleur de son corps réchauffe mon cœur, qui se gonfle de fierté et de reconnaissance. Chaque respiration que je prends est à la fois libératrice et oppressante tant mon amour pour lui est immense, intense.

– Bonne nuit, mon ange.

Je plonge lentement dans le sommeil, bercée par son souffle, son odeur, sa respiration, ses « je t'aime », bercée par son être tout entier.

47

– Tu n'as rien oublié ?

– Non, non, j'ai tout.

Noah et moi sortons de l'appartement, les bras chargés d'affaires. Pour rencontrer mes beaux-parents, j'ai décidé de mettre la tenue que j'ai achetée hier avec Sophia, sauf qu'à la place de la veste en cuir j'ai revêtu un long gilet gris, et que je porte des Converse. Noah m'a dit que nous fêterions l'anniversaire de son père dans un restaurant, j'ai donc prévu une autre tenue pour le soir. Je ne sais pas encore si j'aurai le courage de la porter, je verrai le moment venu.

– En piste, jolie Constance.

Je monte côté passager et je le regarde s'installer. Il est toujours tellement beau. Il porte un jean gris avec un polo noir Ralph Lauren qui fait délicieusement ressortir les muscles de ses bras, et, aux pieds, ses éternelles baskets Fred Perry.

– Quoi ? demande-t-il, amusé, en attachant sa ceinture.

– J'ai de la peine, dis-je simplement.

– Pourquoi ?

– Pour les autres femmes… parce que tu es à moi et qu'elles ne pourront jamais t'avoir.

Il me sert un sourire éblouissant avant de secouer la tête et de m'embrasser.

– Tu es exigeante, Constance Pradel.

– Tu ne me connais pas encore véritablement, réponds-je en utilisant les mots qu'il m'a lui-même dits il y a quelques jours.

– Allez, en route.

Nous quittons le 8e arrondissement. Sortir de Paris est un véritable calvaire. Je suis bien contente de ne pas avoir le permis, je paniquerais de devoir conduire dans une si grande ville.

– Est-ce que tu leur as parlé de moi ?

– J'ai juste dit à ma mère que l'on était ensemble, elle jubilait tellement que je n'ai pas pu en placer une. Et je suppose que dès qu'elle a raccroché elle a couru le dire à toute ma famille.

– Alors ils ne savent même pas comment je m'appelle ?

– Même pas ! J'ai hâte qu'ils te découvrent.

– Parle-moi d'eux, j'enchaîne alors que nous arrivons sur l'autoroute.

– Qu'est-ce que tu veux savoir ?

– Ce qu'ils font, la relation que tu as avec eux, je veux les connaître.

– Par où commencer ? dit-il dans un soupir. Je les adore. J'ai une famille loufoque, mais adorable. Ma mère est psychologue, elle possède son propre cabinet, et mon père a toujours aimé réparer des voitures. Il a ouvert un petit garage il y a quelques années.

– Et ton frère ?

– C'est le petit génie de la famille. Il a eu son bac à seize ans et il est en troisième année de médecine. Il veut devenir neurochirurgien, il en a encore au moins pour neuf ans d'études, mais il adore ça. Il est à Nice.

– À Nice ? Pourquoi pas à Paris ?

– Mon frère est très studieux, mais il aime aussi profiter, et Nice a de gros avantages. Notamment la plage et les jolies filles qui vont avec. À côté de ça, il rentre chez mes parents tous les week-ends.

– Eh bien… et tu t'entends bien avec lui ? Et avec tes parents ?

– Avec Aaron on se voit rarement, mais on s'entend très bien. Mon père est quelqu'un de joyeux et ma mère est très à l'écoute et très douce. Le mot d'ordre à la maison a toujours été « dialogue ». Après chaque dispute, elle nous réunissait autour de la table, nous servant de médiatrice.

– Pourquoi es-tu venu à Paris, alors ?

Son sourire s'efface un peu, puis il hausse les épaules.

– Je ne me sentais plus à ma place.

– Chez toi ?

– En général. Orléans ne m'apportait plus rien, je voulais respirer, voir autre chose…

Voir autre chose ou fuir quelque chose ? J'ai l'impression qu'il ne me dit pas tout. J'aimerais savoir ce qui s'est réellement passé pour que Noah quitte une vie qui semblait idéale.

– Est-ce que je vais tomber sur d'anciennes petites amies ?

Il met le clignotant pour se diriger vers une sortie.

– Il n'y a pas de danger. Peut-être un flirt, mais rien de plus.

– Tu n'as vraiment jamais eu de petites amies avant *elle* ?

Je refuse d'articuler son prénom. Et dire qu'elle a été sa première petite amie, peut-être même son premier amour…

– Avant toi, tu veux dire, me reprend-il.

– Noah, ne dis pas ça pour me rassurer. Tu as eu une histoire avec elle, ne le nie pas.

– Je ne le nie pas, mais ce n'était pas une relation amoureuse. Ce que l'on vit toi et moi, c'est une relation de couple, et je me rends compte que ce que j'ai vécu avec Émilie n'était finalement rien d'autre que… qu'une relation fondée sur le sexe.

J'avale difficilement ma salive. Même si je suis heureuse d'être sa première vraie relation, je sais qu'il a passé cinq mois avec elle. S'il lui était si attaché, c'était grâce au sexe et à son expérience au lit. Chose avec laquelle je ne peux pas rivaliser.

– N'y pense pas, ce week-end, on ne pense rien qu'à nous. S'il te plaît.

– Oui, bien sûr.

Je décide de ne pas me prendre la tête avec des questions inutiles lorsque Noah pose sa main sur ma cuisse pour me rassurer. Après tout, c'est moi qui suis avec lui, c'est à moi qu'il veut présenter ses parents. Pas à cette cougar.

Nous roulons pendant près de deux heures. Je regarde le paysage défiler, je chantonne les chansons qui passent à la radio, j'embrasse parfois Noah pendant qu'il conduit et cela le fait sourire. Ce sourire…

Il s'éloigne du centre-ville d'Orléans et, après encore quelques minutes de route, il bifurque sur la droite. Nous remontons une petite allée au bout de laquelle se trouve une très jolie maison en pierre. Noah se gare juste derrière un 4 X 4 Mercedes gris, coupe le moteur de la voiture et se tourne vers moi alors que je suis en train de contempler le grand terrain qui entoure la maison.

– Tu es prête ? demande-t-il en caressant ma joue.

– Ils vont me détester, j'affirme en le regardant, alarmée.

– Impossible. Détends-toi, je serai avec toi.

Nous sortons de la voiture, mais, alors que je me dirige vers la maison, il me retient par le bras et m'attire contre lui.

– Je sais à quel point il est difficile pour toi de rencontrer des gens pour la première fois. Tu es très courageuse, Constance, je suis fier de toi.

J'enserre sa taille en me hissant sur la pointe des pieds.

– Je t'aime.

Il sourit puis picore mes lèvres avant de prendre ma main et de se diriger vers la maison. En montant les marches qui nous rapprochent de la porte, je crois voir un rideau bouger à une fenêtre. La porte s'ouvre avant que Noah ait eu le temps de poser la main sur la poignée ; je n'ai pas rêvé.

– Noah, mon chéri !

Une femme aux grands yeux rieurs se jette au cou de Noah, qui resserre ses doigts autour des miens et enlace sa mère de son bras libre.

– Salut, maman.

– Je suis tellement contente de te voir !

– Moi aussi, dit-il en reculant.

– Laisse-le respirer, Carole.

Un homme d'une cinquantaine d'années apparaît à son tour. Grand, les cheveux grisonnants, les yeux verts et un air nonchalant, je reconnais l'homme sur la photo de famille qui est encadrée dans la chambre de Noah.

– Oh, pardonnez-moi, je le vois si peu que je n'ai pas pu me retenir, lance « belle-maman » en me faisant face.

Son étreinte chaleureuse me surprend ; je me retrouve dans ses bras sans avoir rien vu venir.

– Bonjour, madame Dumont, je bredouille.

Noah, qui tient toujours ma main, me fait un clin d'œil.

– Appelez-moi Carole.

– Je ne la tiens plus depuis qu'elle sait que tu viens.

Le père et le fils se donnent une accolade virile.

– Bonjour, monsieur Dum…

– Armand. Juste Armand, dit-il en me serrant chaleureusement la main.

– Entrez, entrez, s'écrie Carole en nous devançant dans la maison, suivie de son mari.

– Bienvenue chez moi, glisse Noah à mon oreille lorsque nous y pénétrons à notre tour.

48

Nous sommes installés au salon. L'intérieur de la maison est magnifique. Le sol est recouvert de parquet, la décoration est moderne, les pièces sont grandes et baignées de lumière, bref, je suis amoureuse de cette maison.

Aaron, le frère de Noah, nous a rejoints. Il a des airs de son frère, mais Noah est sans conteste le plus beau. Je ne suis peut-être pas objective, mais c'est mon avis.

– Et alors, qu'est-ce que vous faites dans la vie, Constance ? me demande Carole.

Ses yeux pétillent, elle semble à tout moment sur le point de se lever et de crier hourra.

– J'étudie le droit.

– Et vous pensez faire quel métier ? demande Armand. Il y a tant de débouchés possibles.

Qu'est-ce que je peux lui répondre ? Dois-je lui mentir ? Je déteste mentir.

– Constance est une artiste dans l'âme. Elle va arrêter le droit pour se consacrer à sa passion, le dessin.

Je foudroie Noah du regard. Que va penser sa famille ? Pour la plupart des gens, le dessin n'est qu'un passe-temps, comment espérer qu'ils me prennent au sérieux après ça ?

– Le dessin. J'admire les personnes qui ont une âme d'artiste, je sais à peine dessiner une maison, s'amuse Carole en souriant.

– Constance est extrêmement douée, répond Noah en prenant ma main.

C'est fou comme il est à l'aise. Ses petites attentions envers moi me ravissent et ne semblent pas choquer ses parents. C'est une famille ouverte d'esprit, à l'écoute et attentive, bref, l'exact opposé de la mienne.

– Est-ce que tu t'es blessé, mon chéri ? s'inquiète soudain sa mère en fronçant les sourcils.

Elle montre du doigt la marque sur la mâchoire de Noah. Je me sens terriblement gênée, je suis certaine qu'ils me rejetteraient s'ils savaient que mon fou de père a cogné leur fils.

– On chahutait avec des potes et un coup est parti trop vite.

Sa mère hoche la tête, mais je vois qu'elle n'est pas dupe. Elle est attentive à ses enfants, elle remarque quand quelque chose ne va pas, elle agit comme une mère, tout simplement.

– Noah, est-ce que tu veux faire visiter la maison à Constance pendant que je termine de préparer le déjeuner ?

– Pas de problème, viens, mon ange.

Je rougis de mon petit surnom, mais Noah, lui, semble sur un nuage. Encore plus lorsque je prends la main qu'il me tend.

– Elle semble tellement gentille, et elle est jolie en plus, elle va me plaire je le sais, je l…

Je n'entends plus ce que dit Carole Dumont, mais son enthousiasme me fait sourire.

– Je te l'avais dit, murmure Noah à mon oreille avant de déposer un baiser sur ma tempe.

Nous montons à l'étage. Quatre chambres, deux salles de bain et un bureau. Cette partie de la maison est aussi grande que le rez-de-chaussée et tout aussi bien décorée. Noah m'entraîne au fond du couloir et ouvre une porte qui débouche sur une chambre.

– Et voilà ma chambre. Enfin, mon ancienne chambre.

La pièce est grande, mais ce qui m'attire l'œil c'est la taille du lit, qui est immense. Trois adultes y rentreraient facilement et pourraient y passer une nuit paisible sans se gêner. Après le lit, la seconde chose qui attire mon attention c'est le tee-shirt de basket accroché au mur et qui porte le numéro 10 ainsi que le prénom de Noah, comme dans sa chambre à Paris.

– Pourquoi tu ne fais plus de basket ? je demande.

– Ce n'est pas intéressant.

Il se glisse derrière moi pour enlacer ma taille.

– Bien sûr que si.

– Le basket ne me convenait plus, je ne pouvais plus en faire, alors j'ai arrêté.

Il me soulève sans crier gare et nous fait tomber sur le lit. Je ris en passant mes bras derrière sa nuque.

– C'est bizarre de te voir ici, chez moi, dans ma chambre d'adolescent. Ça me fait plaisir.

– Est-ce que tes parents sont du genre à vouloir que l'on fasse chambre à part ?

Il sourit en caressant mon nez du sien.

– Non. Et même si c'était le cas, j'aurais fait en sorte de contourner la règle.

Il remet une mèche de mes cheveux dernière mon oreille tout en détaillant mon visage.

– Je ne sais plus dormir sans toi, murmure-t-il.

– Moi non plus. Il n'y a que dans tes bras que je suis bien.

Il embrasse mon front, puis mes lèvres, mais j'ai besoin de plus, j'ai besoin de lui.

– Serre-moi fort, je murmure.

Il roule sur le dos pour que je me retrouve au-dessus de lui. Ses bras se referment autour de moi, me serrant à me faire manquer d'air. Je ne me suis jamais sentie aussi bien.

– Après le déjeuner, on ira se balader tous les deux. Je veux tout te monter de la ville ou j'ai grandi.

– Avec plaisir, je te suivrai où tu voudras.

Nous restons encore un peu dans les bras l'un de l'autre à nous câliner avant de redescendre. Une délicieuse odeur de nourriture envahit la maison. Une jolie table est dressée dans la salle à manger. Noah et moi nous installons, son frère Aaron attend également, le nez sur son téléphone.

– Constance, veux-tu boire quelque chose ? Un peu de vin ? propose Armand.

– Non, merci, je préférerais du jus de fruits si vous en avez.

– Je vais te chercher ça. Tu viens m'aider, chérie ? demande-t-il à sa femme.

Cette dernière semble étonnée, mais le suit finalement.

– Alors, morveux, c'est tout ce que tu racontes ? Comment ça se passe les cours ? demande Noah.

– Au top. Normalement, cette année, je vais encore finir premier de la promo.

– Et comment ça va avec… comment elle s'appelle déjà ?

– Bérénice ! C'est terminé depuis quinze jours.

– Ah, au temps pour moi. Qu'est-ce qui n'allait pas avec celle-là ?

– Rien. J'ai juste envie de voir si l'herbe est plus verte ailleurs.

OK… les frères Dumont sont deux parfaits opposés. Lorsque Aaron sourit à son frère d'un air entendu, une petite fossette apparaît. Peut-être pas si différents que ça, finalement…

M. et Mme Dumont reviennent, tout sourires. Carole nous sert son poulet, frites, salade verte.

– J'ai fait simple, je ne voulais pas prendre le risque de cuisiner quelque chose que vous n'auriez pas aimé.

– Maman, tu peux la tutoyer, tu sais, intervient Noah en riant.

– Oui, vous pouvez me tutoyer.

Elle hoche la tête en me souriant sincèrement. Le déjeuner se déroule dans la bonne humeur, je n'interviens pas beaucoup, je prends doucement mes marques. Je préfère observer, pour le moment. Noah pose souvent une main rassurante sur ma cuisse en me souriant. Il sait que je ferais n'importe quoi pour ce sourire, je suis certaine qu'il en joue.

Après le déjeuner, il m'enlève et nous partons arpenter sa ville. Son collège, son lycée, le gymnase où il s'entraînait, le parc où il retrouvait ses amis, il me montre tout. Je le découvre sous un nouveau jour. Plus serein, et décontracté, j'arrive à imaginer quel adolescent insouciant il a été.

– Voilà, tu as tout vu, dit-il alors que nous sortons du parc pour regagner la voiture.

– Merci de m'avoir montré ton ancienne vie. Je n'arrive toujours pas à comprendre comment tu peux préférer Paris. Moi j'y ai toujours habité, je ne connais rien d'autre, mais si j'avais vécu dans une ville comme celle-ci, je pense que j'y serais restée.

– Il y a des choses qui ne s'expliquent pas.

Son humeur change étrangement, d'insouciant et enjoué, il devient maussade et nostalgique. Je n'aime pas ça.

– Je suis un peu fatiguée, je crois que tu vas devoir me porter jusqu'à la voiture, dis-je pour le taquiner et changer de sujet.

Il plisse les yeux en me regardant. Un sourire éclatant égaie son visage.

– Je plaisante, Noah, si tu fais ça tu vas…

Je pousse un cri de surprise lorsqu'il passe ses mains sous mes jambes et me soulève comme une jeune mariée. Je m'accroche à son cou en le fusillant du regard.

– Je te taquinais ! Tu prends tout au pied de la lettre. Pose-moi, Noah, tu vas te faire mal.

– Bla-bla-bla, toujours les mêmes bêtises.

– Je suis sérieuse, je suis bien trop lourde, je…

– Oh, la ferme, Constance Pradel ! dit-il en levant les yeux au ciel.

Je ne m'attendais tellement pas à ce qu'il me dise une chose pareille que je me tais. Et lui, il éclate de rire.

– Tu te verrais, dit-il en se bidonnant.

Je mords son cou en guise de punition.

– Grrr, tu me fais de l'effet.

– Tu es obsédé, dis-je en riant à mon tour.

– Par toi.

Nous arrivons enfin à la voiture, et nous rentrons chez lui en riant.

L'après-midi a filé à toute allure et je n'ai pas le temps de me poser de questions qu'il est déjà l'heure de me préparer pour la soirée d'anniversaire d'Armand Dumont. Noah et son frère finalisent le cadeau pendant que je prends ma douche.

Une fois lavée, je retourne dans la chambre et farfouille dans ma valise à la recherche de ma tenue pour ce soir.

Je sors ma petite robe bordeaux que je n'ai mise qu'une fois, ma veste en cuir, mes chaussures ainsi que… mes collants.

J'ai beau chercher je ne les trouve pas. Oh, non. Je les ai oubliés, j'ai oublié mes collants ! Comment vais-je faire ? Je ne peux décemment pas porter une robe sans porter de collants, et je ne peux pas non plus me rendre dans un restaurant chic en jean.

Je panique, je ne sais plus quoi faire. Je vais faire honte à Noah et c'est la dernière chose dont j'aie envie.

Il entre dans la chambre au moment où je suis en pleine panique et se rend compte que quelque chose ne va pas.

– Qu'est-ce qui se passe ?

– Mes collants !

– Tes collants ? répète-t-il, incrédule.

– J'ai oublié mes collants, je ne peux pas mettre ma robe sans collants, sinon on va voir mes jambes et je ne peux pas les montrer.

– Oh, du calme. Je ne comprends rien. Pourquoi tu ne peux pas montrer tes jambes ?

– Mais parce qu'elles sont laides ! Qu'est-ce que ta famille va penser si elle voit qu'en définitive, avec ses jambes énormes, ta petite amie est immonde ?

C'est vraiment la panique. Noah a déjà vu mes jambes, c'est certain, mais à part lui personne ne doit les voir, elles sont trop grosses, mon père me l'a assez répété. Noah semble d'abord contrarié, puis carrément furieux. Il attrape rageusement ma robe étendue sur le lit et me montre l'étiquette.

– Qu'est-ce que tu lis ? demande-t-il d'une voix dure.

– Trente-six, je réponds, surprise.

Il la jette sur le lit et me soulève pour m'emporter dans la salle de bain.

– Noah, pose-moi, qu'est-ce que tu fais ?

Il ne m'écoute pas et finit par me poser, mais pas sur le sol. Sur un pèse-personne.

– Regarde.

– Non.

– Regarde ! répète-t-il plus durement.

Je finis par baisser les yeux pour affronter le chiffre qui s'inscrit.

– Lis !

– Cinquante-neuf, je balbutie.

– Cinquante-neuf putains de kilos. Et tu mesures quoi ? Un mètre soixante-huit ? Un mètre soixante-dix ?

– Un mètre soixante-dix, je réponds, le regard rivé sur la balance.

– Et tu trouves que quelque chose cloche ? Vraiment ?

– Mais mes jambes…

– Quoi tes jambes ? s'écrie-t-il. J'en ai marre, Constance. Je t'aime, je te trouve magnifique et tu continues de te descendre en flèche. Tu préfères croire ce que te dit ton cinglé de père plutôt que moi ? Parfait ! Écoute-le, laisse-le gâcher ta vie.

– Noah…

– Merde à la fin !

Il prend ma main et me place face à un miroir en pied. Il retire la serviette qui me couvre. Je me retrouve nue face à lui, face à moi-même.

– Regarde-toi ! Bon sang, regarde un peu ce que tu es, Constance. Tu es belle, rentre-toi ça dans le crâne. Est-ce que tu crois vraiment que je pourrais te toucher si je ne te trouvais pas attirante ? Si je te trouvais laide, comme tu dis, est-ce que tu penses que j'aurais tout le temps envie de toi ? Tu le penses ?

– Non, dis-je, au bord des larmes.

– Alors arrête de te dévaloriser, s'emporte-t-il encore. Juste, arrête !

Je me regarde. Je regarde ce corps que j'ai détesté presque toute ma vie, je le regarde et je l'apprends, j'apprends à le voir autrement que comme une chose hideuse, honteuse. J'apprends tout ça sous le regard de Noah, parce que c'est son regard qui compte, c'est son regard qui vaut tous les avis du monde. S'il m'aime et me trouve belle, pourquoi je continue à me flageller ainsi ? Mon père m'a toujours rabaissée et j'ai fini par croire ce qu'il me disait, mais j'avais tort.

Je ne me trouve pas belle, je suis peut-être jolie, mais je ne suis pas encore belle. Peut-être que je pourrais le devenir, grâce à Noah. Je le suis déjà dans ses yeux et c'est un cadeau magnifique qu'il me fait que de m'accepter et de me vouloir comme je suis, avec mon lot de défauts et d'insécurités.

– Il ne m'a jamais trouvée belle, il m'a toujours dit que personne ne s'intéresserait à moi. Mais tu es là, toi, tu me dis que tu m'aimes, que je compte pour toi, et j'ai du mal à y croire, j'ai du mal à m'y faire.

– Il le faut pourtant, répond-il, plus calme.

Je me retourne et me blottis dans ses bras.

– Apprends-moi à m'aimer, Noah, il n'y a que toi qui puisses le faire.

Il me soulève, nous emporte dans la chambre, où il me dépose délicatement sur le lit. Je reste accrochée à lui, je veux le garder contre moi.

– Je peux bien essayer de te donner toute la confiance du monde, mais tant que tu n'auras pas compris que c'est à toi de t'accepter…

– Tu m'as déjà beaucoup aidée, tu n'imagines pas les changements qui sont survenus dans ma vie depuis que tu y es entré.

– Je le sais, mon ange, mais le reste du travail c'est toi qui dois le faire. Je vais t'aider, bien sûr que je vais t'aider, je ne te laisserai jamais tomber.

– Embrasse-moi.

Il s'exécute en prenant soin de rester le plus doux possible.

– On doit se préparer pour ne pas être en retard. S'il te plaît, montre tes jambes. Elles me rendent dingue, ces jambes, ton corps me rend fou, *tu* me rends fou. Je ne veux pas que tu te sentes obligée de le faire je veux juste que tu essaies. Et si vraiment c'est insurmontable pour toi, on trouvera une solution.

Il picore mes lèvres avant de reprendre :

– Mais ne dis plus jamais que tu es immonde, que tu as peur de me faire honte ou je ne sais quelle autre connerie, parce que je vais vraiment me mettre en colère.

– Je t'aime, je réponds en caressant son visage.

– Je t'aime bien plus, répond-il.

Impossible, Noah, impossible…

49

– Vous êtes tellement beaux, tous les deux. J'aurais dû prendre une photo avant que nous ne sortions de la maison. Je le ferai en rentrant, si vous le voulez bien, il faut à tout prix que je vous immortalise et…

– Maman, respire, intervient Aaron en secouant la tête.

– C'est gênant, renchérit Noah en soupirant.

– Je suis d'accord avec ta mère, on aurait dû prendre une photo.

Qui aurait cru qu'après ma crise de panique je pourrais être si détendue ? Qui aurait cru que je pourrais être détendue *et* en robe ? Qui aurait cru qu'un jour je porterais une robe sans aucun moyen de cacher mes jambes ?

La mise au point de Noah a agi sur moi comme un électrochoc. Je ne suis pas un monstre. Je dois apprendre à vivre avec moi-même, à m'accepter comme je suis. Je ne dois plus laisser mon père me gâcher la vie. Je n'oublierai pas la réaction de Noah lorsque j'ai enfin eu le courage de sortir de sa chambre, vêtue de ma petite robe bordeaux. J'ai vu ses yeux pétiller, sa pomme d'Adam voyager dans sa gorge. Il a immédiatement fait un pas vers moi pour me prendre dans ses bras. Il a détaillé mes cheveux attachés en chignon, mon visage maquillé, son regard est descendu sur ma poitrine puis le long de mes courbes avant de finir sur mes jambes.

– Magnifique, a-t-il soufflé.

Magnifique. Ce mot résonne encore en moi, et, alors qu'il me regarde, je comprends véritablement qu'il tient à moi. Il n'y a pas de pitié dans son regard, juste de l'amour.

– Tu voulais qu'on s'immortalise ? demande-t-il en souriant.

J'ai une furieuse envie d'embrasser sa fossette.

– Pourquoi pas ?

– Je nous arrangerai ça, répond-il en me faisant un clin d'œil.

– Bon, alors quand est-ce que vous m'offrez mon cadeau ? s'impatiente Armand.

– Qui te dit que tu en as mérité un ? le taquine Noah.

– Ne faites pas attendre votre père, il est intenable.

Aaron sort du restaurant pour aller chercher le cadeau qui est resté dans la voiture. Il revient et tend le paquet à son père.

– Nono et moi on a mis un sacré moment à le trouver.

– Nono ! je répète en éclatant de rire.

– Merci, Aaron, lance « Nono » à son frère.

Armand Dumont se transforme en petit garçon et un instant j'ai l'impression de voir Noah lorsqu'il est tout excité. Quand l'emballage est enfin déchiré, les yeux d'Armand s'écarquillent tandis que je ne vois encore qu'une boîte qui me semble assez ordinaire.

– Oh, bon sang ! Oh, c'est pas vrai ! Comment vous avez fait pour la trouver ? Je la cherche depuis plus de deux ans !

– Tu n'as pas bien cherché, papa, rétorque Noah, triomphant.

– Vous êtes fous, les garçons ! intervient Carole.

– Qu'est-ce que c'est ? je demande, curieuse.

– Mon père fait la collection des voitures miniatures. Il en a déjà amassé un bon paquet, mais il y en a une qu'il cherche depuis très longtemps.

– L'Aston Martin db5. Elle a dû vous coûter une fortune, où l'avez-vous trouvée ?

– Elle vient du Canada, avoue fièrement Aaron. On a eu du mal à l'avoir, mais tu ne rêves pas, elle est bien à toi.

– Je savais qu'il y avait de bons côtés à avoir des enfants, claironne Armand.

Tout le monde rit, je ne peux m'empêcher de me joindre à eux. Je croise le regard de Carole. Elle est émue de voir son mari et ses fils si complices. Elle regarde Noah avec tellement de tendresse, mais je décèle aussi ce que je crois être un peu de tristesse, ou de regrets. Et puis elle me regarde. Elle me sourit chaleureusement, ses yeux brillent. J'aimerais lui demander tant de choses à propos de Noah, j'aimerais comprendre ce qui l'a poussé à s'en aller, savoir quel enfant et quel adolescent il a été… Je veux le connaître entièrement.

Une main sur ma cuisse me ramène à la réalité. Je capte le regard profond de mon Noah, celui-là même qui provoque chaque fois une envolée de papillons dans mon corps. Il mime un je t'aime et je fonds. Je me penche, prenant l'initiative de l'embrasser, même si nous sommes devant sa famille, au milieu d'un restaurant. Il n'y a aucun mal à s'aimer, j'ai le droit de profiter de l'homme que j'aime, peu importe ce que les autres pensent.

– Eh, pensez un peu à ceux qui sont célibataires, grommelle Aaron.

Je m'apprête à rompre notre baiser, mais Noah m'en empêche, plaquant une main derrière ma tête pour nous souder un peu plus. Je parviens quand même à interrompre notre étreinte. Ses yeux pétillent de malice et de désir, ses lèvres sont légèrement gonflées, et je suis certaine que les miennes ont la même allure.

Le reste du repas se déroule dans la bonne humeur, je me sens à l'aise avec les Dumont. Pour la première fois depuis très longtemps j'ai l'impression de faire partie d'une famille.

Nous rentrons chez eux, Noah me serre contre lui à l'arrière du 4 X 4, ses mains caressent mes jambes comme elles l'ont souvent fait pendant la soirée. Je crois qu'il est vraiment heureux que j'aie passé ce cap, et son bonheur suffit à susciter le mien.

– Bonne nuit, les amoureux, et prévenez-moi s'il faut que je mette des boules Quiès cette nuit, lance Aaron en riant tout en montant à l'étage.

Je rougis instantanément. Noah lève son majeur en direction de son frère, son père essaie de masquer son sourire, quant à Carole, elle semble aussi gênée que moi.

– Bonne nuit, dis-je en leur faisant signe, et encore bon anniversaire, monsieur Dumont. Je veux dire, Armand.

– Merci beaucoup, Constance, bonne nuit à vous deux.

Sans plus attendre, Noah m'entraîne dans sa chambre. Il referme la porte du pied, puis la verrouille.

– Tu me séquestres ?

– Si seulement.

Il retire ma veste en vitesse, me soulève et me jette sur le lit. Décidément, quelle manie il a de toujours me jeter sur les lits ! Et je ris tandis que je rebondis. Mon dos n'a pas le temps de toucher le matelas que Noah s'allonge déjà sur mon corps, affamé.

– Tu m'as rendu fou toute la soirée.

– Vraiment ?

– Comme si tu ne le savais pas.

Ses mains glissent sur mes jambes, remontent le long de mes cuisses pour se poser sur ma petite culotte.

– Noah… attends.

Il se fiche de ce que je lui dis. Ses lèvres capturent les miennes pour me faire taire et ses mains continuent leur progression.

– Non, non, Noah. Non.

– Pourquoi ? demande-t-il, incrédule.

– Mais parce que nous sommes chez tes parents.

– Et ? Je ne vois pas où est le problème.

J'arrive à me soustraire à lui au moment où ses lèvres s'apprêtent à fondre à nouveau sur moi.

– On ne fera rien chez tes parents.

Ses yeux s'écarquillent.

– Rien… tu veux dire qu'on ne va rien faire du week-end ?

– Si tu me dis que tu ne peux pas te retenir pendant trois jours, je t'emmène consulter dès qu'on rentre à Paris.

Il geint et cache son visage entre mes seins.

– Tu vas me faire mourir.

Je me lève en riant alors qu'il enfouit sa tête dans l'oreiller pour exprimer son mécontentement. Je prends ma valise et décide d'aller me changer dans la salle de bain attenante à la chambre de Noah. Je retire rapidement mes vêtements, plie soigneusement ma petite robe bordeaux – qui à partir d'aujourd'hui sera ma robe préférée –, et je sors la nuisette bleu nuit que je me suis achetée avec Sophia. Je l'enfile et me regarde dans le miroir en pied. Je ne ressemble en rien à ces mannequins qui défilent sur les podiums. Je détache mes cheveux et me démaquille.

Je ne ressemble peut-être pas à un top model, mais Noah me trouve belle. Je me répète cette phrase plusieurs fois pour trouver le courage de sortir de la salle de bain.

Lorsque j'entre à nouveau dans la chambre, mon Noah s'est changé lui aussi, pourtant il a gardé la même position boudeuse que lorsque je suis partie. Il a enfilé le pantalon de survêtement que j'affectionne tant et il est évidemment torse nu. Je détaille son dos parfaitement sculpté et musclé et je n'ai qu'une envie, en embrasser chaque centimètre. Mais d'ailleurs, qu'est-ce qui m'en empêche ?

Je grimpe sur le lit puis m'assieds à califourchon sur ses fesses. J'embrasse son dos en commençant par ses omoplates et je descends plus bas.

– Constance, ça n'aide pas, ronchonne-t-il dans l'oreiller.

Je continue de l'embrasser, me payant même l'audace de l'agacer, en mordillant sa peau par endroits.

– Oh, bon sang, dit-il en se retournant brusquement.

Je ris en me retenant à lui pour ne pas basculer sur le lit. Lorsque ses yeux s'arrêtent sur la nuisette que je porte, je rougis.

– Bordel de merde ! Constance ! s'indigne-t-il en me détaillant. Tu me demandes de faire ceinture alors que la seule chose dont j'ai envie c'est de t'arracher cette nuisette et de te faire l'amour jusqu'à ce que mort s'ensuive.

Je rougis, glousse et écarquille les yeux, tout ça en même temps.

– Tu es superbe.

Il agrippe mes hanches et me renverse sur le lit. Il s'allonge sur moi, m'embrasse durement, fiévreusement, passionnément.

Son bassin commence à bouger contre le mien, doucement d'abord, puis ce petit jeu semble lui plaire, il continue.

– Noah… oh, non, Noah.

Je gémis plus que je ne proteste, et pourtant il faut que je cesse ce petit manège, avant que l'on atteigne le point de non-retour.

– Non, non, non ! Ça suffit, dis-je en échappant à sa bouche. Je suis désolée, Noah, mais ce week-end c'est ceinture.

– Tu es cruelle, femme !

Il prend mon visage dans sa grande main et m'hypnotise de son regard.

– Dès qu'on rentre à Paris, on s'enferme chez nous et tu mettras cette nuisette juste pour que je puisse te l'arracher.

– Chez nous ?

– Chez nous !

– Tout ce que tu veux.

Il écrase sa bouche sur la mienne avant de se lever en grognant. Je suis pantelante et, je dois bien l'avouer, frustrée de ne plus sentir son corps chaud sur le mien. Je me redresse lorsque je le vois prendre un tee-shirt et le passer.

– Oh, non, enlève-le, s'il te plaît, j'aime dormir contre toi.

– Et moi j'aime te faire l'amour. Pas de sexe chez mes parents, pas de pelotage pendant la nuit.

– Du pelotage ? Mais je ne te pelote pas ! je m'indigne.

– Oh que si ! dit-il en revenant sur le lit. Tu ne te rends pas compte du souci que tu me causes pendant la nuit. Et vas-y que tu te retournes, que tu frottes ton nez tout froid contre mon torse. Vas-y que tu frottes tes pieds contre les miens pour t'endormir, que tu as les mains baladeuses dans ton sommeil. Et moi dans tout ça ? Je me bats pour que petit Noah reste tranquille et ne fasse pas des siennes.

Mes yeux s'écarquillent et j'explose de rire.

– J'hallucine ! Tu viens d'appeler ton pénis « petit Noah » ?

– Tu viens de dire « pénis » ? renchérit-il, tout aussi surpris.

Nous rions comme deux idiots. Ses bras se referment autour de moi. Il se laisse tomber sur le dos et m'allonge sur son torse.

– Es-tu en train de rire de ma virilité ?

Son visage est sérieux, mais ses yeux sont rieurs.

– Pas le moins du monde, monsieur Dumont. Je pensais simplement que le dénominatif n'était pas approprié.

– Poursuivez, jeune fille.

Je pose mes avant-bras de chaque côté de sa tête puis frotte mon nez contre le sien avant de reprendre :

– J'aurais plutôt pensé à : Big Noah.

Un sourire amusé étire ses lèvres.

– Big Noah.

Je hoche la tête en souriant à mon tour.

– Je vous présente toutes mes excuses, à vous et Big Noah, pour toutes ces nuits agitées et inconfortables.

– J'espère qu'il y en aura encore bien d'autres.

Ses lèvres frôlent les miennes, elles ne m'embrassent pas, elles me caressent, et ma peau se couvre de frissons.

– Tu m'étonnes chaque jour un peu plus, Constance. Mes parents t'adorent, tu sais.

– Moi aussi je les aime beaucoup. Tu as vraiment une famille formidable, tu as beaucoup de chance.

– J'en ai conscience. Une famille formidable, une petite amie extraordinaire… je pense qu'il n'y a pas plus chanceux que moi sur cette Terre.

– Tu es le meilleur petit ami du monde, je chuchote.

Il prend avec force mes lèvres entre les siennes. Sa langue se fraie un passage dans ma bouche pour enlacer langoureusement la mienne. Ses mains se baladent sur mon corps et je les arrête lorsqu'elles s'emparent de mes fesses. Il grogne de mécontentement, mais n'arrête pas de m'embrasser.

Juste avant qu'il ne nous cache sous les couvertures, il retire son tee-shirt et sourit, tout fier de lui, lorsqu'il me voit fixer son torse avec envie.

Sans plus attendre, je me love contre lui. Je pose mes pieds contre les siens, les frottant pour le taquiner.

– Attention, peut-être que je ne pourrai pas retenir Big Noah cette nuit.

– Je prends le risque.

Je cale ma tête contre son torse alors qu'il caresse mon dos et embrasse ma tempe.

– Je t'aime, susurre-t-il.

Je ferme les yeux et je respire son odeur. Son odeur enivrante, rassurante, son odeur qui me fait me sentir chez moi, à la maison.

Il est mon repère, ma raison d'être. Il est mon monde entier.

50

Je suis réveillée depuis une bonne quinzaine de minutes déjà et je regarde Noah dormir. Son visage est détendu, son bras est enroulé autour de ma taille, il respire doucement, la bouche entrouverte.

Je m'extirpe de ses bras le plus doucement possible pour ne pas le réveiller. Il bouge et soupire avant de se retourner et de remonter la couette. J'enlève ma nuisette pour passer mon legging – que je n'ai pas manqué d'emporter –, ainsi qu'un tee-shirt de Noah. La maison me semble silencieuse, mais une odeur de café se fait sentir depuis le rez-de-chaussée.

Je sors de la chambre sur la pointe des pieds et descends l'escalier. Je trouve Carole dans la cuisine, vêtue de sa robe de chambre, en train de s'affairer à préparer le petit déjeuner. Elle semble ne pas m'avoir entendue arriver. Je m'éclaircis la gorge, la faisant sursauter.

– Bonjour, Carole, je murmure pour ne pas réveiller la maison encore endormie.

– Bonjour, Constance. Tu peux parler sans gêne, tu sais, les hommes de la famille Dumont ont un sommeil de plomb.

Elle s'approche pour me prendre dans ses bras.

– Vous avez besoin d'aide ? je demande en voyant les ustensiles de cuisine éparpillés sur le plan de travail.

– Avec plaisir, ils vont être affamés quand ils se réveilleront.

Je m'attache les cheveux et m'attelle à la cuisson des crêpes. Je sens le regard de Carole sur moi, je devine qu'elle meurt d'envie de me poser des questions.

– Alors, comment vous vous êtes rencontrés, mon fils et toi ?

Et voilà la question que je redoutais. Que répondre ? Je ne peux décemment pas dire que je l'ai rencontré en achetant ses services. Sa famille n'est probablement pas au courant et c'est compréhensible. Seulement, j'ignore quel métier Noah leur a dit exercer.

– J'ai rencontré Noah grâce à une amie. Le feeling est tout de suite passé.

– Mais ce doit être difficile pour vous de passer du temps ensemble. Noah a un métier qui lui prend... beaucoup de temps et d'énergie.

Elle semble marcher sur des œufs, essayant de savoir ce que je sais de la vie de son fils. Alors je comprends qu'elle est au courant, elle sait !

– Vous savez ce qu'il fait ? je demande, surprise.

– Tu le sais aussi, répond-elle, soulagée. Aaron et Armand ne sont pas au courant. Ils pensent que Noah travaille dans une entreprise d'import-export. Je suis contente qu'il ne t'ait pas caché la vérité.

– Eh bien, c'est comme ça que je l'ai... rencontré.

Je lui jette un coup d'œil anxieux. Que va-t-elle penser de moi ?

– Ce n'est pas du tout mon genre, vous savez, je n'avais jamais fait ça et...

– Je ne te juge pas, Constance, tout comme je ne juge pas mon fils pour ce qu'il fait. Évidemment, en tant que mère, savoir que mon garçon… se vend, c'est terrible, mais c'est sa vie, et je ne peux pas la contrôler.

– Je ne regrette pas ma démarche, puisque ça m'a permis de le rencontrer, dis-je en me concentrant à nouveau sur les crêpes.

– Je suis contente qu'il t'ait trouvée, il est heureux. J'ai toujours eu peur qu'à cause de sa profession il ne puisse jamais avoir une relation sérieuse.

– Qui ne voudrait pas de Noah ? Il est juste… génial.

– Je ne pensais pas qu'il pourrait un jour retrouver le sourire. Depuis l'accident tout est devenu difficile pour lui.

– L'accident ? je répète, incrédule.

Cette fois, je ne vois pas de quoi elle veut parler. Elle comprend qu'elle vient de commettre une erreur en me révélant quelque chose qui apparemment doit rester secret.

– Noah a eu un accident ? je demande, inquiète.

– Je n'aurais pas dû t'en parler, je suis désolée, je pensais que comme tu étais au courant du reste, il…

– Il quoi ?

Je veux savoir ce qui s'est passé.

– Constance ?

Sa voix résonne à l'étage.

– Dans la cuisine, je réponds en mode automatique.

Je me concentre sur les crêpes tandis que Carole s'en va préparer la table pour le petit déjeuner. Deux bras forts s'enroulent autour de ma taille et je me laisse volontiers aller contre ce torse rassurant.

– Bonjour, petit bonheur, murmure-t-il.

– Bonjour, mon amour.

– Tu fais la cuisine ?

– Je ne vis peut-être pas seule, mais je sais me débrouiller.

– C'est ce que je vois. Tu auras intérêt à cuisiner pour moi lorsqu'on rentrera chez nous.

– On dirait un vieux couple, dis-je, amusée.

– Constance, ne fais pas brûler les crêpes ou je ne pourrai jamais te considérer comme ma belle-sœur.

La voix d'Aaron retentit dans la cuisine. Il me fait un clin d'œil en ouvrant le frigo. Noah le bouscule avant de le saluer. Je surveille la cuisson de la dernière crêpe, et Armand Dumont descend à son tour quand je dépose l'assiette au milieu de la table.

– Tu es notre invitée et tu cuisines ?

– Ça ne me dérange pas. D'ailleurs, Carole, est-ce que cela vous embêterait de me donner quelques recettes de ce que Noah aime manger pour je puisse les lui refaire ?

– Avec plaisir, répond sa mère avec un sourire.

– Je savais que j'avais fait le bon choix, intervient Noah en s'installant à côté de moi.

Je lève les yeux au ciel. Il dépose un baiser sur ma joue. Je prends un moment pour les observer. C'est donc à cela que ressemble une famille ? Unie, qui plus est ?

J'envie Noah d'avoir eu des parents à son écoute et qui le soutiennent.

Après le petit déjeuner, Armand s'excuse et se rend au garage, Aaron part préparer ses affaires pour son retour à Nice et Noah me propose de prendre une douche avec lui avant d'aller nous balader tous les deux.

Enfin, il me le propose à sa façon… en me soulevant comme un sac, en me déposant dans la salle de bain, me déshabillant et me poussant dans la grande douche italienne.

– Tu pourrais me demander mon avis.

– Nan !

Il m'attire sous le jet d'eau en m'embrassant. Il semble si heureux et insouciant, bien plus que lorsque nous sommes à Paris.

– J'ai une surprise pour toi, souffle-t-il près de ma bouche.

– Pas tant qu'on est chez tes parents.

Il rit et prend mon visage dans ses mains.

– Et c'est moi l'obsédé ? J'ai vraiment une surprise pour toi. On va se dépêcher de se laver.

Il s'empare du gel douche et commence à me frotter. Il me shampouine ensuite les cheveux. Il semble aimer ça.

– Noah, j'ai du shampoing dans les yeux, dis-je en les fermant plus fort.

– Oh, merde, dit-il en riant.

Je ris avec lui alors qu'il s'applique à me rincer. Il préfère se laver lui-même, pour éviter, je le cite : « toute tentation ». Nous nous séchons et nous habillons rapidement, je ne comprends pas pourquoi Noah est si pressé. Il prévient sa mère que nous serons de retour pour le déjeuner et nous montons dans son Audi pour une destination inconnue.

Nous nous garons sur un parking, face à un terrain de basket. Je repense immédiatement à ce que m'a dit Carole ce matin. L'accident. Je dois savoir. Je suis maintenant persuadée que cet accident a un rapport avec son arrêt brutal du basket. Main dans la main, nous nous rendons au milieu du terrain. Il ferme les yeux et inspire, son excitation semble être retombée.

– Noah, pourquoi tu as arrêté le basket ?

Il ouvre les yeux et son regard se perd dans le vague.

– J'ai toujours adoré ça, tu sais. J'ai commencé au collège, je ne savais même pas que j'aimais le sport avant de découvrir le basket. J'étais bon, même très bon d'après certains. Je voulais être basketteur professionnel. Je ne me voyais pas faire autre chose de ma vie. Un jour mon prof de sport du lycée m'a dit qu'il connaissait un des recruteurs d'une équipe de basket pro. J'étais aux anges quand il m'a appris qu'il viendrait me voir jouer. Je me suis entraîné deux fois plus que d'habitude et le jour J j'étais fin prêt. J'attendais ça depuis tellement longtemps, j'avais dix-huit ans et j'allais enfin réaliser mon rêve. C'est ma mère qui m'emmenait au match ce jour-là. Personne ne sait ce qui s'est passé. Arrivée à un stop elle n'a pas pu freiner et elle a percuté une voiture qui arrivait en face. On a été transportés à l'hôpital. Mon genou droit avait pris tout le choc de l'impact et il était cassé. Autant te dire qu'avec une blessure pareille tu peux oublier les équipes professionnelles. J'ai fait de la rééducation et j'allais mieux, mais ma chance était passée. Ma mère s'en est voulu, elle s'en veut encore, d'ailleurs, et mon père aussi, il se flagellait de ne pas avoir vérifié l'état de la voiture avant que ma mère ne la prenne…

Ma gorge est serrée. Les larmes sont sur le point de faire leur apparition. Je pose ma main dans la sienne pour l'inviter à continuer.

– Je savais que ce n'était pas leur faute, mais j'étais tellement déçu, en colère… je me suis comporté comme un con avec eux. Ma rééducation a duré plus d'un an. Mon épaule avait été aussi un peu touchée, mais le plus critique était le genou. Je n'adressais la parole à personne, je les repoussais sans cesse. Lorsque ma rééducation s'est terminée, je ne suis pas retourné en cours, je ne voulais plus rien faire. Mon rêve venait de m'être arraché. Plus rien n'avait d'intérêt pour moi, tout me semblait fade. Je passais mes journées à dormir et à m'apitoyer sur mon sort, et mes nuits à sortir avec des potes. Ma mère culpabilisait de plus en plus, elle mettait tout en œuvre pour se faire pardonner, délaissant parfois Aaron. Mon père passait de plus en plus de temps dans son garage à réparer des voitures. Un jour j'ai réalisé que ma famille si unie auparavant était en train de se déliter à cause de moi. Quand j'ai eu vingt-deux ans, j'ai décidé de partir, de m'en aller, de voir autre chose. J'étouffais, ici, je ne pouvais plus faire face au regard désolé des autres. Je suis parti à Paris, je crois que ma mère était aussi inquiète que soulagée. Je me suis trouvé un petit boulot dans un McDo, mais les loyers étaient trop chers pour que je puisse me loger avec un salaire comme celui que j'avais. J'ai vivoté pendant un an, et puis un jour j'ai rencontré Coco dans un bar et elle m'a parlé de l'agence. Je l'ai envoyée chier, évidemment, mais lorsque j'ai vu combien certains pouvaient se faire… j'ai mis ma fierté dans ma poche et j'y suis allé. J'ai décidé de vivre au jour le jour, de ne plus me prendre la tête et surtout d'en profiter au maximum.

Il soupire. Mes larmes coulent. Ses yeux sont rougis, mais il se contient. Il essuie une de mes larmes avec son pouce avant de reprendre :

– Je suis passé de jeune basketteur prometteur à gigolo… j'ai laissé tomber mon rêve, je ne me suis pas battu, j'ai été lâche.

– Tu n'es pas lâche, je proteste.

– Si, je l'ai été. Je ne le suis plus maintenant, et si c'était à refaire je me battrais pour mon rêve. Et toi aussi tu dois te battre pour le tien.

– Je ne peux pas, c'est impossible…

– Pourquoi ? Tu n'as même pas essayé.

– Je n'ai pas envie de parler de ça, Noah, on parlait de toi et je… je suis désolée de ce qui t'est arrivé. Mais tu n'as pas à être jugé parce que tu es escort. Moi je suis fière de toi, et je me fiche de ce que tu fais comme métier. Tu t'es débrouillé seul, et personne ne pourra te reprocher ce que tu as fait, en tout cas moi je ne le ferai pas. Jamais.

Il esquisse un mince sourire avant de poser délicatement ses lèvres sur les miennes.

– Ton rêve n'est pas impossible, mon ange.

Il recule et sort son téléphone de sa poche.

– Qu'est-ce que tu fais ?

Je retrouve peu à peu mon Noah souriant et mutin.

– Je ne parle pas très bien anglais, alors Aaron m'a aidé à traduire.

– À traduire quoi ?

Il ne me répond pas, se contente de chercher quelque chose sur son téléphone. Il s'éclaircit enfin la gorge et commence d'un air sérieux.

– *Chère Mademoiselle Pradel…*

– Noah ? je l'interroge, confuse.

– *Votre demande de candidature a particulièrement attiré notre attention. Le book que vous nous avez fait parvenir nous a séduits. Nous serions heureux de vous compter parmi nos élèves l'an prochain et nous espérons avoir très bientôt de vos nouvelles. Bien à vous, J.L. BLANE, Responsable des admissions de la School of Visual Arts.*

Noah range son téléphone et me regarde, tout fier de lui. Je suis complètement pétrifiée, je ne sais pas quoi faire ni quoi dire, je crois même que je ne respire plus. Ses paroles résonnent dans ma tête, mais semblent rêvées, impossibles, trop belles pour être vraies.

– Comment…

C'est tout ce que je parviens à articuler.

– Je leur ai envoyé le portrait que tu avais fait de moi. J'ai aussi emprunté un de tes carnets de croquis, j'espère que tu ne m'en veux pas. J'ai eu leur réponse hier soir.

– Mais tu… comment… ils veulent de moi ?

Je réalise doucement ce qui est en train de se passer, ce que Noah a fait, les conséquences de son geste, sa preuve d'amour…

– Oh, mon Dieu ! Ils veulent de moi ? C'est ça ? Ils ont dit oui ? Ils…

J'éclate en sanglots et je saute au cou de Noah.

– Pourquoi ? je demande, en larmes, m'accrochant à lui comme à une bouée de sauvetage.

– Pourquoi ? Parce que je t'aime et que je veux que tu réalises tes rêves.

Je pleure contre lui. Je pleure de joie, de soulagement, d'émotion. Je pleure parce que je l'aime et qu'il est merveilleux.

– Merci. Merci merci merci…

– De rien, petit bonheur. Tu as ta réponse, maintenant. Et puis surtout tu es bourrée de talent.

– Oh, Noah, Noah, Noah…

J'ai l'impression d'être un disque rayé, je n'arrive plus à formuler une pensée cohérente. Je fonce sur lui et l'embrasse en pleurant encore. Je m'accroche à lui, le serre contre moi. Il me soulève dans ses bras et je m'enroule autour de lui.

– Je t'aime je t'aime je t'aime je t'aime… montre-moi. Le mail. Montre-le-moi.

– Je vais avoir du mal à attraper mon téléphone avec…

– Je m'en fiche, oublie, je t'aime. Embrasse-moi.

Et je me jette à nouveau sur sa bouche comme une affamée. Il rit avant de me rendre mon baiser. Noah vient de m'offrir mon rêve sur un plateau, sans se douter un seul instant que désormais mon plus grand rêve c'est lui.

51

Ce week-end chez les Dumont aura été fantastique. J'y ai connu la famille de l'homme que j'aime, j'ai découvert son passé, je l'ai découvert sous un autre jour… et il m'a offert mon rêve, juste comme ça. Avant de partir, Carole m'a fait promettre de revenir rapidement, ce que j'ai fait avec plaisir.

Le dernier cours de la journée touche à sa fin.

Ça y est.

C'est terminé.

Aujourd'hui, c'est le dernier jour, la dernière fois que je mettrai les pieds dans cet endroit qui a entretenu mes cauchemars pendant bien trop longtemps.

Aujourd'hui je vais me libérer.

– Libérée, délivrée, c'est décidé je m'en vais.

– Sophia, moins fort.

Ma révoltée de meilleure amie claironne ce refrain depuis que nous avons pris le métro. Ce matin Noah avait un rendez-vous et il a été, je crois, plus déçu que moi de ne pas pouvoir me déposer devant l'université. Mais il m'a promis qu'il serait là à ma sortie, pour mon dernier jour de fac.

– Tu te rends compte qu'aujourd'hui c'était le dernier jour?

– Pas vraiment.

– Qu'est-ce que tu vas dire à tes parents?

– La vérité. Que j'arrête parce que je déteste ça… et que j'ai été admise dans l'école de mes rêves.

– Je suis tellement contente pour toi, ce qu'a fait Noah est juste tellement parfait… mais ça veut dire que tu vas partir.

Mon sourire se fane un peu.

– Je crois… oui.

– Tu vas partir? Mais quelle excellente nouvelle, s'exclame une voix braillarde derrière nous.

Sophia et moi nous retournons comme un seul homme et c'est sans surprise que nous découvrons Mathilde et ses acolytes.

– Tu écoutes aux portes, maintenant, Meunier? attaque Sophia.

– Constance Pradel va enfin arrêter de pourrir mon air. Depuis le temps que j'attendais ça, répond-elle en ignorant mon amie.

Sophia s'approche et s'apprête à répondre à ma place, mais je l'arrête. J'ai envie de répondre à Mathilde, je me suis trop longtemps laissée faire, je l'ai trop souvent laissée me malmener. Peut-être est-ce parce que je ne reverrai plus jamais cette peste, ou peut-être parce que je commence une nouvelle vie et que je me sens libre, que j'amorce un pas dans sa direction et que je la défie pour la première fois.

– C'est moi qui vais être contente que tu ne pollues plus mon air, Mathilde. Tu veux que je te dise? Je n'ai pas le temps de te détester, j'ai autre chose à faire. J'ai tellement de peine pour toi, jamais je ne voudrais te ressembler de près ou de loin. Tu es égoïste, méchante, moqueuse, et j'en passe… J'aimerais bien savoir ce qui te rend si aigrie à ton âge.

– La ferme ! dit-elle, bouillonnante.

– Non, pas cette fois. Tu ne me fais plus peur, Mathilde. Tu es comme ces gros chiens qui aboient très fort, mais qui n'approchent pas. Je te plains de devoir vivre avec toi-même.

Je fais volte-face et m'en vais sans attendre de réponse. Mon corps est parcouru d'adrénaline parce que j'ai affronté une des personnes qui a fait de ma vie un cauchemar pendant des années. Ça fait tellement de bien, je me sens forte, presque intouchable, et je suis presque sûre que je pourrais en découdre avec quiconque osera se mettre en travers de mon chemin.

– Tu as été top ! s'enthousiasme Sophia, qui m'a rattrapée. Elle avait une de ces têtes…

C'est avec un grand sourire que je passe les portes de la faculté pour la dernière fois. Je jure que je sens un poids quitter mes épaules. Je laisse tout ça derrière moi, pour de bon. Immédiatement, je cherche Noah des yeux, parce que c'est grâce à lui que je me sens si bien. Je lui dois mon bonheur, et il n'a pas idée à quel point je lui en suis reconnaissante. J'ai beau le chercher, je ne le vois pas. Je reçois alors un message sur mon téléphone. C'est lui.

Désolé, mon ange, je ne pourrai pas venir te chercher, j'ai eu un empêchement. On se voit demain. Je t'aime. Tu me manques.

Demain… ça me semble si loin ! Mais aujourd'hui je vais annoncer à mes parents la décision que j'ai prise et c'est probablement la dernière nuit que je passerai chez eux, car quand ils le sauront ils ne voudront plus de moi. J'embrasse Sophia et je lui souhaite bonne chance pour continuer la fac. Nous avons déjà prévu de nous voir demain, elle est ma meilleure amie et elle le restera.

Lorsque je mets la clé dans la serrure, j'angoisse. Je rentre et la première chose que je vois dans l'entrée ce sont des sacs empilés. Des sacs remplis d'affaires. *Mes* affaires. Je ne comprends pas tout de suite. Mes affaires sont entassées dans le hall d'entrée, comme ça.

Mon père sort du salon. Nos regards se croisent. Je suis sous le choc car je réalise ce qui est en train de se passer.

– Tu me mets dehors ? je l'attaque, incrédule.

– Tu t'es toi-même mise à la rue lorsque tu as choisi de partir avec lui, dit-il sans plus de réaction.

– Tu m'as posé un ultimatum. Je ne voulais pas choisir, d'ailleurs je ne choisis pas, vous êtes mes parents et il est…

– Il est quoi ? Ton petit copain ?! crache-t-il, méprisant. Ne me fais pas croire que tu connais quelque chose à l'amour, tu n'es qu'une enfant.

– Et toi ? Tu sais ce que c'est, l'amour, peut-être ? Tu ne m'as jamais aimée.

– N'essaie pas de retourner la situation. Je t'avais prévenue, Constance. Tes affaires ont été emballées dès que tu as passé la porte avec cette espèce de guignol.

– Ne parle pas de lui comme ça ! je hurle, hors de moi.

Il pointe un doigt dans ma direction et s'approche.

– Prends tes affaires et va-t'en.

Ma mère sort de la salle de bain, elle est en larmes. Pourquoi ne dit-elle rien ? Pourquoi le laisse-t-elle faire ?

– Tu ne peux pas me jeter à la rue parce que je suis amoureuse et que tu ne veux pas le comprendre.

– Victor, s'il te plaît, essaie de te calmer, le supplie ma mère.

– Mais pourquoi tu ne m'aimes pas ? Qu'est-ce que je t'ai fait ? Pourquoi tu me détestes tant ?

Je fonds en larmes. Il fait volte-face et s'en va sans me répondre. Je le suis, cette fois je ne le laisserai pas se défiler.

– Réponds-moi ! Qu'est-ce que j'ai fait pour mériter autant de mépris et d'indifférence ?

– TAIS-TOI, TU NE SAIS PAS DE QUOI TU PARLES ! rugit-il en se retournant, rouge de colère.

– Calmez-vous, s'il vous plaît, tente ma mère derrière nous.

– Tu n'as pas le droit de te conduire comme ça avec moi. Tu es mon père, merde ! je m'égosille.

– JE NE SUIS PAS TON PÈRE ! hurle-t-il.

Une bombe n'aurait pas fait plus de bruit et de dégâts.

– Tu me renies ? je balbutie.

– Victor, je t'en prie, sanglote ma mère.

– Je ne peux pas te renier parce que tu n'as jamais été ma fille. Tu comprends ce que je te dis ? Je ne peux pas t'aimer, je ne suis pas ton père.

Ce n'est pas vrai, il ment, c'est impossible. Malheureusement, l'état lamentable de ma mère me confirme l'ignoble vérité.

– Non. Ce n'est pas… ce n'est pas possible, dis-je en reculant.

– Constance, tente ma mère en m'approchant.

– Raconte-lui, Anne. Raconte à *ta* fille comment tu as brisé notre famille, crache mon père avant de s'enfermer dans son bureau.

Je recule encore jusqu'à la porte d'entrée.

– Ma chérie, je suis désolée…

Mais je ne peux pas supporter ses larmes.

J'ouvre la porte et je m'enfuis en courant, loin de cet endroit que j'ai à tort appelé « ma maison ».

52

J'erre sur le trottoir. Je suis sous le choc. Ma vie entière est fondée sur un mensonge. Pendant des années, l'homme que j'ai appelé « papa » n'était en réalité qu'un étranger. Il me l'a dit lui-même « Je ne peux pas t'aimer ».

Cette phrase résonne dangereusement en moi.

Je ne peux pas t'aimer.

C'était donc ça ? Chaque fois qu'il m'a rabaissée, humiliée, blessée, c'est parce qu'il était incapable de m'aimer ?

Je ne peux pas t'aimer.

Je ne sais plus qui je suis, j'ai vécu avec deux inconnus. Le visage de ma mère baigné de larmes apparaît devant mes yeux. Je ne suis pas prête à entendre leur mensonge, je ne suis pas encore prête à affronter la réalité. Victor Pradel n'est pas mon père, alors qui l'est ? Qui je suis ? Pourquoi ne jamais me l'avoir dit ? Pourquoi ma mère l'a-t-elle laissé être si abject avec moi ? Pourquoi n'a-t-elle jamais ou très rarement pris ma défense ? Pourquoi… ? Tant de questions qui restent pour l'instant sans réponses. Suis-je seulement prête à les entendre, ces réponses ? Non !

Je ne peux pas t'aimer.

En l'espace de quelques minutes, les fondations de ma vie viennent de s'effondrer. Et ça fait mal. Je me suis toujours sentie exclue, pas à ma place, je ne me suis jamais sentie vraiment à l'aise avec mes parents, et pour cause. L'un des deux ne l'était pas vraiment.

J'erre seule, comme une âme en peine. Et dire que je pensais démarrer une nouvelle vie, plus belle et plus légère, et dire que je me pensais enfin libre ! En quelques mots, mes certitudes se sont effondrées et mon existence même vient d'être remise en question.

Je n'ai pas de père, ou plutôt si, et il erre probablement dans la nature.

Qui suis-je ? Je ne cesse de me le demander. Je sais que j'aurai besoin de confronter ma mère, d'entendre ses explications et de connaître la vérité, mais là, tout de suite, c'est impossible. Je sens mon esprit se protéger en repoussant le plus loin possible ce qu'il vient d'apprendre, j'ai besoin d'être protégée et la seule personne avec qui je me sente en sécurité, c'est Noah.

J'ai soudain tellement besoin de lui, de le voir que ma poitrine se comprime. C'en devient viscéral. J'ai besoin qu'il me réconforte, qu'il me dise que tout va bien aller et je le croirai, parce que Noah m'a toujours dit la vérité. Il est la seule personne vraie et réelle de mon univers, le seul en qui j'aie placé une confiance aveugle, inébranlable.

J'arpente à présent les trottoirs avec plus d'énergie, je cours presque jusqu'à la station de métro parce que l'urgence de retrouver ma maison, ma vraie maison, est bien là.

Le trajet me semble interminable.

Lorsque j'arrive enfin dans le 8e, je me sens déjà mieux. Il n'est plus très loin, et même s'il n'est pas chez lui je l'attendrai. J'ai trop besoin de Noah, je passerai des jours à l'attendre s'il le faut.

J'entre dans son immeuble en courant, je ne prends pas la peine d'attendre l'ascenseur et je monte l'escalier.

Quatre étages, et je suis enfin arrivée. Je tente d'ouvrir la porte et elle s'ouvre. Il est là, ici. Je me demande vaguement pourquoi il n'a pas pu être présent devant la fac puisqu'il est chez lui, mais je décide que je m'en fiche. Seuls ses bras et sa présence m'importent.

– Noah ? j'appelle alors que le silence règne dans l'appartement.

La porte de la chambre s'ouvre et je me précipite dans ses bras… mais ce n'est pas lui, ce n'est pas Noah. Je stoppe net, figée, paralysée, pétrifiée.

Émilie se tient devant moi, c'est elle qui vient de sortir gracieusement de cette chambre dans laquelle j'ai passé les plus belles nuits de ma vie.

Elle est là, en sous-vêtements, et elle me regarde en souriant, sans pudeur, triomphante.

– Tu cherches Noah ? Il est parti nous chercher à dîner, il ne devrait pas tarder.

Je suis sans voix. Ma bouche s'assèche, j'ai l'impression de sentir mon cœur mourir dans ma poitrine. Je ne sais pas quoi dire, je n'arrive pas à parler, à demander des explications.

– Laisse-moi deviner… il ne t'a rien dit, n'est-ce pas ? On a décidé de se donner une nouvelle chance, lui et moi.

– Non…

– Tu ne pensais tout de même pas lui suffire ? Ma pauvre chérie… Noah a besoin d'une femme, pas d'une gamine. C'est mieux pour toi que tu l'apprennes maintenant, avant que tu ne t'attaches trop.

Je veux fuir, je dois fuir et vite. Je ne peux pas supporter son regard qui me dit «J'ai gagné».

Je cours hors de l'appartement et je dévale l'escalier. Je manque me rompre le cou plus d'une fois. Ma vue est brouillée par les milliers de larmes qui s'accumulent dans mes yeux. Ma vie entière est en train de s'effondrer, là, sous mes pieds, et je ne peux rien faire pour empêcher ça. Mon monde vient d'exploser en milliers de petits morceaux et je sais déjà que certains de ces morceaux sont perdus pour toujours.

La porte du hall s'ouvre alors que je m'apprête à la franchir. Noah apparaît tel un ange, mon ange que j'aime tant. Il tient dans sa main un sac que je suppose rempli de bonnes choses pour leur dîner en amoureux.

Il se fige en me voyant avant de se précipiter sur moi.

– Constance, qu'est-ce que tu fais là ? Qu'est-ce que tu as ?

– RECULE ! je hurle.

– Constance, dis-moi que tu n'es pas allée chez moi, je t'en prie, je t'en supplie, ne me dis pas que…

– QUE QUOI ? QUE JE L'AI VUE À MOITIÉ NUE DANS TON APPARTEMENT ?

– Mon ange, écoute-moi, dit-il en s'approchant de moi comme si j'étais une bête sauvage.

– Tu comptais m'appeler pour me larguer ?

J'esquive son geste en reculant.

– Ne me touche pas ! Pourquoi ? Je t'ai donné toute ma confiance, tu étais la seule putain de personne qui me rendait heureuse. POURQUOI ???

– Je vais t'expliquer, laisse-moi t'approcher, s'il te plaît.

– Qu'est-ce que j'ai été pour toi, Noah ? Ta bonne action de l'année ? Ça t'a plu de faire croire à une pauvre fille qu'elle pouvait intéresser un mec comme toi ? Tu t'es bien marré ?

– J'ai toujours été sincère avec toi, je le suis encore ! Il n'y a rien avec Émilie je te le jure…

– Elle est sortie à moitié nue de ta chambre, Noah… je n'ai peut-être pas beaucoup d'expérience, mais je ne suis pas conne pour autant, je crie, désespérée.

Il amorce encore un pas dans ma direction, mais je lui échappe et me précipite vers la porte de l'immeuble. Il me rattrape et m'emprisonne dans l'étau de ses bras.

– Ne me laisse pas, pas comme ça, tu dois m'écouter, Constance.

– Lâche-moi, dis-je en me débattant. LÂCHE-MOI !

Je le pousse de toutes mes forces et mes poings s'abattent sur son torse. Ses bras si rassurants, ce corps que j'aime tant me semblent soudain étrangers. Comme mon père. Comme moi-même. Ma vie n'a plus aucun sens.

À force de me débattre je finis par m'arracher à lui. Il me regarde, les yeux écarquillés, le visage pâle, l'air hagard et terrifié.

– Toute ma vie j'ai été habituée à ce qu'on me rabaisse, à ce qu'on me blesse juste pour le plaisir. Le jour où tu es entré dans ma vie, j'ai compris que la vie n'était pas synonyme que de douleur. Tu m'as juré que tu ne me ferais pas de mal, tu me l'as juré en me regardant dans les yeux. Tu veux que je te dise, Noah ? Jamais personne ne m'a fait mal comme tu viens de le faire, ni mon père, ni Mathilde, ni tous ceux qui m'ont rabaissée plus bas que terre. Tu es le pire de tous. Tu m'as fait croire que je méritais le bonheur, tu m'as fait croire qu'il était facile à atteindre. Je t'aime tellement, Noah, tu es la seule personne que j'aie aimée de toute ma vie, bien plus que je ne m'aime moi… et juste comme ça, en un claquement de doigts, tu m'anéantis. Tu m'as fait revivre et tu viens de me détruire.

Je sèche mes larmes.

– J'ai fait ce que j'ai pu, Noah. J'ai essayé de te rendre heureux, je t'ai donné tout ce que j'avais, mais c'est terminé. J'en ai assez.

Et je fuis encore une fois. Je l'entends hurler mon prénom derrière moi alors que je cours à perdre haleine. Je viens de laisser ma vie et mon amour dans le hall de cet immeuble, et j'ai bien peur de ne jamais les retrouver.

53

NOAH

Elle est partie. Je la regarde s'enfuir sans bouger. Tout ce dont je suis capable c'est hurler son prénom encore et encore, mais elle ne m'entend pas. Elle ne m'entend plus. Elle est partie.

Mon cerveau met un temps fou à comprendre ce qui vient de se passer et, lorsque enfin je réalise que je viens de laisser filer la femme que j'aime, mes jambes se mettent en marche et je me mets moi aussi à courir. Je veux la rattraper, lui expliquer, je veux qu'elle m'écoute, qu'elle comprenne… je la veux.

Je cours en vain, je le sais. Je l'ai perdue dès qu'elle a passé le coin de la rue. Je l'ai perdue dès que j'ai accepté d'écouter ce qu'Émilie avait à me dire.

Je l'ai perdue.

J'arrête de courir, cela ne sert à rien, elle est partie. Ma jolie Constance vient de m'échapper. Je l'ai détruite, elle me l'a dit. J'ai blessé la seule personne, la seule femme que je n'aurais jamais voulu voir souffrir. Je suis un con. Un putain de connard. Voir les larmes dévaler son joli visage m'a littéralement brisé le cœur.

Je l'ai perdue.

Où est-elle partie ? Chez elle ? Chez Sophia ? Est-ce qu'elle erre ? Est-ce qu'elle ne voudra plus jamais me revoir ? Acceptera-t-elle d'écouter mes explications ? Si elle ne me revient pas, je ne m'en relèverai pas. Elle est à moi, sa place est auprès de moi, elle n'a pas le droit de s'enfuir sans m'accorder le bénéfice du doute. Je ne l'ai pas trahie, je ne pourrais jamais lui faire une chose pareille.

Tout est la faute d'Émilie.

Je me remets à courir, en direction de mon appartement cette fois. Émilie m'a assez pourri l'existence, à cause d'elle je viens de perdre l'amour de ma vie et ça fait un mal de chien !

Je rentre chez moi furieux et je claque la porte. Émilie sort de ma chambre et je comprends à quel point Constance a pu se sentir blessée, humiliée, trahie. Elle se tient devant moi en sous-vêtements et elle sourit. Elle sait que Constance m'a quitté, elle savait qu'en l'accueillant de cette manière elle déclencherait un séisme.

Foutue garce manipulatrice.

– QU'EST-CE QUE T'AS FAIT ? je crache en m'approchant.

– Oh, Noah, je suis désolée, je ne pensais pas que c'était elle…

– Arrête de te foutre de moi ! Qu'est-ce que tu branles dans cette tenue ? Rhabille-toi !

– Je ne te plais pas ? minaude-t-elle en s'approchant de moi.

– Tu es pathétique.

Son visage change, ses traits se durcissent.

– C'est toi qui m'as invitée chez toi !

– Parce que tu m'as dit que tu étais à la rue depuis des jours ! Tu n'es qu'une menteuse, tu me dégoûtes, comment tu peux penser que je puisse vouloir de toi ?

– Mais tu m'aimes ! explose-t-elle. Tu me l'as dit.

– C'est du passé ! je réponds en tentant de garder mon calme. Tu veux que je te dise ? Je ne suis même pas sûr de t'avoir aimée un jour.

Elle semble se prendre une gifle en plein visage, mais il est temps pour elle de comprendre qu'elle fait partie de mon passé et qu'elle n'a aucune place dans mon avenir.

– T'es un enfoiré ! hurle-t-elle en me bousculant. Qu'est-ce que tu lui trouves ? Ce n'est qu'une gamine, elle ne peut pas te combler, Noah, c'est une femme qu'il te faut, une femme comme moi.

– Tu es tout ce que je ne veux pas, tu comprends ça, Émilie ? C'est elle que je veux, pas toi. Je l'aime ! Rentre ça dans ta cervelle de garce. Je l'aime.

Elle se met à rire, mais elle n'a pas l'air amusée. Son rire est presque terrifiant, c'est comme si elle devenait folle… plus qu'elle ne l'est déjà.

– Tu crois que tu peux me jeter comme ça ? Moi ? Tu préfères cette petite… pute, plutôt que moi ?

Une pute ? *Ma* Constance, une… pute ? Je vois rouge sang. Comment ose-t-elle dire une chose pareille ? Bordel !!!

Je l'attrape par le bras et je la conduis jusque dans ma chambre.

– Noah, tu me fais mal, dit-elle en me suivant bien malgré elle.

Je ramasse sa robe et ses chaussures qui gisent sur le sol et je la traîne à nouveau jusqu'à la porte d'entrée. Je l'ouvre et je la pousse dehors en jetant ses affaires.

– Dégage, Émilie, je ne le répéterai pas. Je ne veux plus jamais te voir, et je ne veux plus jamais que tu essaies de te mettre entre Constance et moi.

– Noah, excuse-moi…

– Je n'en ai rien à foutre ! j'explose, à cran. CASSE-TOI ! VITE !

Je claque la porte et ferme à clé. Épuisé, je cogne mon front contre le bois froid en soupirant. J'ai une furieuse envie de courir dans les rues de Paris pour essayer de retrouver Constance, mais une petite voix me dit de lui laisser du temps. Elle va se calmer, elle va comprendre que jamais je n'aurais pu la trahir.

Je me traîne jusqu'au canapé et prends mon téléphone. Rien, aucun appel ou message, évidemment.

J'attends. Je peux attendre. Elle va revenir, je le sais, elle m'aime, elle a besoin de moi.

Elle va revenir.

Constance… reviens !

54

Aujourd'hui il pleut sur Paris. Je regarde les gouttes d'eau glisser le long de la vitre, le bruit de la pluie me berce. Dans un geste protecteur, je resserre le plaid doux et moelleux autour de moi. La chambre est vide et calme. Allongée sur le lit, je repense au désastre qu'est devenu ma vie. J'ai tout perdu en l'espace de quelques heures, tout a explosé, tout ce que je croyais réel est parti en fumée sous mes yeux.

Étrangement, savoir que Victor n'est pas mon père n'est pas le plus douloureux. Je me suis habituée durant toutes ces années à ne pas être assez bien, assez jolie, assez parfaite pour lui. Tout ce temps j'ai essayé d'être ce qu'il voulait que je sois et je suis soulagée de ne plus avoir à essayer de lui plaire.

Je ne suis pour rien dans cette histoire, je n'ai jamais demandé à naître, à le décevoir, et encore moins à ce que ma mère le trompe. Je n'étais pas exigeante. Je lui demandais juste de m'aimer et de me respecter. Il n'en a pas été capable.

Qui est mon vrai père ? Cette question n'a pas quitté mon esprit une seule seconde depuis l'annonce. J'aimerais pouvoir poser toutes mes questions à ma mère, mais je ne suis pas prête…

Pas plus que je ne suis prête à affronter Noah et ses mensonges. Mon téléphone ne cesse de sonner depuis ce jour où mon paradis s'est subitement transformé en enfer. Mon esprit rejoue sans cesse la scène et chaque fois je ne peux empêcher mes larmes de couler.

Elle était là, au milieu de son appartement, elle est sortie de sa chambre en sous-vêtements, juste comme ça, devant moi… et lui, il avait acheté leur repas. Allaient-ils passer la soirée en tête à tête ? Puis coucher ensemble ? L'avaient-ils déjà fait ? Ont-ils seulement arrêté de se voir ?

Je n'en peux plus, je suis à bout nerveusement et psychologiquement, Noah me manque à en mourir, j'ai l'impression d'être en sevrage, c'est terrible. Quand je ferme les yeux, il apparaît, quand je les ouvre, il est là, quand je mange il est à côté de moi, quand je dors il vient habiter mes rêves… il me hante et j'ai l'impression de n'être plus capable de rien depuis qu'il n'est plus dans ma vie.

Je souffre, j'ai tellement mal, je ne sais pas comment gérer cette douleur. Les humiliations, les mots blessants, tout cela n'était rien comparé à la souffrance d'un cœur brisé, en miettes, détruit. Moi qui voulais rencontrer le grand amour, vivre une histoire passionnée et passionnante, je ne pensais pas qu'aimer pouvait faire autant de bien que de mal. Personne ne m'a prévenue que je risquais de tout perdre à donner sans compter, personne ne m'a dit que j'allais finir vide, seule, cassée.

Ces temps-ci j'ai appris à me couper du monde. Je m'enferme dans ma bulle de tristesse et je fais abstraction de ce qui se passe autour. Plus rien ne m'intéresse, plus rien n'a de sens.

C'est donc avec surprise que je regarde Sophia s'allonger face à moi. Je ne l'ai même pas entendue entrer, j'étais ailleurs, partie, j'étais loin.

– Constance, arrête de te morfondre.

Je la regarde et l'inévitable se produit. Je fonds en larmes.

– Arrête de pleurer, s'il te plaît. Ça fait trois semaines, tu te rends compte ? Trois semaines que tu es ici comme une loque et que tu ne fais plus rien à part pleurer chaque fois que ma mère ou moi t'adressons la parole.

Trois semaines ? Déjà ? Comment est-ce possible ? J'ai l'impression que la trahison de mes parents et celle de Noah viennent de se produire. Je suis encore sous le choc, complètement sonnée.

– Il a encore appelé, il ne fait que ça, réponds-lui, affronte-le. À quoi ça sert que tu restes cloîtrée ici ? Je suis persuadée qu'il a une bonne excuse et que tout ce gâchis n'est qu'un concours de circonstances.

– Il m'a trompée, je gémis.

– Qu'est-ce que tu en sais ? Tu t'es enfuie avant qu'il n'ait pu te dire quoi que ce soit.

– Elle était en sous-vêtements dans son appartement. Et puis elle a dit qu'ils allaient se remettre ensemble. Elle sortait de sa chambre, tu te rends compte ? J'y ai dormi, dans cette chambre, on a…

Impossible de terminer ma phrase, la douleur est trop forte.

– D'accord. Alors accepte au moins de parler avec ta mère. Elle s'inquiète, Constance, et elle sait que tu es là. Elle n'arrête pas d'appeler à la maison, elle est passée il y a deux jours, mais on ne l'a pas laissée entrer. Ça ne peut pas continuer comme ça.

– Je n'ai rien à lui dire.

Ma meilleure amie soupire avant de sourire et de tapoter ma joue.

– Je ne pensais pas que tu avais un tel caractère, Constance Pradel, tu caches bien ton jeu.

Je souris malgré moi. Sophia est toujours mon rayon de soleil et je ne la remercierai jamais assez de m'accueillir et de prendre soin de moi comme elle le fait.

– J'ai rendez-vous avec Thomas, est-ce que tu veux venir avec nous ?

– Non, merci.

Elle se lève sans plus essayer de me convaincre, elle sait que ce n'est pas la peine.

– Bon, je te laisse mon ordinateur, des films – dont tous ceux avec Robert d'amour –, mon iPod, et tu as tes carnets à disposition si tu as envie de dessiner.

Dessiner… Non, je n'en ai pas envie. Chaque fois que j'ouvre un de ces foutus calepins le visage de Noah me saute aux yeux. Il se trouve sur toutes les pages ou presque, et je ne peux pas supporter d'être face à ses yeux, sa bouche, ce visage que j'aime éperdument malgré tout ce qui s'est passé.

Sophia embrasse ma joue puis elle quitte sa chambre et s'en va. Je m'empare de son iPod et parcours les playlists à la recherche d'une musique qui reflèterait mon humeur. Je ne comprends pas pourquoi l'être humain aime se faire du mal. Au lieu de chercher une musique déprimante, je devrais en chercher une qui me remonterait le moral, me redonnerait un peu d'espoir. Pourquoi lorsque nous sommes tristes nous écoutons des musiques tristes ? Et, subitement, nous avons l'impression que ces chansons ont été écrites pour nous…

Je continue à faire défiler les chansons lorsqu'un titre m'interpelle : *Little me*, du groupe Little Mix. Je décide de l'écouter, juste pour voir ce que ça donne. Les premières notes retentissent, les premières paroles aussi, et je suis happée. Cette chanson me parle, elle est pour moi.

Je ferme les yeux et me laisse transporter par la mélodie et les paroles réconfortantes, et pendant trois minutes et cinquante-cinq secondes je ne suis plus Constance Pradel, la jeune femme au cœur brisé qui ne sait plus qui elle est ni d'où elle vient.

Pendant trois minutes et cinquante-cinq secondes je suis cette fille pour qui rien n'est impossible.

55

She lives in the shadow of a lonely girl, voice so quite you don't hear a word, always talking but she can't be heard[1].

J'arpente les rues parisiennes, les écouteurs vissés aux oreilles. Je passe devant ces boutiques que je connais par cœur, mais je les vois différemment. Je vais chez moi.

Non.

Chez mes parents.

Non.

Je vais chez Victor et Anne Pradel.

J'ai décidé de les affronter, je ne veux plus faire l'autruche, j'ai besoin de réponses et j'ai surtout besoin d'avancer.

You can see it there if you catch her eye, I know she's brave but it's trapped inside, scared to talk but she don't know why[2].

Je suis déterminée, je sais ce que je veux, je ne reviendrai pas en arrière. Une nouvelle Constance est en train

---

1. Elle vit dans l'ombre d'une fille solitaire, sa voix est si basse qu'on ne l'entend pas, elle parle sans cesse mais on ne l'écoute pas.

2. On peut voir quelque chose dans ses yeux lorsqu'on croise son regard, je sais qu'elle a du courage mais il est prisonnier en elle, elle a peur de parler mais elle ne sait pas pourquoi.

de naître, une Constance qui ne s'interdit plus de vivre et qui apprend à s'accepter parce qu'elle le mérite.

Wish I knew back then, what I know now, wish I could somehow go back in time and maybe listen to my own advice[3].

Je ne veux plus perdre mon temps, je ne veux pas regarder en arrière dans quelques années et regretter de ne pas avoir agi, de ne pas avoir saisi ma chance lorsqu'elle s'est présentée.

I'd tell her to speak up[4].

Je n'aurai plus honte d'affirmer mes envies et mes idées, je m'exprimerai comme je le veux, que le monde soit d'accord ou pas.

Tell her to shout out, talk a bit louder, be a bit prouder[5].

Je n'aurai plus jamais honte d'être celle que je suis. J'apprendrai à vivre avec mes défauts et j'apprendrai à les transformer en force.

Tell her she's beautiful, wonderful, everything she doesn't see[6].

Je ne suis pas un monstre, je ne suis pas ce qu'on a voulu me faire croire. Je suis jolie, je n'aurai pas honte de le penser ni de le dire. Je suis moi, que cela plaise ou non.

You gotta speak up, you gotta shout out, and know that right here, right now. You can be beautiful, wonderful, anything you wanna be… little me[7].

Plus personne ne pourra m'empêcher d'être celle que j'ai envie de devenir, plus personne ne me dictera ma conduite ni ne me manipulera.

À partir d'aujourd'hui je serai la Constance que j'ai toujours voulu être.

---

3. J'aimerais avoir su plus tôt ce que je sais maintenant, j'aimerais retourner dans le passé et écouter, peut-être, mes propres conseils.
4. Je lui dirais de parler plus fort.
5. De crier, de hausser un peu la voix, d'être un peu plus fière d'elle-même.
6. Je lui dirais qu'elle est magnifique, fantastique, tout ce qu'elle ne voit pas.
7. Tu dois parler plus fort, crier, ici et maintenant. Tu peux être magnifique, fantastique, tout ce que tu veux être… Petite moi.

Je retire les écouteurs de mes oreilles et range le iPod de Sophia dans la poche arrière de mon jean. Je prends une profonde inspiration et j'entre dans l'appartement « familial ». Tout est calme, pourtant la porte n'est pas verrouillée, quelqu'un est donc bien à l'intérieur. Ma mère sort de sa chambre lorsque la porte d'entrée se referme. Elle se fige dans le couloir en me voyant et, je l'avoue, je me pétrifie aussi.

En vingt et un ans d'existence, je n'ai jamais vu Anne Pradel comme ça. Elle porte de vieux habits, ses cheveux ne sont pas coiffés, son teint est fatigué et blafard et des cernes immenses s'étalent sous ses yeux.

– Constance… oh, Constance, te voilà, j'étais morte d'inquiétude.

Elle se précipite vers moi, les bras ouverts, mais je l'arrête d'une main. Pense-t-elle vraiment que ce sera aussi simple ?

– Je suis ici parce que je veux des réponses. Rien d'autre.

Elle acquiesce, mais je vois qu'elle est déjà sur le point de fondre en larmes.

– Où est… Victor ?

Elle tressaille et passe ses bras autour d'elle pour se protéger.

– Il est parti, dit-elle simplement.

– Parti ?

Elle cache son visage dans ses mains et se met à pleurer à chaudes larmes. Elle semble si fragile, si vulnérable. Je ne peux pas la regarder sans rien faire. Je m'approche d'elle et pose une main sur son épaule. Elle m'enlace alors fortement et pleure contre moi.

– Je suis désolée, Constance, désolée de ne pas avoir agi plus tôt, désolée de l'avoir laissé aller si loin avec toi, désolée… de t'avoir menti pendant tant d'années.

Je nous entraîne sur le canapé du salon. Elle ne me lâche pas et elle pleure toujours. Je comprends qu'elle relâche la pression et l'angoisse de tant d'années de silence. Mais j'ai besoin de réponses, et j'en ai besoin maintenant.

– Explique-moi, dis-je en m'écartant un peu d'elle.

Elle sèche ses larmes du revers de la main et inspire profondément à plusieurs reprises pour redevenir maîtresse d'elle-même.

– J'avais dix-neuf ans quand j'ai rencontré ton père, je veux dire Victor. Je l'aimais. J'étais encore étudiante, j'avais de l'ambition, je voulais faire plein de choses. J'avais commencé mes études de droit, je voulais devenir avocate et je sais que j'aurais réussi. J'étais plutôt jolie quand j'étais jeune, et j'en jouais un peu. Lors d'une soirée étudiante, j'ai rencontré Baptiste, c'était l'ami d'un étudiant de ma promotion.

Elle parle, mais son regard est ailleurs, elle est partie loin dans ses souvenirs.

– Ça a été le coup de foudre. Il avait ce côté rebelle, je-m'en-foutiste, un peu bad boy sur les bords. J'ai été charmée, j'étais jeune et j'avais un cœur d'artichaut. Le coup de foudre a été tel que j'ai mis fin à ma relation avec ton père sur-le-champ. Je lui ai brisé le cœur, je le sais, mais je ne pensais qu'à Baptiste. J'avais beau aimer Victor, ce que je découvrais avec Baptiste était tellement plus fort… Notre « histoire » a duré à peine deux mois. Il n'était pas du genre à avoir de relation stable et malheureusement je l'ai compris trop tard. J'ai appris que j'étais enceinte de toi deux jours avant qu'il ne me quitte pour une autre. Je ne lui ai rien dit, j'ai tout gardé pour moi. Je n'ai plus jamais eu de ses nouvelles, mais j'ai entendu dire qu'il avait quitté la France. Après ça, je suis retournée vers ton père. Au départ, je voulais juste m'excuser pour mon comportement, mais il m'a avoué être encore amoureux de moi et à ce moment j'ai pensé à toi. Je savais que j'allais devoir arrêter mes études pour t'élever et je voulais que tu aies un semblant d'équilibre familial. J'ai donc dit à Victor que tu étais de lui. Il était fou de joie… nous nous sommes très vite trouvé un appartement, il a cumulé deux emplois pour nous nourrir tous les trois et j'ai renoncé à mon rêve de devenir un ténor du barreau.

Elle prend ma main et plonge ses yeux pleins de larmes dans les miens.

– Je n'ai jamais regretté de t'avoir mise au monde, Constance, jamais !

– Continue, maman.

Elle serre ma main un peu plus fort et poursuit.

– Victor a été un père merveilleux pour toi, il t'a aimée et je sais qu'au fond de lui il t'aime encore. Tu es sa fille.

– Comment il l'a su ? je demande d'une voix sourde.

– Plus tu grandissais, moins il se retrouvait en toi. Un enfant ne ressemble pas obligatoirement à ses deux parents, mais quand même. Il cherchait en toi ce qu'il avait bien pu te léguer. Il a commencé à avoir des doutes vers tes quatorze ans. Tu ressembles tellement à Baptiste, Constance… Ton père ne l'avait jamais vu, mais moi je voyais que plus tu grandissais plus tes traits étaient les siens. Et puis il y a eu cette chute dans l'escalier lorsque tu avais quinze ans, celle où tu t'es ouvert le crâne. Tu saignais tellement que j'ai eu peur qu'ils doivent te faire une transfusion. J'étais paniquée à l'idée que Victor apprenne la vérité. Finalement ta blessure n'était pas si grave et ils t'ont simplement recousue, mais… j'ai préféré lui dire. Je n'arrivais plus à le garder pour moi.

Je me souviens très bien de la chute dont elle parle. Le cuir chevelu saignait beaucoup, mais la plaie n'était pas profonde. Je me souviens également ne pas avoir vu Victor pendant une journée entière, et que seule ma mère était restée avec moi à l'hôpital.

– À partir de ce jour, il a commencé à changer à ton égard. Je lui disais que s'il devait s'en prendre à quelqu'un ce devait être à moi. Mais il ne te voyait plus toi, sa petite fille qu'il aimait tant, il ne voyait plus que ma trahison, et surtout il voyait un autre homme lorsqu'il te regardait. Il a projeté toute sa colère et sa peine sur toi, et j'en suis désolée, Constance. Si tu savais comme je m'en veux, mais je ne voulais pas te dire que… je ne pouvais pas t'avouer à quel point j'avais échoué.

– Où est-il ?

– Je ne sais pas. Dès que tu as passé la porte, il s'en est voulu, chaque fois qu'il te blessait, chaque fois qu'il avait un mauvais comportement à ton égard il s'en voulait ensuite. Dès qu'il a réalisé ce qu'il avait fait, il a fait ses valises et il est parti. Je n'ai pas de nouvelles.

J'inspire profondément. Vingt et un ans. Vingt et une longues années de mensonge, de secrets et de non-dits. Je n'ai aucune chance de connaître mes véritables racines paternelles, et je n'ai aucune idée de la façon dont je vais pouvoir me reconstruire avec une pièce fondamentale manquant au puzzle.

Ma mère a sacrifié son rêve pour s'occuper de moi. Mon père m'a aimée jusqu'à ce qu'il comprenne que lui et moi n'étions pas liés par les liens du sang.

– Est-ce que vous vous êtes une seule fois demandé ce que ça me ferait d'apprendre que l'homme que j'appelle papa depuis des années n'était pas mon père ? Je ne sais même plus qui je suis, je ne sais même plus si je peux te faire confiance.

– Constance…

– Tu m'as obligée à vivre la vie que tu voulais sans te demander une seule seconde si c'était ce à quoi j'aspirais. Tu n'as jamais cherché à savoir ce que j'aimais vraiment, ce que j'avais en tête pour mon avenir ou quels étaient mes rêves. Tu n'as rien fait quand il me rabaissait plus bas que terre ou qu'il dénigrait mon physique. Tu savais tout ça et tu n'as rien dit.

– J'essayais de comprendre sa colère, plaide-t-elle en se remettant à pleurer.

– Mais tu n'as pas essayé de me comprendre moi ! j'explose en me levant. Je n'ai rien demandé à personne, ni à naître ni à être le centre des problèmes. Est-ce que tu sais combien de fois je me suis remise en question ? Combien de fois je me suis demandé ce que j'avais bien pu faire pour que mon propre père me déteste à ce point ? Est-ce que tu sais quelles conséquences ses paroles ont eues sur mon quotidien ? Je me détestais, maman. Je me suis fait du mal, je me suis privée de nourriture, je refusais de croiser un miroir de peur d'y voir mon reflet. Je pensais que j'étais un monstre indigne d'aimer et surtout indigne d'être aimée. J'étais une coquille vide et tout ça pour quoi ? Pour un homme qui ne méritait même pas d'être appelé papa et qui méritait encore moins que je me torture ainsi.

Je pleure. Comment pourrait-il en être autrement ? Je suis en train de vider mon sac comme jamais.

– Vous m'avez fait du mal ! Je voulais juste que vous preniez le temps de m'écouter et de me comprendre, mais au lieu de ça vous étiez obnubilés par ma réussite. Tu veux que je te dise ? Tu ne vaux pas mieux que Victor. Tu l'as laissé me détruire sans bouger le petit doigt. Je ne méritais pas ça.

– J'ai mal agi, je le sais, mais en aucun cas je ne voulais te faire du mal.

– J'ai arrêté la fac il y a bientôt un mois, maman, et je n'y retournerai pas. Je m'en vais, je pars d'ici, je vais faire ce que j'aime.

– J'ai compris que tu ne voulais plus de ces études, je te soutiendrai, maintenant.

– C'est trop tard. J'ai été acceptée dans une autre école.

– C'est super, Constance, dit-elle en se levant. Quelle école as-tu choisie ?

Je sais que je vais lui faire mal, je sais qu'elle ne supportera pas d'entendre ça, mais je pense à moi. Pour une fois je vais être égoïste.

– La School of Visual Arts, à New York.

Le silence se fait. Je lui laisse le temps d'assimiler mes paroles. Le choc fige ses traits, j'ai l'impression que son cœur ne tiendra pas.

– New York ? Mais… mais tu ne peux pas partir là-bas, Constance, tu ne peux pas faire ça.

– Si, je peux. Cette école c'est ce dont j'ai toujours rêvé.

– Mais tu…

– Non ! Il n'y a pas de mais. Je suis venue chercher le reste de mes affaires. Ils m'accordent une bourse et je serai logée sur le campus. Je vais y aller, maman, que tu le veuilles ou non. J'ai besoin de partir et de m'éloigner de tout. Je ne laisserai plus jamais quelqu'un décider pour moi.

Sa poitrine se soulève, la crise de nerfs n'est pas loin, mais je ne cède pas. Pas cette fois.

– Je suis désolée.

Je quitte le salon et je fonce dans ma chambre. Par chance, mes affaires sont encore empilées dans les sacs. J'appelle Sophia, qui me propose de venir avec Thomas et sa voiture. Ma mère ne vient pas me voir, je ne sais pas si elle m'en veut, si elle est sous le choc ou tout à la fois. J'aurais aimé que nous ne nous quittions pas de cette manière, mais elle ne m'a pas laissé le choix.

Je prends définitivement ma vie en main.

Je jette un dernier coup d'œil à cet appartement qui m'a vue grandir et je m'en vais sans le moindre regret.

56

– Je suis désolée, ma Sophia.

– Je sais, répond-elle en sanglotant.

Je la prends dans mes bras et j'essaie de la réconforter au mieux. Aujourd'hui, comme tous les ans à cette date, ma Sophia va mal. Aujourd'hui, cela fait sept ans que son père, Georges Delacroix, est mort. Il a été emporté par un cancer du poumon, alors qu'il n'a jamais fumé une cigarette de sa vie. La vie est mal faite, vraiment injuste.

Sophia fait face à la tombe de son père, où gît seulement une rose rouge.

– C'était le meilleur père du monde.

– Je m'en doute.

Je frotte son dos, j'essaie de lui faire passer son chagrin, mais je sais qu'il ne disparaîtra jamais.

– Quand j'avais huit ans, je me suis retrouvée en colonie de vacances dans le sud de la France. Et deux jours avant la fin de la colonie, je pleurais toutes les larmes de mon corps parce que je voulais rentrer. Tu sais ce que mon père a fait ?

– Non.

– Il a pris sa voiture et il a fait plus de huit cents kilomètres en une nuit pour venir me chercher. Mes parents n'ont jamais été riches, et j'ai même souvent vu ma mère pleurer certains mois parce qu'elle ne savait comment ils allaient me nourrir. Je me rappellerai toute ma vie du Noël de mes onze ans. À cette époque je n'avais qu'une lubie : devenir chanteuse. Je chantais partout, tout le temps. Et ce Noël-là, mon père m'a acheté un micro, un vrai, avec une enceinte pour que je puisse faire comme les pros. Il avait dépensé une fortune pour ça. Je les ai encore, je les garderai toujours. J'avais le meilleur père du monde et il me manque tous les jours.

– Je suis désolée.

Je crois qu'il n'y a rien à ajouter. Corinne et Georges Delacroix sont les parents que j'aurais aimé avoir. Personne ne naît parent, personne n'a de mode d'emploi, mais M. et Mme Delacroix sont probablement ce qui se rapproche le plus des parents modèles. Je n'ai jamais eu la chance de croiser la route de celui que beaucoup respectaient, mais Georges a marqué les esprits de bien des manières. Corinne m'a un jour raconté à quel point Sophia ressemblait à son père. Son caractère bien trempé, son côté fonceuse et sûre d'elle. Sophia Delacroix rend chaque jour hommage à son père, simplement en étant elle-même.

Nous quittons le cimetière et je la soutiens. Les rôles ont changé, aujourd'hui c'est Sophia qui a besoin de moi et je prends soin d'elle avec plaisir.

Nous nous baladons en silence, avant de nous installer à une terrasse. Le mois de mai est là, le soleil s'affirme de plus en plus et les cafés commencent à envahir les trottoirs. Sophia commande un cappuccino et moi un thé. Elle se mouche bruyamment avant de lancer *le* sujet qui fâche.

– Tu n'as toujours pas de nouvelles de Noah ?

– Je n'en veux pas.

– À d'autres. Tu es une véritable loque, sans lui.

– Merci, Sophia.

– C'est la vérité et tu le sais. Je ne pensais pas que tu étais une telle poule mouillée, Constance.

– Pardon ? Je ne suis pas une poule mouillée.

– Si ! Tu refuses de lui faire face, d'écouter ce qu'il a à te dire. Non, en fait, tu as raison, tu n'es pas une poule mouillée. Tu agis comme une enfant.

– Tu me saoules, dis-je en soupirant.

– Et toi tu m'emmerdes, s'emporte-t-elle. Tu es ma meilleure amie, Constance, et je t'aime, mais là tu m'exaspères. Tu ne vois pas que quelque chose cloche ?

– Comment ça ?

Elle soupire, lasse.

– Il brise toutes ses propres règles pour être avec toi, il se dégage du temps dans son travail, il s'oppose à ton père, il te propose presque de vivre avec lui, il te présente à sa famille… et du jour au lendemain il te trompe ? Ça me semble gros.

– Sophia, elle était en…

– En sous-vêtements, oui, je sais. Mais peut-être qu'elle s'était salie, ou je ne sais quoi. Constance, Noah est fou de toi, tu es en train de foutre en l'air la plus belle relation que tu auras jamais. Laisse-lui une chance, tu lui dois bien ça. Et s'il s'avère qu'il t'a trompée, alors je lui réglerai son compte et tu pourras passer à autre chose.

Elle a raison, je le sais, mais je ne veux pas me l'avouer. J'ai surtout peur d'affronter Noah parce que dès que je verrai son beau visage je perdrai tous mes moyens. L'idée que sa garce d'ex ait pu monter un plan pour nous séparer m'a effleuré l'esprit, mais nous ne sommes pas dans un film.

– Va le voir, s'il te plaît. Il n'inonde pas que ta messagerie, il inonde aussi la mienne.

– Il t'appelle ? je demande, incrédule.

– Et il envoie des messages. Il sait que tu es avec moi et il me demande sans cesse ce que tu fais, comment tu vas, etc., etc.

– Pourquoi tu ne me l'as pas dit ? je l'accuse.

– Oh, je ne sais pas… peut-être parce que les trois premières semaines tu étais au bord de la crise de folie chaque fois que tu entendais son prénom ? dit-elle, ironique.

Je touille mon thé, les yeux dans le vague, l'esprit ailleurs.

– Il me manque, finis-je par avouer.

– Sans blague ? Va le retrouver, Constance, et expliquez-vous.

Je hoche la tête. Je sais que c'est ce que je dois faire, mais j'ignore si j'en suis encore capable.

En tout cas il est clair que je ne pourrai pas continuer longtemps à ignorer Noah. Il reste le point central de mon monde, et sans lui plus rien n'a de sens.

57

J'y suis. Je suis plantée comme une cruche devant la porte d'entrée de l'appartement de Noah et encore une fois je fais ma poule mouillée. Je n'ose pas sonner. Et s'il n'est pas là ? Ou s'il n'est pas seul ? Oh, bon sang, faites qu'il ne soit pas avec *elle* parce que je ne m'en relèverai pas.

Mon doigt appuie sur la sonnette sans que je l'aie commandé. Le bruit résonne dans l'appartement et je reste là sans bouger. J'attends. Même si je voulais m'enfuir je ne le pourrais pas. Mes jambes sont raides comme des piquets, impossibles à bouger. Je retiens mon souffle lorsque le bruit du verrou que l'on tourne retentit. Et puis la porte s'ouvre.

Il est là.

Je le vois.

Il est magnifique.

Mes yeux sont rivés sur ce visage si parfait qui fait battre mon cœur de manière désordonnée.

– Constance ?

Il semble sous le choc. Ses yeux s'écarquillent et je vois qu'il se demande clairement s'il n'a pas une hallucination.

– Salut, dis-je en me sentant bête.

Il ne répond pas, il reste figé, silencieux. Il est vêtu d'un jean et d'un tee-shirt tout simple, mais il est tellement beau.

– Qu'est-ce que tu fais là ? demande-t-il en reprenant ses esprits.

Son ton cinglant me prend de court.

– Euh… je… j'étais venue te voir.

– J'ai pas le temps.

Et il me claque la porte au nez. Alors là… je m'attendais à tout, mais sûrement pas à ça. Je pensais bêtement qu'il serait heureux, peut-être sur la défensive, mais je n'aurais jamais imaginé qu'il puisse être furieux. C'est moi qui devrais l'être. C'est moi qui ai trouvé son ex à moitié nue au milieu de son appartement. Oui, c'est moi qui suis furieuse. J'ai envie d'ouvrir cette foutue porte et de lui cracher mes quatre vérités au visage. Mais à la place, je fais volte-face. Il ne veut pas me voir ? Très bien ! Qu'il ne compte pas sur moi pour faire encore un pas vers lui.

Au moment où je me dirige vers l'ascenseur, la porte s'ouvre à nouveau et une main agrippe mon bras. Je me retrouve projetée en arrière et traînée dans l'appartement. Noah verrouille la porte et croise les bras, comme s'il se préparait à un affrontement hors du commun.

– Qu'est-ce que tu fais ?! je demande en montrant bien ma colère.

– Et toi, qu'est-ce que tu fais là ? me contre-t-il, tout aussi mécontent.

– Je te l'ai dit, je suis venue te parler, mais tu n'as pas le temps, alors je m'en vais.

Je m'approche de la porte, mais il ne bouge pas, il reste droit comme un *i*, les bras fermement croisés sur son torse, me bloquant le passage.

– Tu as attendu presque un mois pour venir me parler ? attaque-t-il.

– Est-ce que tu es sérieusement en train de me faire des reproches ?!

– Exactement ! Trente jours. Trente putains de jours sans avoir la moindre de tes nouvelles ! Tu sais ce que j'ai fait, moi, pendant ce temps ? J'ai tourné en rond, je me suis inquiété, j'ai imaginé les pires scénarios, j'ai vécu l'enfer, Constance, tu entends ? L'enfer.

– Et c'est ma faute ? Tu crois que c'est ce que je voulais ? Qu'est-ce que tu espérais, Noah ? Que je tienne gentiment compagnie à ton ex presque à poil en attendant que tu rentres ?

– Tu aurais dû m'écouter, s'emporte-t-il en s'approchant de moi. Tu aurais dû savoir que jamais je n'aurais pu te faire une chose pareille, mais au lieu de ça tu as fui, comme d'habitude.

– Tu es bête ou tu le fais exprès ? Tu veux essayer de me faire croire que tu l'avais invitée pour faire un Scrabble ? C'était ça, l'« empêchement » pour lequel tu m'as laissée en plan devant la fac ? Vous aviez besoin de vous remémorer le bon vieux temps ?

Je suis tout à la fois furieuse, triste et amoureuse. J'ai autant envie de le gifler que de l'embrasser.

– Tu es aussi bête que moi, si tu veux mon avis. C'est toujours pareil avec toi, Constance. Tu penses que personne n'est assez digne de ta confiance et tu vis la moindre erreur comme la pire des trahisons. Tu veux un scoop ? Personne n'est parfait, mais je ne mérite pas que tu me mettes dans le même sac que tous ceux qui t'ont déçue.

– Alors pourquoi elle était là ? Explique-moi !

– Tu es prête à m'écouter, maintenant ? Qu'est-ce qui a changé ? demande-t-il, sarcastique.

– J'ai besoin de réponses, j'en ai marre que tout le monde me mente.

– Je ne te mens pas ! Il ne s'est strictement rien passé avec Émilie, et je l'ai foutue à la porte dès que tu t'es enfuie.

– Ça ne te rappelle pas quelque chose ? Il me semble que j'étais déjà partie une fois à cause d'elle et toi, et tu te paies le culot de la faire venir ici, dans l'appartement que tu appelais « chez nous » ? En plus tu m'avais menti. Tu m'avais dit que tu avais un empêchement et que tu ne pouvais pas venir me chercher.

– Elle ne savait pas où aller et elle pleurait. Qu'est-ce que tu voulais que je fasse ? Que je la laisse dehors ? Je ne suis pas un salaud, je lui avais juste proposé de rester une nuit et elle allait repartir aussitôt le lendemain.

– C'est justement ça qui ne va pas, je lui explique en sentant me monter les larmes aux yeux. Tu n'as pas le droit de proposer ce genre de chose à une ex que tu as aimée.

– Alors qu'est-ce que je devais faire ? rugit-il.

– ME CHOISIR MOI ! je hurle.

Je mords l'intérieur de mes joues pour m'empêcher de pleurer. Sans succès.

– Jamais personne ne m'a choisie, j'ai toujours été mise à part, de côté, jamais je n'ai été une priorité dans la vie de quelqu'un. Mais toi ! Toi tu n'avais pas le choix, tu devais me choisir, tu m'avais dit que tu m'aimais alors tu aurais dû me faire passer avant elle. J'en avais besoin ! J'avais besoin que tu me prouves que personne ne pourrait jamais se mettre entre nous, mais tu ne l'as pas fait. J'aurais dû être la seule.

Je pleure lamentablement lorsque je termine ma plaidoirie. Je suis à bout de forces. À travers mes larmes, je vois Noah foncer sur moi. Il me soulève dans ses bras et me fait reculer contre le mur. J'ai le souffle coupé par sa fougue soudaine.

– Je t'ai choisie depuis longtemps.

Son corps comprime le mien. Ses yeux cherchent les miens et lorsqu'ils les accrochent, ils ne les lâchent plus.

– Je t'ai choisie et je te choisirai toujours, tu m'entends ? Il ne s'est rien passé avec Émilie, comment tu peux croire que j'aurais tenté quoi que ce soit ? Lorsque je suis sorti acheter à manger elle était encore habillée, je n'aurais jamais pensé qu'elle me réservait une telle saloperie. Je t'aime, Constance, quand est-ce que tu vas le comprendre ? Je suis furieux que tu aies pu douter de moi, furieux que tu te sois enfuie de cette manière et encore plus furieux que tu aies osé me laisser sans nouvelles. J'ai cru devenir dingue !

Il colle son front contre le mien. Nos respirations sont haletantes, saccadées. Je m'accroche de toutes mes forces à ses épaules, mais mes larmes continuent de couler.

– Dis-moi que tu me crois.

Je ne suis capable de rien d'autre que de sangloter et d'inhaler son odeur si délicieuse qui emplit mes sens.

– Dis-le-moi, ordonne-t-il d'une voix rauque. Dis-moi que tu me crois et que tu ne t'enfuiras plus jamais. Que tu es à moi et qu'il n'en sera jamais autrement.

Je hoche la tête en agrippant ses cheveux.

– Je te crois.

– Et tu m'appartiens.

– Je t'appartiens et je ne m'en irai plus.

Il m'embrasse, et je ne réponds plus de rien.

58

NOAH

Ses lèvres. Ses putains de lèvres délicieuses. Je les goûte, les aspire, les dévore. Elles m'ont trop manqué. Elle m'a manqué plus que ce qu'il est possible de supporter. J'ai agonisé pendant trente interminables jours, j'ai cherché à la retrouver, à la contacter, mais chaque fois mes tentatives sont restées vaines. Maintenant elle est là, dans mon appartement, dans notre appartement, et je ne la lâcherai plus.

– Tu es à moi.

Je ne peux m'empêcher de le dire tout haut pour qu'elle le sache, le comprenne. J'aime cette sensation d'appartenance, j'aime qu'elle soit mienne et qu'elle le veuille, j'aime penser que jamais un autre homme ne posera les mains sur elle. Elle est ma Constance, mon éternelle jolie Constance. Elle s'accroche à mes épaules et m'embrasse comme si sa vie en dépendait. Ses larmes coulent encore, mais au moins ses sanglots ont cessé. Je maintiens fermement son corps contre le mur et, d'une main, je presse sa cuisse. J'ai tellement envie d'elle… Ma bouche quitte la sienne pour aller explorer son cou, sa peau sucrée que je goûte et lèche avec envie.

– Noah.

– J'ai besoin de toi, je réponds en desserrant mon étreinte.

– Moi aussi, hoquette-t-elle en agrippant mon tee-shirt.

Je fais tomber son gilet, et son débardeur s'envole au milieu du salon. Je ne veux pas prendre mon temps, je ne peux pas, je la veux tout de suite. Je déboutonne son jean et le fais glisser le long de ses jambes.

Elle retire rapidement ses chaussures et son pantalon. Je tombe à genoux devant elle, devant cette femme qui m'a mis K-O et que je ne laisserai plus jamais partir. J'embrasse son genou gauche avant de remonter le long de sa cuisse, dont je mordille l'intérieur, là où la peau est plus fine et plus tendre, et j'agrippe son shorty en dentelle noire… on dirait que ma Constance a pris goût à la lingerie. Bonne nouvelle. Le tissu léger tombe à ses pieds et elle halète lorsque ma langue entre en jeu, parcourant sa cuisse, remontant jusqu'à son aine.

– Noah, déshabille-toi.

– Pas tout de suite.

Je pose mes mains sur ses fesses et la rapproche encore un peu plus de moi. Je lui jette un coup d'œil. La bouche entrouverte, le regard brillant et la respiration coupée, elle attend, elle sait ce que je vais faire.

Ma langue trouve son clitoris.

Je la perds.

Elle agrippe mes cheveux d'une main et halète sous le plaisir. Je ne lui laisse aucun répit. Je la serre contre moi, je la dévore, je ne lui laisse pas le temps de penser. Je veux qu'elle ressente. Je suis celui qu'il lui faut, celui qui la comble, moi et personne d'autre. Je passe sa jambe au-dessus de mon épaule et la maintiens fermement pour qu'elle ne perde pas l'équilibre. Je continue de la goûter, de l'aimer avec ma langue, de plus en plus vite.

– Noah, arrête, halète-t-elle.

Sûrement pas, mon cœur, et c'est loin d'être terminé.

Un fort gémissement lui échappe. Je la connais, je sais que c'est le premier de ceux qui la conduiront jusqu'à l'orgasme. Je suis tellement serré dans mon pantalon que j'ai peur que le tissu craque. Elle se met soudain à trembler et ses mains se referment plus fort autour de mes cheveux. Un long gémissement cassé témoigne du plaisir qui la parcourt. C'est moi qui le lui procure, moi et moi seul. Ses muscles se détendent et elle devient molle dans mes bras, je me redresse en la serrant contre moi et je m'empare de sa bouche. J'enlève mon tee-shirt et je la fais reculer jusque sur le canapé avant de m'allonger sur elle. Ses mains me caressent, ses ongles s'enfoncent dans ma peau, sa langue me rend fiévreusement ce que la mienne lui donne.

– Noah, fais-moi l'amour, j'ai besoin de toi, plaide-t-elle.

– Tout ce que tu veux.

Ma bouche trace une ligne de baisers le long de sa gorge, puis sur sa poitrine et descend sur son ventre plat. Elle est magnifique.

Je retire mon pantalon et mon boxer en continuant de l'embrasser. Impatiente, elle m'attire sur elle et enroule ses jambes autour de ma taille.

– Tu es à moi, dit-elle, le regard brillant.

– Oui, tu le sais, fais-moi confiance.

Elle hoche la tête, et sans attendre je m'enfonce en elle. La sensation est exquise. Je la retrouve enfin après tant de jours de torture psychologique et physique. Nous sommes enfin unis, rien ne pourra plus jamais s'insinuer entre nous. Je reste immobile quelques secondes et elle me regarde, les yeux écarquillés. Je n'ai pas mis de préservatif et je n'ai pas du tout envie d'en mettre. Je la veux entièrement. J'attends qu'elle me donne son accord, ou qu'elle me demande d'aller chercher une capote, je le ferai si elle le veut, évidemment, mais j'espère qu'elle me fera assez confiance.

Timidement, elle pose ses mains sur mes biceps et resserre ses jambes autour de ma taille. Je souris. Elle me fait confiance. Je capture furieusement ses lèvres, prends ses mains dans les miennes pour les ramener au-dessus de sa tête, et je commence à bouger en elle. C'est la première fois que je fais l'amour avec une femme sans préservatif, et le fait que ce soit avec ma Constance me rend euphorique. Je n'imagine pas mon avenir sans elle. Je sais que nos destins seront liés pour toujours.

– Je t'aime, Noah, je t'aime, halète-t-elle.

– Moi aussi, mon ange.

– Dis-le-moi.

Ses ongles se plantent dans mes omoplates. J'intensifie mes va-et-vient. Chacun de mes coups de reins puissants est un je t'aime. Je ne veux pas seulement qu'elle le sache, je veux qu'elle le sente, qu'elle sente que je leur suis totalement dévoué, à elle et à notre couple, et qu'elle sera toujours mon premier choix.

Toujours…

– Je t'aime, je rugis au bord de la jouissance.

Je lâche une de ses mains pour la passer entre nos corps et caresser son clitoris gonflé.

– Laisse-toi aller, mon cœur.

J'embrasse sa mâchoire, je mords son menton, je suis partout sur elle, en elle, j'aimerais la dévorer, la greffer à moi.

– Mon Noah, gémit-elle.

– Je suis ton Noah, ton homme à toi.

Mes mots semblent lui faire l'effet d'un électrochoc. Elle explose sous moi. Son corps s'arque sous la violence du plaisir et je ne tarde pas à la rejoindre en rugissant son prénom.

59

Peau contre peau, la respiration calquée sur celle de l'autre, Noah et moi sommes allongés sur le canapé. Un plaid nous recouvre. Je suis au chaud dans ses bras, je ne voudrais être nulle part ailleurs. Je ne sais pas encore comment j'ai fait pour me passer de lui aussi longtemps. J'aurais dû lui faire confiance, j'aurais dû savoir que cette garce avait comploté contre nous.

– Je sais ce qui s'est passé avec ton père, lâche-t-il soudain.

J'ai la tête posée contre son torse. Les battements de son cœur résonnent dans mon oreille et je suis soulevée au rythme de ses respirations.

– Comment ?

– Sophia me l'a dit. Je ne comprenais pas pourquoi tu t'étais réfugiée chez elle alors… je suis désolé, mon ange.

– Pourquoi ? je demande en le regardant. Au moins, maintenant, je sais pourquoi il me vouait une haine sans bornes. Je sais que ce n'est pas ma faute et que son attitude envers moi était injustifiée et inappropriée.

– Est-ce que tu sais qui est ton véritable père ? demande-t-il en faisant glisser sa main le long de ma colonne vertébrale.

Je repose ma tête sur son torse et je trace des cercles invisibles sur sa peau.

– Le premier amour de ma mère. Un coup de foudre. Malheureusement, c'était un vrai coureur. Il a quitté ma mère avant qu'elle ait pu lui dire qu'elle était enceinte de lui, et elle a préféré garder le secret. Elle n'a plus jamais eu de ses nouvelles, et je n'en aurai probablement jamais non plus.

– Je suis désolé, répète-t-il en serrant ses bras autour de moi. Et, juste au moment où tu apprends ça, tu trouves Émilie dans l'appartement…

– Je ne veux plus entendre son prénom, je ronchonne en fermant les yeux.

Il me force à le regarder et je me perds dans ses yeux chocolat.

– Je n'aime que toi, chuchote-t-il.

Je me redresse et pose mon front contre le sien.

– Noah, tu te rends compte de ce qu'on vient de faire ?

– Je sais…

– On a fait l'amour sans se protéger.

– Je sais, j'en avais envie…

– Et tu penses aux conséquences qu'il pourrait y avoir ? Je ne prends pas de contraceptif, Noah…

– Je sais tout ça, mais je m'en fiche, Constance. Peu importe ce qui arrive, je serai prêt à assumer. Est-ce que tu te rappelles mon plus grand souhait ?

– Fonder une famille, je réponds du tac au tac.

– Et ce sera avec toi. Si ça doit arriver maintenant, on assumera, et si ça arrive plus tard, tant mieux. Si tu penses que ça peut me faire peur…

– Tu es vraiment hors du commun, Noah Dumont.

– Je le sais, répond-il en souriant.

Il plaque tendrement ses lèvres sur les miennes et m'embrasse avec langueur.

– Tu m'as manqué, souffle-t-il.

– Toi aussi. Je ne partirai plus.

– Je ne le permettrai plus.

Je reprends le baiser tout en caressant son visage. Il m'a tellement manqué que j'ai cru ne jamais me relever de sa perte.

– J'aimerais que tu comprennes quelque chose, commence-t-il en prenant mon visage entre ses doigts. Il faut que tu saches que c'est terminé, Constance, que tu ne pourras plus jamais t'en aller ou me quitter. Je sais que tu m'aimes, que tu m'aimes vraiment, et tu sais que je t'aime aussi à en crever. Je sais que si tu pars c'est pour te protéger, mais c'est terminé. Tu es à moi et je ne te laisserai plus me quitter, plus jamais. Je te kidnapperai s'il le faut. Tant que je sais que tu m'aimes, tant que je sais que tes sentiments pour moi sont présents, je ne te laisserai pas partir. Je ne veux plus jamais vivre ce que j'ai vécu pendant cet interminable mois. Ce sentiment de vide, de solitude, de détresse. Cette douleur… Tu es à moi. Tu m'appartiens. Je suis à toi. Je t'appartiens. Nous ne nous séparerons plus jamais.

J'ai le souffle coupé face à une telle déclaration, parce que c'en est une. Je prends vraiment conscience qu'il m'aime au moins aussi fort que je l'aime.

– Plus jamais ! j'affirme. Je ne douterai plus de toi, je te le jure. Je suis désolée de t'avoir laissé et je pense exactement comme toi. On s'appartient et on ne se séparera plus jamais.

Il sourit, soulagé de nous savoir sur la même longueur d'onde.

– J'aime ton côté possessif, dis-je, mutine.

Il s'esclaffe et secoue la tête.

– Tu es vraiment hors du commun, Constance Pradel.

– Je sais.

Il m'embrasse encore, je crois que nous allons passer des heures voire des jours à nous embrasser pour pallier le manque. Pendant un très long moment, nous ne bougeons pas du canapé. Je n'en ai ni la force ni l'envie. Je lui parle de mon dernier jour à la fac, du moment où j'ai envoyé péter Mathilde Meunier, de la nouvelle Constance que j'ai envie de devenir, bref, je lui raconte tout, comme avant.

– Qu'est-ce que j'aurais aimé être là quand tu as remballé cette garce, crache-t-il en évoquant Mathilde.

– Sans prétention aucune, je m'en suis bien sortie.

Nous rions. Comme ça fait du bien de rire à nouveau, d'un rire franc et sincère !

– Tu sais, j'ai récupéré toutes les affaires que j'avais chez mes parents et je les ai déménagées chez Sophia.

– On va aller les chercher et les rapporter ici, décide-t-il immédiatement.

– Justement, ça ne sert à rien… tu te souviens que je vais faire ma rentrée dans la meilleure école du monde ?

– Ah, vraiment ? dit-il en feignant l'ignorance.

Je hoche la tête en souriant.

– La rentrée a lieu au mois d'août, mais j'aimerais pouvoir partir avant pour me familiariser avec le pays, m'habituer à ce que sera ma nouvelle vie.

– Je trouve que c'est une bonne idée. Quand partons-nous ?

– Nous ?

– Ne me dis pas que tu as oublié ce que je t'ai dit tout à l'heure. On ne se séparera plus jamais.

– Mais, Noah, tu ne peux pas partir comme ça. Tu as un travail, ta famille, et tu…

Il pose sa main sur ma bouche pour m'empêcher de poursuivre.

– Dès que j'ai reçu la réponse de ton admission à la SVA, j'ai commencé à faire les démarches, notamment pour un passeport et des cours d'anglais en accéléré, et j'ai commencé à me renseigner sur certaines formations que je pourrais faire là-bas. Il était hors de question que je te laisse partir seule, mais je ne savais pas si tu voulais que je te suive.

Non mais je rêve ? Ce n'est pas possible, je ne peux pas avoir tant de chance et être avec un homme aussi parfait.

– Tu es parfait, Noah Dumont, dis-je en sentant l'émotion m'envahir. Bien sûr que je veux que tu me suives, je te veux partout avec moi, tout le temps.

– Alors on est d'accord.

Il picore mes lèvres avant de basculer sur le canapé et de s'allonger sur moi.

– New York, nous voilà, susurre-t-il en reprenant ma bouche d'assaut.

60

– Vous n'avez rien oublié ? Vous ne pourrez pas revenir avant un long moment.

– Constance a vérifié un millier de fois que tout était en ordre. Ne t'en fais pas, maman.

– Il vaut mieux être sûr, dis-je en vérifiant ma valise pour la cent cinquantième fois.

– Mon cœur, c'est bon. Tout est prêt, relax. De toute façon c'est l'heure de partir.

J'acquiesce et pousse un profond soupir pour me calmer.

– Je vous attends dans la voiture, dit Carole avant de s'éclipser.

Cela fait une semaine que Noah et moi habitons chez les Dumont. Après avoir pris la décision de partir tous les deux à New York, tout est allé très vite. Noah a rompu son contrat avec Coco, la gérante de l'agence d'escort, et il a mis en vente son appartement ainsi que sa voiture. Il s'est indigné de savoir que je comptais vivre sur le campus, grâce à la bourse d'études que j'avais obtenue, refusant catégoriquement, et a décidé que nous aurions notre petit appartement. Les recherches ont été compliquées, mais nous avons réussi à nous trouver un petit loft meublé et cosy, dans Midtown East, à vingt minutes de la SVA.

L'appartement chaleureux de Noah et sa voiture se sont vendus en un mois à peine. Certes, grâce à ces ventes et à ses années d'escort, Noah a amassé une somme d'argent importante qui nous permet d'envisager l'année qui vient très sereinement. Mais j'ai l'impression de profiter de lui. Il a beau me répéter que ce n'est pas le cas, je culpabilise. Il paiera le loyer ainsi qu'une partie de mes frais de scolarité que la bourse ne couvre pas, il quitte sa famille et sa vie à Paris pour me suivre. C'est une preuve d'amour inestimable qu'il me donne là et j'aimerais lui rendre la pareille. Ses bras m'entourent comme j'aime tant qu'ils le fassent et sa tête se pose dans mon cou.

– Mon joli petit bonheur… qu'est-ce qui te tracasse ?

– Rien, je suis un peu stressée, mais c'est normal.

– Tout va bien se passer, Constance. On va commencer une nouvelle vie, ensemble.

Je me retourne et caresse son visage.

– Dis-moi que tu ne fais pas ça pour moi. Dis-moi que tu ne te sacrifies pas.

– Tu ne penses pas que c'est un peu tard pour te poser la question ? Je te rappelle que notre avion décolle dans quelques heures.

– Alors ça veut dire que…

– Bien sûr que non, je ne me sacrifie pas, qu'est-ce que tu crois ? Ça ne me fait pas peur de tout recommencer, et encore moins de le faire avec toi. Ton rêve est là-bas et je serai là où tu seras. C'est aussi l'occasion pour moi d'oublier mon passé et de repartir de zéro. Je suis impatient.

– Qu'est-ce que j'ai fait pour mériter un tel homme ?

– Tu devrais être reconnaissante, Constance Pradel, je suis une espèce en voie de disparition.

– J'en ai conscience. Je ne compte pas te lâcher de sitôt, Noah Dumont.

Je dépose mes lèvres sur les siennes. Oui, je suis chanceuse, et je le sais. Sa main descend sur mon flanc et se pose sur mon ventre. Je pose ma main sur la sienne et fais une pression dessus.

– J'aurais aimé, souffle-t-il.

– Je sais.

Depuis le jour où nous avons fait l'amour sans contraceptif, Noah a espéré. Je sais qu'il veut fonder une famille et je sais qu'il aurait aimé que je lui apprenne que j'attendais un enfant, mais ça n'a pas été le cas. Je suis jeune, je vais avoir vingt-deux ans seulement et je vais commencer mes études. J'ai décidé de prendre la pilule et Noah l'a accepté. Je comprends son envie, son besoin, mais c'est trop tôt. J'espère qu'il n'en fera pas une obsession.

– Un jour, je te promets. Sois patient.

– Je n'arrive pas à être patient en ce qui te concerne. J'aimerais tout, tout de suite.

– Mais on a le temps, on a toute la vie.

Il soupire puis me sourit.

– Allez, en route. New York nous attend.

Je suis reboostée. Noah et moi descendons nos bagages et nous grimpons dans le 4 X 4 Mercedes des Dumont, conduit par Armand. J'ai remarqué que Carole ne conduisait pas, à part si elle y est vraiment obligée. Je suppose que l'accident qu'elle a subi avec son fils est encore trop présent à son esprit.

Après plus de trois heures de route, nous arrivons enfin à l'aéroport. Je sais que le voyage sera long, mais je suis tellement excitée que je suis la première à sortir de la voiture.

Noah et Aaron se moquent gentiment de moi, mais je les ignore, je suis dans ma bulle et j'y suis bien.

Sans surprise, je retrouve mon rayon de soleil, ma Sophia, devant l'aéroport. Je ne voulais pas d'au revoir larmoyant, mais Sophia, elle, les adore.

– Ça y est ? T'es prête, l'Américaine ?

Je la prends dans mes bras, la serrant le plus fort possible.

– N'essaie pas de me faire pleurer, dit-elle, les yeux rouges.

– C'est toi qui as voulu venir. Sophia, je te présente Carole et Armand, les parents de Noah, et Aaron, son frère.

– Bonjour tout le monde ! lance-t-elle joyeusement.

Sur Aaron, l'effet est immédiat. Il détaille ma meilleure amie comme si elle était le plus succulent morceau de chair fraîche qu'il ait jamais vu. Et, lorsqu'elle lui fait la bise, il me semble qu'il rougit. Bordel ! En même temps qui ne serait pas charmé par Sophia ? Nous sommes fin juin, il fait beau et elle a revêtu une longue robe fleurie qui lui tombe jusqu'en bas des jambes, une veste en jean par-dessus et de jolis nu-pieds noirs. Ses cheveux blonds coupés au carré lui donnent l'air plus jeune. Elle n'est pas maquillée, mais elle est à couper le souffle.

– C'est toi le futur médecin ? lui demande-t-elle.

– Euh… oui. Neurochirurgien.

– Si un jour tu tues un patient et que tu as besoin d'une avocate, appelle-moi.

Et elle le gratifie d'un clin d'œil. Aaron reste coi et je ne peux m'empêcher de rire face à son manque de réaction. Il est à la fois subjugué et surpris par Sophia, comme tout le monde, en fait. Noah rit aussi avant de venir prendre ma main.

Nous entrons dans l'aéroport et nous approchons de l'enregistrement des bagages. C'est là que nous allons dire au revoir à nos familles. Carole est déjà en larmes. Noah n'a pas le temps de l'approcher qu'elle l'agrippe et le serre de toutes ses forces.

– Ça va aller, maman, la rassure-t-il.

– Tu vas tellement me manquer, mon chéri, sanglote-t-elle contre lui. Mon bébé…

Je me détourne de ce moment d'intimité entre une mère et son fils. Sophia me fait face et elle aussi pleure à chaudes larmes.

– Oh, non, pas toi, Sophia.

– Tu vas me manquer aussi.

Je la prends dans mes bras et la serre.

– Merci d'avoir été ma seule et unique amie. À bien y réfléchir je n'en aurais pas voulu d'autre, tu m'as amplement suffi.

– Tu es fantastique, Constance Pradel, et bien plus courageuse que tu ne le penses. Jamais je ne serais capable de tout quitter comme ça pour tout recommencer. Après toutes les choses difficiles que tu as vécues, tu es encore debout et je t'admire.

Mes larmes se mettent à couler. Sophia m'a aidée de bien des manières et je lui serai éternellement reconnaissante de ne pas avoir suivi le mouvement, d'être venue me parler dans ce réfectoire quand tout le monde me traitait en paria.

– Tu viendras me voir, hein ? Promets-le-moi.

– Je te jure que je viendrai ! Tu es ma meilleure amie et personne ne changera ça, dit-elle.

Nous nous regardons et nous remercions mutuellement en silence. Armand nous sort de notre instant télépathe.

– J'espère que vous vous plairez dans votre nouvelle vie.

– J'en suis sûre, je réponds, les yeux baignés de larmes.

– Constance… je crois que quelqu'un voudrait te parler.

Je me tourne vers Sophia. Elle me montre l'entrée de l'aéroport et je vois, surprise, pour ne pas dire choquée, ma mère debout au milieu du hall. Qu'est-ce qu'elle fait là ? Depuis que je suis partie, je ne lui ai pas donné de nouvelles. Elle a cherché à me joindre, mais je n'arrivais pas à lui faire face et là, elle se trouve devant moi, juste avant mon départ.

– C'est ta mère, Constance, souffle ma meilleure amie, et je comprends qu'elle est à l'origine de cette surprise.

J'inspire et m'approche d'elle. Ma mère, d'ordinaire si incisive et sûre d'elle, semble d'une fragilité déconcertante.

– Qu'est-ce que tu fais là ? je demande d'une voix que j'aurais voulue moins agressive.

– Je suis venue te dire au revoir.

– Maman…

– Je comprends que tu ne veuilles pas me voir, mais je voulais te souhaiter un bon vol et…

Sa voix tremble. Je la prends dans mes bras et la serre contre moi. Elle pleure, ça y est. Je ne vais pas tarder à l'imiter.

– Je ne veux pas que tu t'en ailles pour m'éviter, chouine-t-elle.

– Ce n'est pas le cas. Je m'en vais parce que c'est important pour moi. D'une manière ou d'une autre j'aurais fini par partir.

– Pourquoi si loin ?

– L'école de mes rêves se trouve là-bas… et ça me fera du bien de m'éloigner de tout. J'ai trop de mauvais souvenirs ici.

– Excuse-moi, dit-elle en me serrant plus fort. Reste ici, Constance, je serai une meilleure mère, je te le promets.

– Arrête, maman, dis-je en la tenant par les épaules. Ce qui est fait est fait. Tu n'es pas une mauvaise mère, tu as juste fait des erreurs. Mais tu dois comprendre que je dois faire ma vie et que j'ai besoin de partir.

– Et est-ce que… est-ce que tu es sûre qu'il est sérieux et digne de confiance ? demande-t-elle en regardant Noah.

Je me pose des centaines de questions, mon cerveau se met rarement sur pause et même si je suis plus qu'heureuse de la nouvelle aventure qui s'offre à moi j'ai quelques incertitudes. Mais s'il y a bien une chose sur laquelle je n'ai aucun doute, s'il y a bien quelqu'un en qui j'ai entièrement confiance, c'est Noah.

– J'en suis sûre, et si tu avais pris le temps de le connaître avant de le juger tu le saurais toi aussi.

Elle acquiesce en s'essuyant les yeux.

– J'aurais dû lui laisser une chance, je le sais, j'espère que lui aussi pourra me pardonner.

J'ai mal au cœur de la savoir si triste et pleine de regrets.

– Est-ce que Victor est revenu ?

Désormais, ce ne sera plus papa. J'ai bien compris, maintenant, je sais faire la distinction. Je n'ai pas de père et je vais devoir vivre sans.

– Non. Il me donne des nouvelles de temps en temps, mais il n'est pas encore prêt à revenir. Je lui ai dit que tu quittais la France et je crois que ça l'a particulièrement touché.

– Je ne pense pas.

– Constance, il t'aime, même si…

– Je n'ai pas envie d'entendre ça, s'il te plaît, je la coupe. Je peux comprendre qu'il ait eu un choc en apprenant qu'il… qu'il n'était pas mon père, mais il n'avait pas le droit de me faire payer ton erreur. Est-ce qu'il pense au choc que j'ai ressenti moi ?

Le ton commence à monter et mon ventre se tord, comme chaque fois que je pense à Victor ou que je l'évoque.

– Ça va, mon ange ?

Noah passe un bras autour de ma taille et je me sens déjà apaisée.

– Bonjour, Noah, le salue ma mère.

– Bonjour, madame Pradel. On va devoir y aller, dit-il en serrant ma taille.

Il embrasse ma tempe et retourne auprès de sa famille.

– Au revoir, maman, dis-je en la prenant une dernière fois dans mes bras.

– On s'appellera de temps en temps, dit-elle, les yeux pleins de larmes.

Je hoche la tête avant de tourner les talons et de rallier le petit groupe qui nous observe. Sophia me sourit et Carole s'approche de moi pour me prendre les mains.

– Je suis contente que tu sois avec mon fils, Constance, tu le rends heureux et c'est tout ce que je voulais. J'espère vraiment que vous serez bien, là-bas. Tu ne m'en voudras pas si on s'invite de temps en temps ?

– Bien sûr que non, vous serez les bienvenus.

Elle embrasse ma joue. Elle est émue, je le suis tout autant.

Je l'embrasse à mon tour avant de rejoindre Noah, qui m'ouvre ses bras.

– Faites bon voyage. Envoyez-nous un message quand vous arrivez, lance Sophia.

Je lui souris et la regarde encore pour bien graver son visage dans ma tête. Au loin, je vois ma mère qui est encore là, mais je prends mes bagages et je fais un dernier au revoir de la main avant de suivre Noah.

Juste avant de nous rendre à l'enregistrement des bagages, je me retourne encore une fois. Notre petit groupe est désormais auprès de ma mère. Sophia fait de grands signes quand elle me voit, Carole a une main posée sur l'épaule de ma mère, et cette dernière sanglote.

– Prête, Constance ?

Je me tourne vers Noah, qui me tend la main. Je suis soudain projetée trois mois en arrière, lorsque pour la première fois il m'a tendu la main en me demandant si j'étais prête. Je crois que j'ai toujours été prête pour cet homme. Je n'attendais que lui.

Est-ce que je suis prête pour vivre mon rêve avec Noah à mes côtés ?

– Plus que prête, je réponds en prenant sa main.

Et c'est sans un regard en arrière que je me dirige vers mon destin au côté de l'homme que j'aime.

61

Je suis une véritable pile électrique. Je ne tiens pas en place. Il ne reste plus qu'une heure de vol et j'ai presque envie de prendre les commandes de l'avion pour arriver plus vite. Noah dort paisiblement à côté de moi. Je ne sais pas comment il fait. Certes nous nous sommes levés très tôt et le voyage est interminable, mais nous arrivons bientôt aux États-Unis… Comment dormir à un moment pareil ? Mon cœur est sur le point de bondir hors de ma poitrine tant je suis excitée et émue.

Je vais découvrir les États-Unis. Y vivre. Y étudier.

Je n'arrive toujours pas à le croire.

Je me tourne vers Noah, qui respire doucement. Je ne peux m'empêcher de sourire en le contemplant.

Il est beau.

Il est à moi.

C'est mon homme.

Je me penche vers lui et fais courir mon doigt le long de sa joue, jusque sur sa barbe naissante, puis sur ses lèvres, que je ne peux m'empêcher d'embrasser. Il bouge et réagit vite à mon baiser.

– On est bientôt arrivés, dis-je, tout excitée, lorsque ses yeux s'ouvrent.

Il s'étire paresseusement et passe un bras autour de moi pour me rapprocher de lui.

– Pourquoi cette obsession pour ce pays ? demande-t-il en bâillant.

– Je ne sais pas, j'ai toujours rêvé d'Amérique, c'est comme si ce pays m'appelait, je sais que je *dois* y aller, mais je ne saurais pas t'expliquer pourquoi.

– Est-ce que tu appréhendes ta rentrée ?

– Je suis morte de peur.

– Hé, souffle-t-il en prenant mon menton dans ses mains. Tout va bien se passer, tu n'as pas besoin de t'en faire, et le premier qui te cherche je m'en occupe personnellement.

Je pose ma tête contre son torse et il me câline. Noah sait à quel point j'ai peur que ce que j'ai vécu à Paris ne se reproduise à New York. Qu'on se le dise, il y a des Mathilde Meunier partout, des filles sûres d'elles, qui pensent que le monde leur appartient. J'en rencontrerai sûrement là-bas et je n'aurai pas Sophia pour me défendre.

Mais la nouvelle Constance est prête à ne plus se laisser marcher sur les pieds.

L'heure défile à toute allure, je la passe blottie contre Noah. Lorsque l'hôtesse nous demande d'attacher nos ceintures et que nous amorçons notre descente, je n'ai envie que d'une chose : hurler ma joie à pleins poumons. Noah le sent, il rit à côté de moi lorsqu'il me voit tendre le cou pour essayer de voir ce qui se passe à l'avant.

La sortie de l'avion semble durer une éternité, mais enfin nous y sommes.

Je pose un pied sur le sol américain. Je réalise mon rêve. Je suis envahie par une multitude de sentiments, il y en a tant que j'ai du mal à les décrire.

C'est encore pire lorsque Noah et moi grimpons dans un des célèbres taxis jaunes. Je ne tiens plus en place.

– Oh, mon Dieu, c'est magnifique, dis-je en regardant par la fenêtre alors que les gratte-ciel défilent devant nous. Cette ville est immense, on n'aura jamais le temps de tout voir, il y a tellement de… L'EMPIRE STATE BUILDING ! je m'écrie soudain. Je le vois !

– On ira le voir de plus près, répond Noah en s'esclaffant.

– Et Central Park ? On ira se balader dans Central Park tous les deux ? Oh, et j'aimerais aller dans le quartier de l'Upper East Side, et j'aimerais…

– Constance, respire. On fera tout ce que tu voudras. Je te rappelle que l'on va vivre dans cette ville, on aura le temps de la visiter en long, en large et en travers.

Je mets mes mains devant ma bouche pour m'empêcher de hurler. Ça y est, c'est concret. Tout cela n'est plus un rêve. J'y suis !

– La statue de la Liberté ! J'allais l'oublier, il faut qu'on la voie.

– C'est noté.

– Times Square, le pont de Brooklyn. Bon sang, on va en rater.

– On ne ratera rien.

– Mais en premier lieu il faut que l'on aille à Central Park.

– Bien, chef.

– Je t'aime, Noah.

– Je t'aime aussi.

Je passe le trajet entier à regarder par la fenêtre, à m'imprégner de cette ville que je ne voyais qu'en rêve. Lorsque le taxi nous dépose à notre adresse, je suis impatiente de découvrir notre appartement autrement qu'en photo. Le bruit de la ville, les klaxons, les sirènes de police, le brouhaha ambiant me ravissent. J'ai l'impression de les avoir toujours connus.

Après avoir récupéré nos bagages, nous entrons dans un grand immeuble typiquement new-yorkais, avec des escaliers sur le côté de la façade, comme dans la série *Friends*. Noah sent mon excitation et pour la peine il me fait croire qu'il a égaré nos clés. Lorsqu'il me voit proche de la panique, il se dépêche de les sortir et de les engager dans la serrure.

J'ai le souffle coupé. Bien sûr, j'ai vu en photo notre futur chez-nous, je connais même les images par cœur. Mais le voir en vrai, devant nous, est différent.

Chez nous. Nous sommes véritablement…

– Chez nous, dit-il.

Mon excitation est retombée comme un soufflé, l'émotion a pris le dessus. Mes yeux parcourent la pièce à vivre joliment décorée, les poufs sur le tapis du salon, le canapé couleur crème, la cuisine ouverte, le parquet flambant neuf, l'escalier en bois foncé qui mène à la chambre, bref, tout est absolument parfait. Je m'approche de la grande baie vitrée pour regarder le paysage. Les voitures et les personnes ressemblent à des fourmis, et tout autour de nous il y a des buildings. Je suis émerveillée.

– Ça te plaît ? demande Noah en s'approchant de moi.

Comment peut-il encore en douter ? Je me retourne et me jette dans ses bras.

– J'adore, c'est magnifique. Tout est parfait.

– Alors pourquoi tu pleures ? demande-t-il en caressant mes cheveux.

– Parce que je suis heureuse. Je suis plus heureuse que je ne l'ai jamais été, que je n'aurais même jamais imaginé l'être. Et tout ça, c'est grâce à toi, Noah.

Je saisis son visage et l'embrasse furieusement.

– Je t'aime tellement, si tu savais.

– Je sais, répond-il. Et je t'aime encore plus.

– Impossi…

Il ne me laisse pas le temps de terminer ma phrase. Il me soulève et se dirige vers l'escalier qui monte à la chambre.

– Noah, les bagages.

– On verra plus tard.

Il me dépose sur le lit en continuant de m'embrasser.

– Pour le moment, on a un appartement entier à baptiser, mais vu le voyage qu'on vient de faire, je te propose de commencer par le lit.

– Et ensuite ?

– Ensuite on récupère du décalage horaire, dit-il en descendant sur ma poitrine.

– Et ensuite ?

– Ensuite je te ferai l'amour dans chacune des pièces, jusqu'à ce que tu n'en puisses plus de crier mon nom.

– Alors ne perdons pas de temps, Noah Dumont. Que notre nouvelle vie commence.

62

NOAH

– Constance, calme-toi.

– J'ai si peur d'oublier quelque chose.

– Tu as vérifié ton sac huit fois hier soir avant de te coucher et deux fois ce matin.

Depuis que le réveil a sonné à 6 heures tapantes, Constance n'est plus qu'une boule de stress. Elle va faire sa rentrée dans quelques heures et j'ai décidé de l'accompagner.

– Allez, calme-toi et viens prendre ton petit déjeuner.

– Je suis incapable d'avaler quoi que ce soit, Noah. Mon carnet ? Tu sais où je l'ai mis ?

– OK, ça suffit !

Je l'attrape par le bras et l'entraîne vers un tabouret de la cuisine.

– Assieds-toi ! je lui ordonne.

Elle s'exécute et prend de profondes inspirations pour se calmer alors que sa jambe ne cesse de sautiller. Je dépose une tasse de thé devant elle, ainsi que des œufs brouillés.

– Juste du thé, dit-elle en s'emparant de la tasse. Merci.

– C'est normal que tu sois stressée le premier jour, il te faudra du temps pour te mettre dans le bain, mais ensuite, tu verras, tout ira bien.

– Qu'est-ce que tu vas faire, aujourd'hui ? demande-t-elle pour changer de sujet.

– Réfléchir à ce que je veux faire, justement.

– Comment ça ?

– J'ai fait quelques recherches et j'ai vu qu'ils recherchaient un coach pour une université.

– Un coach ?

Elle se fige alors qu'elle s'apprêtait à prendre une gorgée de thé.

– Pour le basket.

Ses yeux s'écarquillent. J'ai moi-même du mal à croire ce que je suis en train de dire, mais depuis que j'ai vu cette annonce il y a une semaine, je n'arrête pas d'y penser. Je pensais en avoir fini avec le sport et le basket en général, mais voir Constance se jeter à corps perdu dans son rêve m'a fait reconsidérer les choses. Je ne peux pas lui demander d'être courageuse et de dépasser ses peurs si je ne suis pas capable de le faire moi-même.

Je n'avais jamais envisagé mon rapport avec le basket autrement qu'en joueur professionnel, mais depuis mon accident je me suis fait une raison. Peut-être que je m'épanouirai dans le coaching et dans l'accompagnement des sportifs.

– Mais c'est génial, mon amour ! s'enthousiasme-t-elle en descendant du tabouret.

Elle pose sa tasse et vient me prendre dans ses bras.

– Je suis super-fière de toi.

– Ne t'emballe pas, c'est juste une annonce qui a été publiée sur Internet, et ça fait déjà plus d'une semaine, alors il y a toutes les chances que la place soit prise.

– Ce n'est pas grave, tu finiras par trouver, mais je suis contente que tu te décides à te réconcilier avec le basket.

Elle se hisse sur la pointe des pieds pour atteindre mes lèvres. Je la soulève et la pose sur le l'îlot central avant de me faire une place entre ses jambes.

– J'aimerais rester avec toi. Depuis que nous sommes arrivés ici tout est parfait.

Elle pose son front contre mes lèvres et je l'embrasse en répondant :

– Mais je ne veux pas que tu restes avec moi. Je veux que tu ailles dans cette école et que tu leur montres ce que c'est que d'avoir du talent.

– Tu as trop confiance en moi, dit-elle en plongeant son regard dans le mien.

– On n'a jamais trop confiance en la personne qu'on aime.

Elle se pend à mon cou et s'enroule autour de ma taille.

– Allez, Constance, on va devoir y aller, sinon tu vas être en retard, dis-je en tapotant ses fesses.

Je la repose sur le sol. Elle redevient alors une véritable boule de nerfs, courant à travers l'appartement à la recherche de ses affaires qui l'attendent sagement sur le canapé du salon. Bon sang… cette fille va me rendre dingue. Je ne peux m'empêcher de ressentir une profonde fierté en la voyant s'activer devant mes yeux. Nous sommes en plein mois d'août, la journée s'annonce très chaude… et Constance a revêtu un short en jean. Ses belles jambes sont découvertes et elle porte un débardeur noir qui met en valeur ses seins parfaits. À ses pieds, des baskets blanches Fred Perry. Je l'ai convertie. Elle est tout simplement magnifique, et lorsqu'elle passe son sac sur son épaule et se tourne vers moi, j'ai toute la peine du monde à ne pas lui foncer dessus pour la déshabiller et la prendre à même le sol.

– Tu me reluques ? demande-t-elle, taquine.

– Comme toujours. Je suis né pour ça, jolie Constance, je réponds en lui faisant un clin d'œil.

Je prends les clés, mon téléphone portable, et nous sortons de l'appartement pour prendre le métro et nous rendre à la School of Visual Arts. Plus nous approchons de l'université, plus les doigts de Constance se resserrent autour des miens. J'aimerais pouvoir la rassurer et lui ôter ce stress et cette angoisse qu'elle porte continuellement en elle.

Nous nous arrêtons devant l'entrée de l'école, où plusieurs groupes d'étudiants se sont déjà rassemblés pour discuter et se retrouver. Ma jolie Constance ne connaît personne et j'espère que son tempérament timide et réservé lui permettra de se faire des amis. Et sinon, je ferai venir Sophia en urgence. Je passe ses bras autour de ma taille et caresse son visage.

– Tout va bien se passer. De toute façon, si tu as le moindre problème, tu m'envoies un message et je règle leur compte à tous ceux qui t'auront ne serait-ce que regardée de travers.

– Tu es fou, mais je t'aime, dit-elle en riant.

Je ris avec elle lorsque je remarque, plus loin, deux mecs adossés contre la façade de l'université, qui regardent dans notre direction. C'est quoi leur problème ? Le premier donne discrètement un coup de coude à son idiot de pote, qui a les yeux rivés sur… Bordel de merde ! Est-ce qu'il est sérieusement en train de mater les fesses de *ma* Constance ?

Lorsqu'il réalise que je l'ai vu, l'autre connard détourne les yeux. Il fait bien, parce que je ne supporte pas qu'on regarde Constance comme une friandise.

J'embrasse mon ange et lui donne un baiser à couper le souffle. Même elle a du mal à suivre la cadence que je lui impose, elle s'accroche à mes poignets en me rendant chaque coup de langue que je lui donne. C'était mon baiser de bonne chance, et aussi mon baiser de « Si vous l'approchez je vous fais avaler vos dents » destiné aux deux enfoirés de derrière.

Après un dernier sourire et un clin d'œil de ma part, Constance entre dans l'université. Je suis heureux de voir que même si elle est morte de trouille elle y entre la tête haute.

Et dire qu'il y a quatre mois je rencontrais cet ange tombé du ciel ! Je pensais que Constance ne serait qu'une cliente comme une autre et qu'elle sortirait de ma vie aussi vite qu'elle y était entrée…

Mais la réalité est tout autre. Constance est une drogue à laquelle je suis devenu accro. Elle s'est insinuée sous ma peau et a lentement envahi chacune de mes veines, chacun de mes nerfs. Plus je la voyais, plus je la voulais. Plus je l'aimais, plus j'avais besoin d'elle. Elle me fait voir la vie en rouge passion. Elle m'a envoûté, désarmé, elle m'a rendu faible et invincible. Elle est mon salut et ma liberté. Elle est mon ticket pour le paradis.

ÉPILOGUE

Trois mois plus tard

Je range mes affaires. Le cours est déjà terminé, c'est fou, je n'ai pas vu la journée passer. Les trois derniers mois non plus, d'ailleurs. Je vis ma passion. Cette école est tout simplement fantastique. Tout n'est qu'art, j'ai l'impression d'être au paradis.

– Waouh, j'adore ce que tu as fait avec ces nuances de bleu. À côté du tien, mon paysage est plus apocalyptique que paradisiaque.

– Tu plaisantes ? je demande en me tournant vers Evan, l'un des étudiants de ma promotion.

– Pas du tout. J'aime beaucoup ce que tu fais, dit-il, sincère.

J'ai encore cette fâcheuse habitude de penser que les compliments des autres ne peuvent pas être vrais. On ne se refait pas. Il me faudra du temps pour apprendre à faire confiance aux autres.

– Merci, je réponds en souriant.

Je prends mon sac et sors de l'université en même temps que les autres étudiants. Sans plus attendre, je me dirige vers le métro, les écouteurs dans les oreilles, *Fight Song*, de Rachel Platten, résonnant en moi.

This is my fight song, take back my life song, prove I'm alright song[8].

Noah m'a donné rendez-vous à Central Park, il a apparemment une grande nouvelle à m'annoncer. J'espère qu'il a réussi à décrocher la place de coach universitaire. Il la mérite. La première annonce à laquelle il a répondu s'est révélée négative, mais Noah ne s'est pas laissé abattre et il a persévéré.

Je suis si fière de lui que c'en est presque ridicule.

Je me dépêche d'entrer dans Central Park et de gagner notre endroit préféré. Parce que, après quatre mois passés dans cette ville, nous avons maintenant nos petites habitudes. J'aime New York, j'en suis tombée amoureuse. J'ai toujours été persuadée que cette ville pourrait m'apporter le bonheur que je recherchais et je ne me suis pas trompée. En plus d'être magnifique, cette ville est fascinante.

Central Park est tout simplement splendide en ce début d'automne. Nous sommes au mois d'octobre, il fait encore beau, beaucoup de New-Yorkais en profitent et sont installés un peu partout sur la pelouse pour lire, se retrouver entre amis ou apprécier l'instant.

J'arrive près de notre point d'eau préféré, j'arrête la musique et je m'assieds sur le sol en l'attendant. La vie que je mène aujourd'hui est merveilleuse au-delà de ce que j'aurais pu imaginer. J'ai trouvé le bonheur, cette chose que certains passent leur vie entière à chercher. Pourtant, la chance n'était pas de mon côté, jusqu'à ce que je rencontre Noah.

---

8. Ceci est ma chanson de combat, ma chanson pour reprendre ma vie en main, ma chanson pour prouver que j'ai raison.

C'est lui, ma chance. Il m'a donné les armes pour me défendre, il m'a aidée à m'accepter, et en me donnant son amour il m'a appris à m'aimer.

Mais malgré tout, mon bonheur, je le dois aussi à moi-même. J'ai changé, je suis devenue une nouvelle Constance. Je sais où je veux aller, ce que je veux faire, dire, je sais quelle route je veux emprunter et je sais surtout que je ne laisserai plus les autres intervenir dans ma vie.

Victor Pradel, Mathilde Meunier et tous ceux qui se sont un jour mis en travers de ma route sont en passe de devenir un lointain souvenir. Je sais que le chemin vers la confiance et l'acceptation est encore long, mais je ne suis plus seule pour l'arpenter. J'ai encore beaucoup de choses à régler et de blessures à refermer… Noah les fait doucement disparaître, il me guérit. Il y a pourtant encore une chose que je dois faire seule : me sauver de moi-même.

Je caresse rêveusement le tatouage sur mon avant-bras. Moi, Constance Pradel, je suis tatouée. J'ai moi-même encore du mal à le croire, mais c'est vrai. Je passe le bout de mon doigt sur cette phrase qui est devenue mon credo : « *She needed a hero, so that's what she became.*[9] » Le jour où j'ai lu cette phrase sur un mur de la ville, j'ai fondu en larmes. Parce que cette phrase, c'est moi !

J'ai attendu et espéré qu'un jour on vienne me sauver de cette solitude dans laquelle je m'étais moi-même enfermée. J'ai espéré qu'un jour quelqu'un brise les murs de protection que j'avais érigés autour de moi. Et puis j'ai compris que j'étais la seule à pouvoir me libérer. J'avais toutes les cartes en main. J'ai décidé de laisser partir cette tristesse et cette mélancolie qui m'habitaient, je les ai

---

9. Elle avait besoin d'un héros : elle en est donc devenu un.

laissées derrière moi, comme j'ai laissé mon passé. Cette phrase signifie que j'ai longtemps été mon propre ennemi et que j'ai décidé de devenir mon propre héros.

Ma révolution personnelle est en marche.

– Joyeux anniversaire, mon ange.

Je sursaute, mais je me lève immédiatement lorsque j'entends Noah. Je lui saute au cou et l'embrasse à perdre haleine. Aujourd'hui, nous sommes le 25 octobre. Aujourd'hui j'ai vingt-deux ans. Noah me soulève et se met à tourner sur lui-même. Je ris en m'agrippant plus fort et il finit par s'arrêter.

– Tu m'as manqué, susurre-t-il contre mes lèvres.

– Toi aussi. Alors, dis-moi ! C'est quoi cette fabuleuse nouvelle ? Tu as été engagé ?

– Oh, ça ? Oui, j'ai eu la place.

Je crie de joie et lui saute à nouveau au cou.

– Attends, ce n'est pas le plus important, dit-il en riant.

– Vraiment ? Qu'est-ce qui peut être plus important que ça ?

Il me sourit et je remarque que ses yeux sont légèrement rouges et brillants.

– Noah ?

Il prend mes mains dans les siennes et les embrasse.

– Mon ange… ma jolie Constance. Je t'aime. Je crois que je ne t'apprends rien en te disant que je suis complètement fou de toi. Tu me rends si heureux. Je n'aurais jamais imaginé qu'être escort m'apporterait tant de bonheur, et même si je ne suis pas fier de ce que j'ai fait je ne le changerais pour rien au monde, parce que je t'ai rencontrée. Tu me rends vivant, je n'imagine pas mon avenir sans toi.

Mes yeux sont déjà pleins de larmes. Je n'ai pas besoin de cadeau et j'espère qu'il n'en a pas prévu, parce que son amour me suffit pour être heureuse.

– Est-ce que tu te souviens de mon rêve ? enchaîne-t-il.

Je hoche la tête sans pourtant pouvoir répondre. Je suis hypnotisée par ses prunelles brillantes.

– Je rêve de fonder une famille et de me marier, mais pour réaliser ce rêve, il fallait que je rencontre la femme de ma vie…

Je retiens mon souffle lorsqu'il se baisse et pose un genou à terre. Oh, mon Dieu.

– Noah…

– Je t'aime plus que tout au monde, Constance, plus que je ne m'aime moi. Tu fais de ma vie un paradis sur Terre et je ne rêve que d'une chose : que tu deviennes Constance Dumont.

Il sort un écrin en velours noir de la poche de sa veste et l'ouvre devant moi. Je ne vois même pas ce qu'il y a à l'intérieur, les larmes me brouillent la vue.

– Constance Anne Pradel, fais-moi l'honneur de devenir ma femme. Épouse-moi.

À SUIVRE…

REMERCIEMENTS

Quelle aventure ! Je me souviens très bien du moment où *My escort love* est né. J'étais en train d'écrire une autre histoire et puis Constance est soudainement apparue dans mon esprit, seule, perdue et triste. J'ai décidé de l'aider et de lui créer son âme sœur.

Quelques mois plus tard, après d'innombrables heures, des nuits plus que courtes, des milliers de mots et des centaines de pages, l'histoire de Nohance est maintenant bel et bien réelle.

Je n'arrive toujours pas à croire que je publie mon premier livre, c'est complètement fou et je n'aurais jamais pu y arriver sans l'aide des bonnes fées qui se sont penchées sur le berceau de mes bébés.

Tout d'abord, j'aimerais remercier Lucie pour son aide précieuse, sa douceur, sa gentillesse et sa patience sans bornes. Merci d'avoir été la première à croire en Constance et Noah, d'avoir toujours répondu à mes questions même quand elles étaient innombrables. Merci de m'avoir accompagnée dans cette aventure. Constance, Noah et moi-même te sommes extrêmement reconnaissants.

Un merci tout particulier à l'équipe Fyctia. Camille, pour avoir patiemment répondu à ma centaine (au moins) de mails, Magali pour tes super-retours et Lætitia pour cette magnifique couverture. Merci à tous et à toutes d'avoir pris soin de mes bébés.

À ma sœur. Merci de ne pas avoir fui lorsque je t'ai donné les 300 feuilles A4 à lire. Merci d'avoir gardé le secret si longtemps, de me soutenir et de m'aider. Merci d'être la meilleure des grandes sœurs.

À mes parents. Merci de m'avoir toujours encouragée peu importe la voie que je choisisse d'arpenter. Merci pour votre patience (Dieu sait que je l'ai mise à rude épreuve), de m'avoir appris que la vie était difficile mais que rien n'était impossible si on s'en donne les moyens.

À mes deux partenaires de crime, Caro et Deb. De fidèles lectrices et relectrices, vous êtes passées à amies formidables. Merci de toujours me donner un avis sincère, de rester calmes même lorsque je vous fais tourner en bourrique. Merci de me faire rire et d'être de véritables nounous quand j'en ai besoin. Je n'aurais jamais imaginé rencontrer un jour des personnes comme vous. Nos milliers de messages échangés, nos heures passées au téléphone, nos crises de rires, mes expressions qui vous choquent parfois (mais que vous adoooorez reprendre), bref tellement de choses que j'ai partagées avec vous et que je partagerai encore, je le sais. Merci à Deb de toujours rêver avec moi et à Caro d'endosser le rôle de seconde maman quand j'en ai besoin.

Merci à Imane, pour m'avoir boostée et encouragée. Merci infiniment pour les innombrables heures que tu as passées sur mes histoires et pour nos discussions jusque tard dans la nuit. Tes chocolats chauds virtuels ont été d'un grand réconfort.

À Anne et Lalie. Merci pour les fous rires (et il y en a eu), les montages loufoques (je ne verrai plus jamais les licornes de la même façon), les recettes de cuisine et les photos de beaux mecs (GRAOU). Vous êtes dingues mais je ne vous changerais pas. Merci d'être toujours là.

À Margo. Toi et moi on s'est toujours tout dit et je sais que tu as été plus que frustrée de ce secret que j'ai jalousement gardé. Merci d'avoir simplement été heureuse pour moi et de me soutenir comme tu le fais.

Un immense merci à mes lectrices fidèles et toutes plus adorables les unes que les autres : Lilival38, Séverine Moureu, Edel Weiss, Joelle Blanc, ElodyMalyKvan, Laurie Chou, Sarah Berziou, Jessy AF, mamandany75, Louanne0911, Mélanie, Aurelben, Soizic35, Jessica-salome, Maelle68, Kaidhy, Lætitia Robillard, Etoiledecristal, LifeMariposa, Vivibuel, Mathilde, Adeline, chacha2780, Safia, Séverine Dauchy, Amina, Laura Wendy, Liyahna, Cynthia Dulau, Marjorie, Laouna, Charlotte Rbr, Laflemmed'écrire, imabadgirl, KoalAudrey, CelinePoit, Lexie80, Bad_Ghoul, SantosEryn, Louaneguirl2, BluePrint, Ventilomega, Ma2b, IsabelleCharette, MissBooks, Lokian, May23, Nathmoi… et tellement d'autres encore. Par avance désolée si j'en oublie, vous êtes bien trop, la liste serait interminable. Je ne pourrai jamais assez vous remercier, vous, toutes les petites âmes qui me suivent et me lisent.

Enfin, à toutes les Constance d'ici et d'ailleurs, celles à qui l'on a dit un jour qu'elles étaient trop ceci ou pas assez cela. Celles qui voudraient voir un autre reflet dans le miroir, ou tout simplement être une autre. Ayez confiance en vous. Vous seules pouvez décider de ce que sera votre vie.

N'ayez pas peur de croire en vos rêves parce qu'il se pourrait bien que un jour, ils finissent par se réaliser…

Merci du fond du cœur.

Laura S. Wild